El farad

D0587733

Bestseller Internacional

RIES
HAIFF3
BAT EF1

Christian Jacq
El faraón negro

Traducción de Manuel Serrat

 Planeta

Título original: *Le Pharaon noir*

© Éditions Robert Laffont, S. A., 1997
© por la traducción, Manuel Serrat Crespo, 1999
© Editorial Planeta, S. A., 2002
   Còrsega, 273-279. 08008 Barcelona (España)

Diseño de la cubierta: adaptación de la idea original del Departamento
de Diseño de Editorial Planeta
Ilustración de la cubierta: detalle de estatua de época saíta, Museo Egipcio
de El Cairo (foto Giraudon)
Primera edición en Colección Booket: junio de 2001
Segunda edición en Colección Booket: octubre de 2001
Tercera edición en Colección Booket: octubre de 2002

Depósito legal: B. 40.847-2002
ISBN: 84-08-03969-5
ISBN: 2-221-08625-2 Éditions Robert Laffont, S. A., París, edición original
Impreso en: Litografía Rosés, S. A.
Encuadernado por: Litografía Rosés, S. A.
Printed in Spain - Impreso en España

Biografía

Christian Jacq nació en París en 1947. Se doctoró en Egiptología en la Sorbona. Su obra *El Egipto de los grandes faraones* obtuvo el premio de la Academia francesa. Gran conocedor y enamorado de Egipto, ha escrito numerosas obras de divulgación histórica que ponen la civilización egipcia al alcance del gran público. Entre sus novelas destacan la trilogía *El juez de Egipto*, la pentalogía dedicada a Ramsés y la tetralogía *La Piedra de Luz*.

Y la tierra se iluminará ante un nuevo día...

ESTELA DE PIANJY

EGIPTO, NUBIA Y SUDÁN

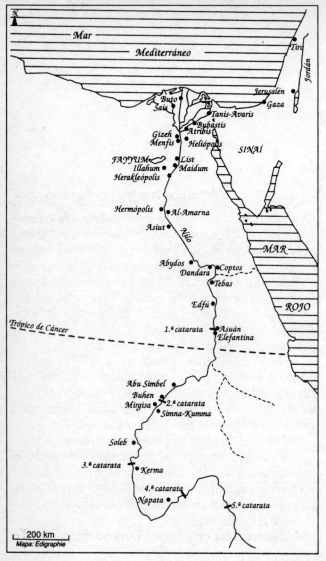

N

Mar Mediterráneo

Tiro

Jordán

Buto
Saís

Jerusalén
Gaza

Tanis-Avaris
Bubastis
Atribis

Gizeh
Menfis
Heliópolis

SINAÍ

FAYYUM
Illahum
Herakleópolis

List
Maidum

Hermópolis
Al-Amarna

Asiut

Nilo

MAR

Abydos
Dandara
Coptos
Tebas

ROJO

Edfú

Trópico de Cáncer

1.ª catarata
Asuán
Elefantina

Abu Simbel
Buhen
Mirgisa
2.ª catarata
Simna-Kumma

Soleb

3.ª catarata
Kerma

4.ª catarata
Napata
5.ª catarata

200 km
Mapa: Edigraphie

1

Cuando vio que su marido regresaba del templo, la esposa del alcalde se obligó a creer que llevaba al hombro un saco de trigo. La víspera, la pareja de campesinos había festejado el cumpleaños de su hija menor, que estaba encantada con su regalo: una muñeca de trapo que le había fabricado su padre. Con las amigas de su edad, la niña jugaba en mitad del camino que cruzaba el Cerro-de-los-Pajaritos, una aldea de la provincia de Herakleópolis, en el Medio Egipto.

El hombre arrojó al suelo su saco vacío.

—Ya no queda nada. Hasta los propios sacerdotes pueden morir de hambre, y los dioses no tardarán en volver al cielo, porque nadie piensa ya en respetar las leyes de nuestros antepasados. Mentiras, corrupción, egoísmo; ésos son nuestros nuevos dueños.

—Dirígete al visir y luego al faraón si es necesario.

—Ya no hay faraón, sólo jefes de clan que combaten y pretenden ejercer el poder supremo. El norte del país está bajo el yugo de los príncipes libios que se complacen en la anarquía y en sus querellas intestinas[1].

—¿Y el faraón negro?

—¡Buena pieza está hecho! Dejó un ejército en Te-

1. Los acontecimientos se desarrollan hacia el 730 a. J.C.

bas para proteger la ciudad santa del dios Amón, donde reina su hermana, la Divina Adoratriz, y se ha encerrado en su capital, Napata, en plena Nubia, tan lejos de Egipto que lo ha olvidado desde hace mucho tiempo.

—¡Nos ayudará, estoy segura!

—Desengáñate, es incapaz de hacerlo. Aunque afirme ser rey del Alto y el Bajo Egipto, sólo controla su perdida provincia y el sur del valle del Nilo. El resto del país lo abandona al desorden y a la confusión.

—Habría que avisarle de que nos estamos hundiendo en la miseria y que...

—Es inútil —decidió el alcalde de la aldea—. Al faraón negro le basta su falso reino. Para él, no existimos.

—Me queda todavía pescado seco, pero sólo para unos días...

—Me harán culpable de la hambruna. Si no encuentro una solución, todos moriremos. No me queda sino suplicarle al príncipe de Herakleópolis que nos socorra.

—¡Pero le es fiel al faraón negro!

—Si también me despide, iré más al norte.

La mujer se agarró a su marido.

—Los caminos no son seguros, las milicias libias te detendrían y te degollarían. No, no debes marcharte. Aquí, en El Cerro-de-los-Pajaritos, estamos seguros. Los del Norte nunca se atreverían a llegar tan lejos.

—Muramos de hambre pues...

—No, deja de recaudar los impuestos, racionemos y compartamos lo que nos queda con las demás aldeas. Así aguantaremos hasta la crecida.

—Si es mala, estaremos perdidos.

—No desesperes, oremos noche y día a la diosa de las cosechas.

El alcalde miró a lo lejos.

—¿Qué porvenir nos espera? Los tiempos felices se han esfumado para siempre, vivir es ya una carga. ¿Cómo creer en las promesas de los hombres del poder? No tienen más objetivo que su enriquecimiento personal, y sus hermosas palabras sólo a ellos les seducen.

Las niñas jugaban con sus muñecas, en un universo maravilloso cuyas llaves sólo ellas poseían. Las reñían y volvían a reñirlas, pues aquellas muñecas feas desobedecían sin cesar.

La campesina sonrió.

Sí, había esperanza. Estaba en las risas de aquellas niñas y en su instintivo rechazo de la desgracia.

Se levantó el viento del norte y arrastró una nube de polvo que cubrió el umbral de las casas. Con la mirada triste, el alcalde se sentó en un banco de piedra colocado ante el muro de su casa.

Cuando su esposa tomaba una escoba, el suelo tembló.

Un ruido sordo, lejano aún, procedía de la ruta de Menfis, la ciudad más poblada del país y su principal centro económico. Menfis ignoraba el mediocre reinado del faraón negro y se adaptaba, cada día más, a la ocupación libia.

Formando un círculo, las niñas explicaban a sus muñecas que había que ser muy obediente para crecer y llevar hermosas ropas.

Una nueva nube de polvo ascendió hasta el cielo y el ruido sordo se transformó en un estruendo parecido al que habría provocado una manada de toros furiosos.

La campesina se adelantó mirando hacia el norte, pero quedó deslumbrada. Los rayos del sol se reflejaban en superficies metálicas que los transformaban en una luz blanca y cegadora.

—Carros —advirtió el alcalde saliendo de su sopor—. Carros, soldados con cascos y coraza, escudos, lanzas...

Procedente del Delta, el ejército del Norte caía sobre el Cerro-de-los-Pajaritos.

La campesina aulló pero las niñas no la oyeron, pues el galope de los caballos y el rechinar de las ruedas de carro cubrieron su voz.

Intrigadas por fin, las niñas volvieron la cabeza hacia los invasores sin ver al alcalde y su esposa que corrían hacia ellas gritándoles que se refugiaran en el palmeral.

Fascinadas por aquella oleada furiosa, irreal, las niñas estrecharon las muñecas contra sus pechos.

Y la oleada pasó derribando a niños y adultos, que quedaron aplastados bajo las ruedas de los carros y los cascos de los caballos, primeras víctimas de Tefnakt, jefe de la coalición libia del Norte cuyos soldados acabaron con los demás habitantes del Cerro-de-los-Pajaritos e incendiaron las pequeñas casas blancas.

¿Qué importaban algunos cadáveres cuando se disponía a convertirse en señor de las Dos Tierras, el Bajo y el Alto Egipto? Para el general Tefnakt, había llegado la hora de acabar con el faraón negro.

2

Tefnakt, reconocido como gran jefe de los libios, soberano del oeste del Delta, administrador de los dominios del Bajo Egipto, desplegó el mapa del Medio Egipto dibujado en un papiro de primera calidad.

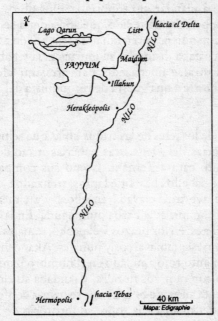

—Menfis es nuestro —declaró ante la asamblea de los confederados del Norte—, List está a nuestro lado y nos acercamos a la ciudad de Herakleópolis. ¡Amigos míos, nuestro avance ha sido fulminante! ¿Acaso no os predije esta serie de victorias? Para llegar más lejos debemos reforzar esta alianza. Por ello os pido que me nombréis jefe del país entero.

Originario de Sais, en el Delta, Tefnakt era un hombre fornido, de vivísimos ojos negros profundamente hundidos en sus órbitas. Feo y huesudo, su rostro revelaba una hosca voluntad; una profunda cicatriz, recuerdo de un feroz combate cuerpo a cuerpo, le cruzaba la frente.

Desde su adolescencia, Tefnakt daba miedo. Acostumbrado a mandar, no soportaba a los tibios ni a los miedosos, pero había tenido que aprender a ser menos cortante con quienes pretendían ser sus aliados. Sin embargo, le costaba disimular su impaciencia y había tenido que mostrarse amenazador para arrastrar a los príncipes del Norte a una guerra de reconquista del Sur.

Portavoz de los jefes de las tribus libias que reinaban en las provincias del Delta, tras haberlas invadido, Akanosh plantó cara a Tefnakt. Como sus compatriotas, llevaba los cabellos bastante largos, trenzados, con una pluma de avestruz clavada en ellos, y su mentón se adornaba con una fina barba puntiaguda. En las muñecas, brazaletes; en los brazos y el pecho, tatuajes guerreros que representaban arcos y puñales. Akanosh llevaba un largo manto rojo anudado en el hombro izquierdo y adornado con motivos florales, y cuidaba su elegancia. A los sesenta años, de buena gana se habría conformado con el poder que ejercía sobre su territorio de Sebenitos, pero se había dejado convencer y participaba en la aventura militar predicada por Tefnakt.

—Te felicitamos por habernos conducido hasta aquí —dijo Akanosh en tono pausado—, pero la ciudad de Herakleópolis es fiel a nuestro enemigo, el nubio Pianjy, que se considera el verdadero soberano de Egipto. Hasta hoy, no ha reaccionado, pues nuestra expedición le ha cogido por sorpresa.

—El faraón negro vegeta en su lejano Sudán, a centenares de kilómetros de aquí.

—Es cierto, pero sus tropas acantonadas en Tebas no tardarán en intervenir.

Tefnakt sonrió.

—¿Me consideras un pobre de espíritu, amigo mío? Claro que recibirán, un día u otro, la orden de contraatacar. ¿Pero acaso no estamos dispuestos a enfrentarnos a ellas?

Akanosh hizo una mueca.

—Algunos de los nuestros consideran que nuestra alianza es frágil... Eres un verdadero jefe de guerra, Tefnakt, pero aquí somos varios los que ejercemos una forma de soberanía que nos gusta. Ir más lejos podría llevarnos a la ruina.

—¡El inmovilismo es lo que nos arruinará y nos privará de cualquier poder! ¿Es necesario describir el caos en el que nos hallábamos antes de que yo me pusiera a la cabeza de nuestra coalición? ¡Cuatro pseudofaraones en el Delta y más de diez pretendientes al trono! El jefe de tribu más insignificante se tomaba por un monarca absoluto, y cada cual se satisfacía en aquella anarquía sembrada de choques sangrientos.

—Es verdad —reconoció Akanosh—, y tú nos has devuelto el sentido del honor... Pero hay que saber ser razonables. Puesto que ahora poseemos la mitad del país, ¿no será más conveniente repartirnos los territorios adquiridos y no correr riesgos insensatos?

Tefnakt sintió deseos de estrangular a aquel cobarde, pero consiguió contener su furor. No disponía aún de suficientes fuerzas armadas como para actuar solo y tenía que pactar con aquella pandilla de bárbaros de tan cortas miras.

—Comprendo tu prudencia, Akanosh. Hasta hoy, permanecíamos acantonados al norte del país y dejábamos el sur a Pianjy; considerábamos el Medio Egipto como una zona neutral. Para conocer la felicidad y ser próspero, Egipto debe estar unido y ser gobernado por un auténtico faraón. Pensar que podemos seguir viviendo divididos es un error fatal. ¡Perderíamos lo que poseemos! No hay más solución que la conquista del Sur y la eliminación de las tropas del faraón negro.

—Esa es tu opinión, Tefnakt, y la respeto. Pero tienes ante ti a varios soberanos independientes que dirigen sus principados a su guisa.

—¿Por qué discutir mi autoridad cuando estamos en el camino de una gran victoria?

—Tú nos federaste —admitió Akanosh—, pero no se te concedió el poder supremo. Deseábamos intentar una experiencia, salir del Delta, tomar posesión de Menfis, que ha caído en nuestras manos como una fruta madura, y conquistar algunas provincias del Medio Egipto. Puesto que hemos obtenido el resultado esperado, ¿no debe bastarnos eso?

Tefnakt ordenó a su copero que sirviera cerveza fuerte a los príncipes libios. La mayoría apreciaron esta diversión pero Akanosh se negó a beber.

—Hemos vencido sin combatir —recordó—. Las aldeas que hemos atravesado no podían oponernos la menor resistencia. Herakleópolis es una ciudad fortificada que será defendida por una guarnición formada por soldados experimentados. ¿A cuántos hombres se elevarán nuestras pérdidas? ¿Y estaremos todos de acuerdo en aceptar semejante sacrificio?

—Ése es el precio de una conquista —afirmó Tefnakt—. Negarlo sería mentir, pero retroceder sería una derrota.

—Deseamos reflexionar y debatir.

Tefnakt ocultó su decepción. Las reuniones de los jefes libios se empantanaban siempre en interminables discusiones que no desembocaban en ninguna decisión concreta.

—En ese caso, responded claramente a mi pregunta. ¿Me concedéis o no los plenos poderes para emprender la conquista de todo Egipto?

Akanosh se levantó y se retiró a su tienda, seguido por los demás jefes libios. Para Tefnakt se iniciaba una larga espera.

Rabioso, quebró la rama baja de un tamarisco y lanzó a lo lejos sus fragmentos. Luego se dirigió con presurosas zancadas hacia su propia tienda, donde le aguardaban sus dos inseparables consejeros, Yegeb y Nartreb, dos semitas que formaban una extraña pareja. Yegeb era alto, tenía unos brazos interminables, un rostro muy alargado y los tobillos hinchados; Nartreb era bajo, panzudo, tenía gordezuelos los dedos de las manos y los pies, como si fueran los de un bebé, un rostro redondo y un grueso cuello.

Astuto y calculador, de más edad que Nartreb, Yegeb le dispensaba los consejos necesarios para actuar, puesto que su cómplice gozaba de una inagotable energía y no vacilaba en utilizar cualquier medio para enriquecerse. Aunque tan corrupto como Nartreb, Yegeb alardeaba sin cesar de su perfecta honestidad; vestía con viejas ropas, comía frugalmente y afirmaba haberse alejado de las cosas materiales. Le animaba una sola pasión: el apego a la manipulación y al poder oculto. Con la ayuda de Nartreb, incitaba a Tefnakt a convertirse en el soberano indiscutible de las Dos Tierras, convencido de que se lo agradecería.

—¿Todo va bien? —preguntó Nartreb, que mordisqueaba un tallo de papiro.

—Los muy imbéciles han decidido discutir —explicó Tefnakt.

—Es lo peor que podía ocurrir —reconoció Yegeb rascándose la nariz—. No cabe duda del resultado de las deliberaciones: se interrumpirá la ofensiva y regresaremos hacia el Norte.

—¿Qué proponéis?

—Hemos aprendido, desde hace muchos años, a conocer a esos mediocres déspotas libios, y no carecemos de medios de acción.

—Pues utilizadlos —ordenó Tefnakt.

3

El joven nubio se zambulló en el Nilo persiguiendo a los búfalos que jugaban en la corriente y podían ahogarse. Al menos eso les explicó Puarma, con gran convicción, a tres espléndidas jóvenes de piel cobriza para deslumbrarlas. Se disponían a retozar desnudas en una bañera natural entre dos rocas, cuando los búfalos abrumados por el calor corrieron hacia el río. Pertenecían a un primo de Puarma, que estaba decidido a alcanzar a los fugados ante la mirada de las maravilladas damiselas.

Musculoso, excelente nadador, el joven pensaba conquistarlas a las tres. Puesto que no habían huido, ¿no significaba aquello que consentían de un modo implícito? Sin embargo, la dura región de la cuarta catarata del Nilo no hacía pensar en el amor. Corriendo sorprendentemente de nordeste a sudoeste, el río desplegaba su salvajismo abriéndose paso, a duras penas, entre bloques de granito o de basalto e inhóspitos islotes que intentaban frenar su curso. En las hostiles riberas, arena y piedras concedían muy poco espacio a unos pobres cultivos. Y casi todo el año los ueds que se hundían en el desierto permanecían secos. Vigorosas palmeras datileras se agarraban a las abruptas vertientes que, aquí y allá, se transformaban en acantilados negruzcos.

A los viajeros que pasaban por la región de la cuarta catarata les parecía una antesala del infierno. Pero Puarma había vivido en esas soledades una infancia maravillosa y conocía el menor recodo del laberinto rocoso.

Con gran maestría, llevó a los búfalos hasta una especie de canal donde se refrescarían perfectamente seguros.

—Venid —les dijo a las tres hermosas—, no hay ningún peligro.

Ellas se consultaron con la mirada, cambiaron algunas palabras risueñas y luego saltaron ágilmente de roca en roca para reunirse con el muchacho.

La más audaz saltó sobre los lomos de un búfalo y tendió el brazo hacia Puarma. Cuando él intentó agarrarla, lo retiró y se echó hacia atrás. Nadando bajo el agua, sus dos compañeras asieron al muchacho por las piernas y le atrajeron hacia sí antes de volver a la superficie.

Encantado de ser su prisionero, Puarma acarició un pecho admirable y besó unos labios ardientes. Nunca podría agradecer bastante que los búfalos de su primo hubiesen tenido la idea de fugarse.

Entregarse a los juegos del amor con una joven nubia flexible como una liana era un instante de gracia, pero ser el juguete de tres amantes ávidas e inventivas parecía ya un paraíso imposible. En el agua, Puarma fingió luchar para mantener una relativa autonomía, pero cuando ellas le arrastraron a la orilla, abandonó cualquier resistencia y se entregó a sus besos más audaces.

De pronto, la que estaba tendida sobre él lanzó un grito de espanto y se levantó. Sus dos compañeras la imitaron y las tres echaron a correr como gacelas.

—¿Pero qué os pasa?... ¡Volved!

Despechado, Puarma se levantó a su vez y se dio la vuelta.

De pie en una roca que dominaba el nido de amor se hallaba un coloso de un metro noventa con la piel de un ébano que brillaba bajo el sol ardiente. Con los brazos cruzados, vistiendo un taparrabos de inmaculado lino blanco, con un fino collar de oro al cuello, el hombre tenía una mirada de rara intensidad.

Puarma se arrodilló y posó la frente en el suelo.

—Majestad..., ignoraba que estuvierais de regreso.

—Levántate, capitán de los arqueros.

Puarma era un valiente que no vacilaba en luchar contra diez. Pero sostener la mirada del faraón negro era superior a sus fuerzas. Como los demás súbditos de Pianjy, sabía que una fuerza sobrenatural animaba al soberano y que sólo esa fuerza le permitía reinar.

—Majestad..., ¿acaso está a punto de estallar un conflicto?

—No, tranquilízate. La caza fue excelente y he decidido regresar antes de lo previsto.

Pianjy acostumbraba a meditar en ese caos rocoso desde donde contemplaba su perdido país al que tanto amaba. Ruda, hostil, secreta, pobre en apariencia, la Nubia profunda, tan alejada de Egipto, formaba almas fuertes y cuerpos poderosos. Aquí se celebraban día tras día las bodas del sol y del agua, aquí soplaba un viento violento, gélido unas veces, ardiente otras, que moldeaba la voluntad y te hacía capaz de afrontar las pruebas cotidianas.

Aunque llevara el título de rey del Alto y del Bajo Egipto, Pianjy no salía de su capital, Napata. Coronado a la edad de veinticinco años, el faraón negro reinaba desde hacía veinte, consciente de los desgarrones políticos y sociales que hacían a Egipto débil como un niño. En el Norte, los ocupantes, los guerreros libios, no dejaban de enfrentarse para obtener más poder; en el Sur, la ciudad santa de Tebas, donde residían las tropas nubias encargadas de proteger los dominios del dios

Amón contra cualquier agresión. Entre el Norte y el Sur, el Medio Egipto, con dos fieles aliados del faraón negro, los príncipes de Herakleópolis y de Hermópolis. Su mera presencia disuadía a los del Norte de abandonar su zona de influencia.

La situación no satisfacía a Pianjy, es cierto. Pero se limitaba al bienestar de Tebas y al embellecimiento de su propia capital, donde hacía construir un soberbio templo a la gloria de Amón, verdadera réplica de su santuario de Karnak. Ser un constructor, siguiendo el ejemplo de los grandes monarcas del pasado, era la única ambición de Pianjy. Y los dioses le habían ofrecido una tierra mágica, donde la voz de Maat, la diosa de la justicia y la verdad, seguía haciéndose oír. Combatiría hasta el límite de sus fuerzas para preservar aquel tesoro.

—¿Has entrenado bien a tus hombres estos últimos tiempos?

—¡Claro, majestad! Mis arqueros siguen en pie de guerra. De lo contrario se ablandarían. ¡Manda y combatiremos!

A Pianjy le gustaba el valor de Puarma. Y éste estaba convencido de que aquel encuentro nada debía al azar.

—Majestad..., ¿hay que prepararse para un conflicto?

—No... O, al menos, no del modo que piensas. El enemigo no ataca siempre por el lugar donde se le espera. En mi propia capital, algunos desean que me ocupe menos de los dioses y más de sus privilegios. Reúne a tus hombres, Puarma, y ponlos en estado de alerta.

El capitán de los arqueros se inclinó ante su rey y partió corriendo hacia Napata, mientras Pianjy seguía contemplando el atormentado paisaje de la catarata. En el furor de las aguas y la implacable eternidad de la roca, el faraón obtenía la energía indispensable para cumplir su tarea.

La felicidad... Sí, Pianjy tenía la inestimable suerte de conocer la felicidad. Una familia satisfecha, un pueblo que saciaba su hambre y se alimentaba, también, de los apacibles días que fluían al compás de las fiestas y los ritos. Y él, el faraón negro, tenía el deber de preservar esa tranquilidad.

La claridad del aire hacía perceptible el menor ruido. Y aquél Pianjy lo conocía bien. El regular golpeteo de unas pezuñas de asno en la pista. Un asno que llevaba a Cabeza-fría, escriba de elite y consejero de Pianjy. Un asno que se alegraba de tener tan ligero dueño, porque Cabeza-fría era un enano de rostro severo y busto admirablemente proporcionado.

El escriba no solía alejarse de su despacho, el centro administrativo de la capital. Si había emprendido aquel viaje, la causa debía ser muy seria.

—¡Por fin os encuentro, majestad!

—¿Qué ocurre?

—Un accidente en las obras, majestad. Un accidente muy grave.

4

Dominando Napata, la capital del faraón negro, los mil metros de la montaña Pura, el Gebel Barkal, albergaban el poder invisible del dios Amón, el Oculto, origen de toda creación.

Situada a quince kilómetros aguas abajo de la cuarta catarata y rodeada de desiertos, Napata se hallaba en una fértil llanura en la que desembocaban varias pistas caravaneras. De modo que los súbditos de Pianjy no carecían de productos de primera necesidad, ni de géneros refinados, ni tampoco de artículos de lujo.

Pero los caravaneros no estaban autorizados a instalarse en Napata, salvo si cambiaban de oficio. Sólo se les permitía pasar allí una breve estancia, el tiempo de colocar sus mercancías y descansar un poco. Todos sabían que Pianjy poseía inmensas riquezas, pero quedaban reservadas para el embellecimiento de los templos y el mantenimiento del bienestar de la población. Los raros casos de corrupción habían sido objeto de severas penas que llegaban hasta la condena a muerte. El faraón no toleraba los quebrantamientos graves de la regla de Maat, y muy pocos imprudentes se arriesgaban a sufrir su cólera.

Montaña aislada en pleno desierto, el Gebel Barkal fascinaba a Pianjy desde la infancia. ¡Cuántas horas había pasado al pie de sus abruptos acantilados que dominaban la orilla izquierda del Nilo! Al hilo de los años, un insensato proyecto se había formado en su corazón: hacer hablar a la montaña Pura, moldear el pico aislado, en uno de sus ángulos, para convertirlo en símbolo de la monarquía faraónica.

La empresa se anunciaba peligrosa, pero Pianjy se entregaba a ella desde hacía dos años con la ayuda de algunos voluntarios. Puesto que el pico estaba separado del resto de la montaña por un barranco de doce metros de ancho y sesenta de profundidad, había sido necesario montar un gigantesco andamio utilizando aparatos de levantamiento rudimentarios pero eficaces.

Siguiendo las consignas del faraón maestro de obras, los escultores, sentados en estrechas plataformas, habían tallado el pico del Gebel Barkal. Desde el este, se creía ver un enorme uraeus, la cobra hembra erguida y tocada con la corona blanca; desde el oeste, la corona roja y el disco solar.

En lo alto del picacho se había grabado una inscripción jeroglífica en honor de Amón. Un orfebre había fijado también un panel cubierto de hojas de oro para que reflejara la luz del alba y manifestara de modo resplandeciente, cada mañana, el triunfo de la luz sobre las tinieblas. Debajo del panel, una hornacina contenía una serpiente uraeus de oro.

Los trabajos tocaban a su fin y se habían izado los últimos cestos de piedras y mortero destinados a modelar la montaña para darle el rostro deseado.

—Cuéntame —le dijo Pianjy a Cabeza-fría.

—Un escultor ha deseado contemplar su obra de cerca y no ha respetado las normas de seguridad. A media altura ha resbalado en una viga.

—¿Quieres decir que...?

—Ha muerto, majestad. Y su ayudante no está mucho mejor; al acudir estúpidamente en ayuda de su jefe, ha sido víctima del vértigo y no puede hacer ni un solo gesto.

Pianjy levantó los ojos y vio a un joven pegado a la pared, con las manos agarradas a un saliente y los pies apoyados en un pedazo de roca quebradiza. Para ir más deprisa, el muchacho no había utilizado el camino formado por escalas y cuerdas sino que se había creído capaz de escalar la pared con las manos desnudas. Cuando había visto caer al escultor, le había invadido el pánico.

Impotentes, con los brazos caídos, sus compañeros aguardaban el fatal desenlace.

—¿Qué edad tiene el muchacho? —preguntó Pianjy.

—Diecisiete años.

—¿Cuánto pesa?

—No lo sé exactamente —reconoció Cabeza-fría—, pero es delgaducho.

—Elige a dos hombres para que me acompañen.

—Majestad, no vais a...

—Por encima de él, las paredes se estrechan. Si consigo obtener una posición estable y tomar su mano, tiene una oportunidad de salvarse.

Cabeza-fría temblaba.

—¡Majestad, en nombre del reino, os suplico que no corráis ese riesgo!

—Me considero responsable de la vida del muchacho. Vamos, no podemos perder ni un segundo.

Dos canteros de robustos hombros y pie seguro precedieron a Pianjy trepando por la estrecha escala que conducía a la primera plataforma formada por sólidas vigas de madera de acacia.

—Aguanta —dijo Pianjy con una voz fuerte que resonó en toda la montaña sagrada—, ¡ya venimos!

El pie izquierdo del ayudante del escultor resbaló y permaneció unos instantes en el vacío. A costa de un esfuerzo del que ya no se creía capaz, el muchacho recuperó su equilibrio y consiguió pegarse de nuevo a la pared.

—Debo ir más arriba —anunció el rey.

—Tendréis que utilizar esta cuerda con nudos, majestad —dijo uno de los canteros.

Pianjy trepó sin dificultad y se inmovilizó en un saliente por encima del infeliz, cuyos dedos azuleaban ya a fuerza de agarrarse a la roca.

El monarca tendió su brazo derecho pero le faltaba todavía más de un metro para alcanzar a aquel a quien quería salvar de una muerte horrible.

—¡Una escalera! —exigió el soberano.

Los dos canteros levantaron una. Era tan pesada que todos sus músculos se contrajeron. Lo que Pianjy pretendía requería una fuerza hercúlea: poner la escalera en posición horizontal y calzarla entre ambas paredes.

Lentamente, con extremada concentración y los dedos crispados en la barra central, el rey la hizo girar. Cuando uno de los extremos tocó la roca, algunos fragmentos se desprendieron y rozaron la cabeza del muchacho, que lanzó un grito ahogado.

—¡Aguanta, pequeño!

La escalera quedó calzada.

Pianjy avanzó por aquella improvisada pasarela, la madera gimió. Uno de los barrotes emitió un crujido siniestro, pero soportó el peso del atleta negro. Ágilmente, éste se tendió sobre la escalera.

—Estoy muy cerca de ti, muchacho. Tenderé el brazo, agarrarás mi muñeca y te izaré hasta la escalera.

—¡No... no puedo más!

—Tienes que volverte para ver mi brazo.

—Es imposible... ¡Imposible!

—Respira despacio, concentrándote en tu aliento, sólo en tu aliento, y gira sobre ti mismo.

—¡Me estrellaré contra el suelo, voy a morir!

—Sobre todo, no mires hacia abajo, sino hacia arriba, hacia mi brazo tendido. Está justo encima de tu cabeza.

La escalera gimió de nuevo.

—¡Gira sobre ti mismo y vuélvete! —ordenó Pianjy en tono imperioso.

Con los músculos en tensión y sin aliento, el ayudante del escultor obedeció. Torpes e inseguros, sus pies se movieron a su pesar.

Cuando iba a encontrarse frente al vacío, el joven resbaló.

Cayó al abismo con los ojos abiertos de par en par.

Estirándose hasta casi arrancarse el hombro, Pianjy logró agarrar la muñeca izquierda del muchacho.

El choque fue violento, pero el rey consiguió izarlo hasta la escalera.

—Majestad... —articuló penosamente deshecho en lágrimas.

—Si hubieras sido más pesado, pequeño, los dos estaríamos muertos. Por haber violado las normas de seguridad, te condeno a trabajar un mes con los lavanderos.

Al pie del picacho, los compañeros del rescatado le felicitaron tras haber aclamado al rey.

Cabeza-fría parecía aún muy contrariado.

—El chiquillo está vivo, ¿no es eso lo esencial?

—No os lo he dicho todo, majestad.

—¿Qué más hay?

—Debo confirmaros mis temores. Algunos miembros de vuestra corte, y no de los menores, ponen en cuestión vuestra legitimidad.

5

El faraón negro levantó los ojos hacia la cima del Gebel Barkal.

—Ya ves, Cabeza-fría, esta obra me sobrevivirá. Sólo lo que está grabado en una piedra viva atraviesa las edades.

Convencido de que el rey no había percibido la gravedad de sus palabras, el escriba creyó oportuno insistir.

—No se trata de recriminaciones ordinarias, majestad, sino de una verdadera conspiración contra vuestra persona. Para seros franco, creo que incluso una de vuestras esposas secundarias está implicada.

—¿Y hay que preocuparse por tanta mediocridad?

—El asunto es serio, majestad.

Cabeza-fría merecía su nombre. Su perseverancia demostraba que no había investigado de un modo en absoluto superficial.

—Perder mi trono... ¿Tan catastrófico sería?

—Para vuestro pueblo y vuestro país, ¡sí! El que intenta sucederos no tiene las mismas preocupaciones que vuestro padre y vos mismo. Sólo piensa en apoderarse del oro de Nubia y en gozar de su fortuna.

El argumento afectó a Pianjy. Retirarse le importaba poco, pero no podía soportar ver destruida la obra de varias generaciones.

—Voy al templo, mi padre Amón me guiará.

Cabeza-fría habría preferido que el monarca reuniese a su corte enseguida y decidiera en caliente, con su autoridad habitual. Pero sabía que el soberano no iba a cambiar su decisión.

Construido al pie de la montaña Pura y bajo su protección, el templo de Amón era el orgullo del faraón negro. Había reconstruido, tan lejos de Tebas, los dominios del señor de los dioses: una avenida de carneros, encarnación de Amón, un primer pilono cuyos dos macizos simbolizaban Occidente y Oriente. Un primer patio, grande, con columnas, donde eran admitidos los dignatarios durante las fiestas, un segundo pilono, una segunda sala de columnas y luego el templo cubierto, flanqueado de capillas, que culminaba en el santuario donde sólo el faraón podía penetrar, para abrir al alba las puertas del naos que contenía la estatua divina, expresión concreta de su poder inmaterial. Pianjy la saludaba, la perfumaba, renovaba las telas que la cubrían, le ofrecía la esencia de los alimentos y volvía a colocarla en el interior de la piedra primordial, en el corazón del misterio de los orígenes.

Por la tarde, el templo estaba sumido en el silencio. Los ritualistas limpiaban los objetos del culto en los talleres que les estaban reservados, y las figuras divinas grabadas en los muros dialogaban entre sí.

Un sacerdote de Karnak se habría creído en su casa si hubiese penetrado en el dominio sagrado, pacientemente construido por Pianjy y al que éste no dejaba de embellecer para honrar la memoria de los prestigiosos faraones que habían actuado aquí, en Napata, para que brillara el mensaje de Amón. En el interior del templo se conservaban estelas de Tutmosis III, el modelo del faraón negro, y de otros dos reyes de Egipto a los que veneraba, Seti I y Ramsés II. Para él, esos tres monarcas encarnaban la grandeza de las Dos Tierras, en armonía con la voluntad divina, y habían ejercido la función suprema con un rigor y un amor incomparables. Y el pequeño santuario de Tutankamón había sido piadosamente conservado, al igual que algunas estatuas de los dioses cuya presencia era garantía de la transmisión del espíritu.

A medida que se progresaba hacia el interior del templo, el espacio iba reduciéndose y la luz disminuía hasta concentrarse en el naos, cuya claridad secreta sólo era visible para los ojos del corazón. Nunca el misterio de la vida sería explicado, pero podía ser vivido y compartido.

Pianjy se inmovilizó ante un enorme león calcáreo, cuyos rasgos eran de una extraordinaria finura. En Nubia, a Amón le gustaba tomar la forma de esta fiera, pues el nombre del león, en jeroglífico, era *mai*, «el que ve». Y ni siquiera el hombre que se ocultaba en el rincón de una habitación oscura escapaba a la mirada del Creador. En el zócalo de la estatua, una inscripción: «El dios que reconoce a su fiel, aquel cuya aproximación es dulce y se dirige hacia quien le ha implorado.»

Un bajorrelieve evocaba la ofrenda del arco por encima de la fiera de piedra.

El señor divino había abierto el camino: habría que seguir combatiendo.

El anochecer era de una inefable ternura. Era el instante en que los pastores tocaban la flauta, los escribas dejaban su pincel, las amas de casa se concedían por fin descanso contemplando la puesta de sol. La tarea se esfumaba, las fatigas de la jornada se olvidaban durante esos instantes mágicos que los ancianos sabios consideraban expresión de la plenitud.

Cuando Pianjy penetró en la alcoba de su esposa principal, sumida en la oscuridad, creyó primero que estaba ausente; luego la divisó en la terraza, absorbida por aquel espectáculo, único y renovado sin cesar, que le ofrecían los postreros fulgores del astro de la vida.

De treinta y cinco años, Abilea estaba en la cima de su esplendor. Alta, fina, de rostro alargado parecido al de Nefertiti, con la piel cobriza, tenía un aspecto real. Pianjy había desdeñado a las pretendientes oficiales para casarse con aquella hija de un sacerdote sin fortuna, aunque especialista en rituales egipcios, que había sabido transmitirle sus conocimientos.

El tiempo no hacía mella alguna en la suntuosa Nubia. Muy al contrario, la madurez la había embellecido y afinado, y las más hermosas seductoras de Napata habían renunciado a desafiarla.

Abilea llevaba, por todo vestido, una larga camisa de lino transparente. Se había soltado los cabellos perfumados y dejaba que los últimos brillos del poniente danzaran en su cuerpo de diosa.

Cuando la noche se extendió sobre el reino de Pianjy, se volvió para cubrirse algo más. Entonces le vio.

—¿Hace rato que estás aquí?

—No me he atrevido a interrumpir tu meditación.

La tomó apasionadamente en sus brazos como si hubieran estado separados durante largos meses. Aunque hubiera estado furiosa contra él, Abilea no habría podido resistir su magia. Sentirse protegida, amada por aquel rey fuerte y sensible al mismo tiempo, la colmaba de un gozo que las palabras no podían describir.

—¿Ha sido buena la caza?

—No faltará carne en la corte... Aunque eso no le impedirá seguir burlándose.

—¿Acaso la temes?

—Quien desdeñara una conspiración no merecería reinar.

Abilea posó la mejilla en el hombro de Pianjy.

—Una conspiración... ¿Tan grave es?

—¿Está mal informada la reina de Egipto?

—Creía que los rumores carecían de fundamento.

—Cabeza-fría no piensa eso.

—Cabeza-fría... ¿Escuchas siempre los consejos de ese escriba?

—¿Me lo reprochas?

Abilea se separó de Pianjy.

—Tienes razón, amor mío. Cabeza-fría no te traicionará. Una de tus esposas secundarias, algunos sacerdotes envidiosos, una decena de cortesanos estúpidos y un ministro demasiado ambicioso. ¿Cómo tomarles en serio cuando reinas desde hace veinte años y los más humildes de tus súbditos se dejarían matar por ti?

—La vanidad es un veneno incurable, Abilea. Lleva a la peor de las muertes, la de la conciencia.

—¿Qué piensas hacer?

—He implorado a Amón que ilumine mi camino, y me ha respondido.

6

La noche era suave y Tranan, el director del Tesoro, saboreaba su buena fortuna. Sentado bajo la palmera más alta de su jardín, se aproximaba al triunfo. A sus cincuenta y cuatro años, ocupaba uno de los puestos relevantes del gobierno de Pianjy y vivía en una magnífica villa del centro de la ciudad que un rico noble tebano no habría desdeñado. Esposo colmado, padre de cinco hijos, había hecho toda su carrera en la administración de Napata y debería haber estado satisfecho con su confortable situación.

Pero era uno de los raros dignatarios que conocía los verdaderos recursos del reino de Pianjy, cuya pobreza era sólo aparente. Modestos cultivos a lo largo del Nilo, productos de la caza y de la pesca, dátiles... El inventario de las riquezas naturales se hacía muy pronto, y de él podía deducirse que Napata era la capital de una región miserable.

Pero eso habría supuesto olvidar la maravilla que el país nubio ofrecía a su soberano: el oro. Un oro abundante y de buena calidad. Antaño, los reyes de Egipto habían colonizado Nubia con la intención de apoderarse del precioso metal.

Hoy era el soberano negro quien ejercía su poder sobre la explotación minera y poseía la totalidad de la producción: así quedaban suprimidas rivalidades y codicias. ¿Pero cómo utilizaba Pianjy esa colosal fortuna? La donaba al templo de Amón y se servía de ella para contribuir al bienestar de la población.

El director del Tesoro no soportaba ya esta política. Un soberano que olvidaba enriquecerse era un débil que, antes o después, merecía ser eliminado. En su lugar, Tranan habría entregado al pueblo un estricto mínimo y se habría dado la gran vida en compañía de sus allegados. Como su mujer comenzaba a envejecer, se habría procurado jóvenes cortesanas y habría viajado mucho para ser admirado por los príncipes extranjeros en fastuosos banquetes.

Con Pianjy, el porvenir quedaba cerrado. Pegado a su montaña Pura, a su templo de Amón y a su capital, el faraón negro no tenía espíritu de empresa ni el menor sentido del comercio. Había llegado la hora de proceder a un cambio radical de política.

El mayordomo de Tranan le sirvió una copa de vino fresco y unos pasteles con miel.

—Vuestra esposa os aguarda para cenar, señor.

—Que cene con los niños y no me importune. Cuando llegue mi visitante, llévale a la sala de masaje y que nadie nos moleste.

Tranan no podía actuar solo. Tenía, ciertamente, el apoyo de algunos cortesanos, pero barrerían el suelo ante Pianjy en cuanto éste levantara la voz. En cambio, una de las esposas secundarias desdeñada por su real marido soñaba con vengarse y estaba lo bastante colérica como para satisfacer su pasión destructora. Y Tranan dispondría de una ayuda más valiosa aún: la del obeso que acababa de entrar en la sala de masaje.

Cubierto de collares y anillos de oro macizo, Otoku pesaba ciento sesenta kilos y más aún tras sus orgías de carne de buey, espesas salsas y cremosa pastelería. Su propio vestido estaba bordado con oro y nadie tenía derecho a tocarlo so pena de recibir un golpe fatal de su maza de oro, pues Otoku era el jefe de la más alejada tribu de Nubia, la mayoría de cuyos miembros se encargaba de extraer oro de primera calidad de una gigantesca mina. Hacía mucho tiempo ya que había jurado fidelidad al faraón negro. Con el tiempo, su juramento se había embotado.

Dado el sombrío carácter de Otoku, el director del Tesoro se había aproximado a él poco a poco, con la más extremada prudencia, para ir ganando progresivamente su confianza. Afortunadamente, al obeso le gustaban los regalos, sobre todo los cofres de madera de ébano y los echarpes de lana, que anudaba en torno a su cuello de toro cuando las noches refrescaban.

Pero la verdadera golosina de Otoku eran los masajes. Varias horas al día entregaba su rechoncho cuerpo a unas manos hábiles que le hacían estremecerse de satisfacción. Cuando Tranan le hizo saber que acababa de contratar a una masajista de notable talento, el obeso se empeñó en conocerla.

La costumbre de su tribu exigía que Otoku no posara los pies en el suelo ante un inferior. Como su único superior era el faraón negro, el obeso fue introducido en la propiedad de Tranan en una silla de madera dorada que llevaban, a duras penas, cuatro robustos mocetones.

—Vuestra visita me honra en grado sumo, señor Otoku —dijo Tranan, que sabía el interés que su huésped sentía por las muestras de consideración.

—Mejor así, mejor así... Me duele la espalda. Que me cuiden de inmediato.

Fue preciso subir tres peldaños que exigieron de los porteadores un duro esfuerzo. Con cierta gracia, comparable a la de un elefante arrodillándose, su dueño consiguió tenderse boca abajo mientras un servidor colocaba bajo su estómago un almohadón dorado.

—¿Dónde está esa masajista que me prometiste?

—Hela aquí, señor.

Una frágil siria, de cortos cabellos tirando a rubios, trepó sobre los lomos del obeso y, con ágil mano, extendió sobre la masa de carne un aceite tibio y perfumado.

—¿Qué delicia es ésa? —preguntó Otoku agradablemente sorprendido.

—Aceite de fiesta procedente de Tebas, señor. Dicen que calmó los dolores del mismo Ramsés el Grande.

Ágiles y precisas, las pequeñas manos de la masajista deshicieron, una a una, las contracturas musculares del obeso, que gruñó de satisfacción.

Tranan se guardó mucho de interrumpir el tratamiento. ¿Acaso Otoku no estaba convirtiéndose en su deudor?

—Perfecto, pequeña, perfecto. Te daré una bolsita de polvo de oro.

Mientras la siria se eclipsaba, el jefe de tribu recuperó su lugar en la silla.

—Bueno, Tranan, amigo mío, ¿por qué me has hecho venir a la capital?

—La pequeña masajista...

—Tu siria es muy hábil, pero hablemos de cosas serias. Sabes que me horrorizan los viajes y que detesto alejarme de mi pueblo.

Nervioso, Tranan anduvo de un lado a otro.

—El asunto es grave, señor. Eres el principal productor de oro del reino y yo el director del Tesoro. Somos, con Pianjy, los únicos que conocemos la magnitud de la fortuna que Nubia ofrece. Debo serte sincero; a mi entender, Pianjy la utiliza mal.

—¿Estás acusando al faraón de deshonestidad?

—¡No, de conformismo! Nuestra capital se adormece en su riqueza porque Pianjy se empeña en respetar tradiciones antañonas. Muchos dignatarios piensan como yo... Hace veinte años que reina y olvida las exigencias del porvenir. Si tú y yo no intervenimos, Napata correrá hacia la ruina.

Los ojos de Otoku se hicieron minúsculos.

—¿Y de qué modo vamos a intervenir?

—Parte de la corte está decidida a cuestionar la legitimidad de Pianjy. Los mismos que le eligieron piensan en un sucesor.

—¿Un sucesor que se llame... Tranan?

—Sólo si el señor Otoku acepta convertirse en el nuevo director del Tesoro y ser honrado como merece.

—¿Recibiría una parte mayor del oro que mi tribu extrae de las entrañas de la tierra?

—Es evidente.

El obeso ronroneó. Era, en él, una señal de profunda satisfacción.

Tranan sabía que tendría éxito, pues nunca se apostaba en vano por la codicia. A partir de ahora, los días de Pianjy estaban contados.

Otoku se incorporó como un felino y cogió a Tranan por la nuca.

—Hace mucho tiempo que te considero un pequeño crápula, indigno de la función que el faraón te confió. Has olvidado un detalle, Tranan: Pianjy y yo somos amigos desde hace más de veinte años, y los amigos verdaderos nunca se traicionan.

7

Tranan no volvería a salir ya de la mina de oro donde trabajaría hasta el fin de sus días. Pero Otoku no se sentía, por ello, tranquilizado, pues sólo había aplastado a una avispa de apetito más grande que su dardo, pero una seria amenaza gravitaba sobre Pianjy.

Formado por los amigos y los apoyos del rey, por los ancianos y los ritualistas, el Gran Consejo que había elegido a Pianjy, por unanimidad, veinte años antes, parecía decidido a formular graves reservas sobre el comportamiento del faraón negro.

Se basaban en informes erróneos de Tranan, en chismes propagados por una de las esposas secundarias de Pianjy, en las acerbas palabras de unos sacerdotes que acusaban, en falso, al faraón negro, de falta de piedad hacia Amón. Otoku había tomado, a tiempo, conciencia del peligro y de buena gana habría estrangulado con sus propias manos a todos aquellos mentirosos; pero el Gran Consejo, con su rigor habitual, había puesto en marcha un mecanismo que nadie podía ya detener.

A Pianjy no le costaría en absoluto, es cierto, refutar aquellas ignominias, pero su nombre quedaría manchado y, sobre todo, era capaz de renunciar a la corona para retirarse al templo de Amón. Otoku conocía bien a su amigo y sabía que no se agarraría al poder si las circunstancias le daban la oportunidad de desprenderse de él. Pero sabía también que nadie estaba dispuesto a sustituir a Pianjy y que su abdicación sería una catástrofe para Napata, para Nubia y para Egipto. En vez de preparar su defensa, el rey galopaba por el desierto para ofrecer a *Valeroso*, su caballo preferido, los grandes espacios que al soberbio animal le gustaba devorar. Y tal vez el hombre y su montura no estarían de regreso antes de que se reuniera el Gran Consejo.

A sus diecisiete años, la más joven de las esposas secundarias de Pianjy no se serenaba. Ciertamente, cuando su padre la había llevado a la corte de Napata le había explicado muy bien que nunca vería al faraón y que aquel matrimonio diplomático era indispensable para sellar la unidad del monarca con la tribu del sur de la cuarta catarata, de la que era heredera.

Pero la muchacha no lo aceptaba así. ¿No era acaso la más hermosa de palacio, no merecía compartir el lecho del soberano y expulsar de él a sus rivales? Había intentado, con ardor, forzar las puertas que la habrían llevado a Pianjy, pero sus desordenadas tentativas habían terminado en fracaso. El entorno del rey y, especialmente, su maldito escriba enano impedían a cualquier intruso turbar su serenidad.

¡La consideraban una intrusa, a ella, hija de jefe de clan, esposa secundaria! Furiosa por haber sufrido tamaña afrenta, decidió vengarse de aquel déspota incapaz de apreciar su belleza, revelando al Gran Consejo que Pianjy era un corrupto y que se apoderaba de la riqueza en su solo beneficio. Cuando fuera nombrado un nuevo faraón, éste no dejaría de fijarse en ella y concederle su verdadero lugar.

De momento, se estaba probando un collar de cuentas azules, jaspe rojo y cornalina, separadas por finos discos de oro.

—Sujétalo —le ordenó a su sierva.

—Este collar es digno de una reina... Y tú no lo eres.

Herida en lo más vivo, la muchacha se volvió y se encontró ante Abilea, la esposa principal de Pianjy.

—Este palacio te acogió, pequeña, y tú has traicionado su confianza. Peor aún, has calumniado al faraón y has intentado convertirte en el alma de una conspiración.

Aterrorizada, la hija del jefe de clan se levantó y sólo consiguió balbucear una blanda protesta.

—Esa falta merece una larga pena de cárcel, pero eres sólo una niña cuyo corazón se ha agriado ya... No se te ocurra mancillar el nombre de Pianjy. De lo contrario, mi indulgencia se desvanecerá y me mostraré más feroz que una tigresa.

—¿Qué... qué vais a hacer conmigo?

—Regresarás a tu tribu, donde unas matronas te enseñarán a trabajar y a ocuparte de una casa. Considérate afortunada.

A los noventa y siete años, Kapa, el decano del Gran Consejo, conservaba vivaz la mirada y la palabra clara. Muy flaco, había hecho sólo una frugal comida al día durante toda su existencia, no bebía alcohol de dátil y se obligaba a hacer un paseo diario. Su entorno temía su carácter gruñón, que la edad había acentuado.

El contraste que formaba con Otoku, aficionado a la buena carne, era sorprendente. El obeso no sabía cómo dirigirse al viejo quisquilloso que rechazaba, incluso, una copa de cerveza fresca.

—Tu salud...

—No te preocupes por mi salud, Otoku, al igual que yo no me preocupo por la tuya. ¿Dónde se oculta el rey, tu amigo?

—Se ha marchado lejos, a caballo.

—Los miembros del Gran Consejo me han comunicado sus conclusiones y las he examinado con atención.

—Has comprobado, pues, que se trataba de tonterías.

—¿Te atreves a criticar el trabajo de personalidades dignas de respeto?

—Las informaciones que recibieron son aberrantes y engañosas. Es evidente que algunos envidiosos quisieron perjudicar a Pianjy, ¡y es preciso castigarlos como merecen!

—Por lo que he oído, tú te has ocupado personalmente de Tranan, el ex ministro de Hacienda.

—Le he puesto a trabajar... Pianjy es, a veces, demasiado indulgente. Sus amigos deben librarle de las manzanas podridas.

—Soy el superior del Gran Consejo y no me dejaré influenciar. Le guste o no al rey, debe comparecer ante nosotros de inmediato.

Con cinco años de edad, en la plenitud de su fuerza, capaz de lanzar sin cansarse sus quinientos kilos de músculos a largas cabalgadas, *Valeroso* era el mejor caballo que Pianjy había tenido la ocasión de domar. Entre el hombre y el animal, con una sola mirada, había nacido la amistad y el rey no debía realizar muchos esfuerzos para hacerse comprender por el corcel, orgulloso, huraño incluso, pero deseoso de satisfacer al hombre que le había concedido plena confianza.

Valeroso era un caballo bayo, de crines leonadas, brillantes y sedosas, alto de remos, de belfos risueños, mirada directa y aspecto soberano. Los jinetes del ejército de Pianjy lo miraban con admiración y envidia, y evitaban acercarse demasiado. Todos sabían que *Vale-*

roso sólo obedecía a Pianjy y que se volvía salvaje en cuanto alguien más intentaba montarlo.

El rey le había hecho descubrir gran cantidad de pistas que partían de Napata y el caballo las había memorizado de un modo sorprendente, sin vacilar nunca. Para regresar a su establo particular, donde Pianjy le cepillaba personalmente, *Valeroso* tomaba siempre el camino más corto. El animal unía a su fuerza y resistencia una aguda inteligencia.

Desde la cima de una alta duna, el faraón negro contemplaba las extensiones desérticas.

—Ya ves, *Valeroso*, ningún emperador querría un país como éste. Pero lo amamos, tú y yo, porque nunca miente, porque nos obliga a ser implacables con nosotros mismos y a venerar la omnipotencia de la luz. El desierto y la tierra cultivada son ajenos el uno a la otra, no se desposan y, sin embargo, el uno hace comprender la necesidad de la otra.

Unas grullas reales sobrevolaron al jinete y su montura. A lo lejos, en lo alto de otra duna, un oryx de largos cuernos, inmóvil, les observaba. Si Pianjy hubiera necesitado un abrevadero, le habría bastado seguirlo.

—Me esperan en mi capital, *Valeroso*, y quienes desean verme me son hostiles. Si lo pierdo todo, dos seres me seguirán hasta el fondo del abismo: mi esposa y tú. ¿No soy, pues, el más feliz de los hombres?

El caballo dirigió sus ollares hacia Napata y se lanzó a todo galope. Al igual que su dueño, no temía la prueba.

8

Tefnakt sabía que sólo la guerra le permitiría acceder al poder supremo, pero no le gustaba combatir ni manejar las armas. El entrenamiento intensivo en el tiro con arco o la jabalina quedaba para otros; todos los jefes libios estaban orgullosos de su fuerza física, pero al federador no le preocupaba.

Para aliviar su angustia, Tefnakt había revisado cien veces su plan de batalla y reunificación de las Dos Tierras. Le habían traído algunas rameras y las había rechazado, no tocaba tampoco la jarra de vino ni la de cerveza. Aquellos placeres lenificantes le apartarían de su solo y único objetivo: ser reconocido como jefe supremo de la coalición libia, aniquilar las tropas de Pianjy, reducir al nubio a la impotencia y hacerse coronar como faraón en Tebas, en el Sur, y luego en Menfis, en el Norte.

Tenía la victoria al alcance de la mano, siempre que actuara deprisa, antes de que el faraón negro tomara conciencia de la decisión de Tefnakt y de su verdadera ambición. Hasta ahora, Pianjy sólo le consideraba un príncipe libio más poderoso que sus colegas, es cierto, pero igualmente mediocre y venal.

Pianjy se equivocaba.

De padre libio pero de madre egipcia, Tefnakt había

estudiado el glorioso pasado de Egipto y había llegado a una certidumbre: sólo recobraría su grandeza cuando las Dos Tierras, el Alto y el Bajo Egipto, estuvieran de nuevo unidas. Un proyecto grandioso que Pianjy era incapaz de hacer realidad y del que los reyezuelos libios se burlaban. Tefnakt se sentía capaz de recorrer hasta el fin el difícil camino y tomar la antorcha que habían dejado apagarse los sucesores de Ramsés el Grande.

Lamentablemente, dependía de la buena voluntad de un hatajo de pequeños tiranos de cortas miras, crispados sobre sus mediocres privilegios. Cuando hubiera obtenido el poder supremo, Tefnakt pondría fin a la anarquía que agotaba al país. Todas las provincias, fueran del Norte o del Sur, estarían de nuevo bajo la única autoridad del faraón.

Tefnakt no actuaba por su gloria personal sino para devolver a Egipto su esplendor de antaño y, más aún, para convertirlo en centro del nuevo mundo mediterráneo que, bajo la influencia de Grecia y del Asia Menor, comenzaba a tomar forma.

Nadie podía comprender esta visión y el peso de la soledad era difícil de soportar. Necesitaba, incluso, recurrir a los servicios de Yegeb y Nartreb, dos seres sin fe ni ley, para conseguir sus fines. Pero si Tefnakt lo conseguía, esos períodos de dudas y sufrimiento pronto quedarían olvidados.

Desenrolló un papiro contable que databa de la XIX dinastía, la de Ramsés, y recordaba las riquezas de Menfis por aquel entonces: lujuriantes campos, canales llenos de peces, almacenes rebosantes de mercancías, incesantes visitas de numerosos embajadores... Hoy, la gran ciudad estaba adormecida, a la espera de un auténtico monarca que le devolviera las fuerzas necesarias para asumir su papel de Balanza de las Dos Tierras, es decir, polo de equilibrio entre el Norte, abierto al exterior, y el Sur tradicionalista.

—¿Puedo hablar con vos, señor? —preguntó Nartreb con una voz en la que apuntaba la exaltación.

—¿Buenas noticias?

—Excelentes... Pero me muero de sed.

Con sus gordezuelas manos, el semita se sirvió una copa de vino blanco que se mantenía fresco en una jarra que sólo los alfareros del Medio Egipto sabían fabricar.

—¿Han votado, por fin, a mi favor los jefes de provincia?

—La situación es algo más complicada, señor... A decir verdad, estos últimos días evolucionaba, más bien, en la mala dirección, y ya sólo contabais con oponentes. Si Yegeb y yo no hubiéramos intervenido, el voto habría sido negativo y habríais tenido que regresar a vuestro principado de Sais.

—¿Y cómo les habéis convencido para que cambiaran de opinión?

—No ha sido fácil... Pero hemos sabido encontrar los argumentos adecuados.

—Quiero conocerlos, Nartreb.

—¿Es necesario, señor? Nos pagáis para hacer un trabajo y lo hacemos. Los detalles no importan.

—¡No es ésta mi opinión!

Sintiendo que Tefnakt se encolerizaba, Nartreb cedió.

—Desde hace varios años, Yegeb y yo hemos recolectado mil y una informaciones sobre los jefes de las provincias del Norte gracias a la complicidad de funcionarios locales que venden, de buena gana, sus confidencias a condición de que no se revele su nombre. Hoy nos aprovechamos de este trabajo de hormigas. Puesto que esos reyezuelos son todos, más o menos, unos corruptos y han cometido contra sus propios aliados faltas más o menos graves, que todos desean ver sumidas en el más profundo olvido, no nos ha costado demasiado negociar su aprobación. Sólo queda un pequeño problema...

—¿Akanosh?

—No, es un miedoso... Ha adoptado la opinión de la mayoría. Me refiero al anciano jefe que reina sobre las marismas del Delta y controla la explotación de la pesca. Un imbécil y un tozudo... Se niega a tener cualquier conflicto con el faraón negro. Por desgracia, su palabra tiene mucho peso aún e impide concluir con las discusiones. Podría incluso cuestionar nuestro éxito.

Con el estómago vacío, Nartreb tragó unos dátiles.

—¿Cómo piensas resolver el problema?

—Yegeb se ha encargado... Ahí está, precisamente.

El alargado rostro de Yegeb parecía lleno de una profunda satisfacción.

—¿Puedo sentarme, señor? Me pesan las piernas.

—¿Lo has logrado?

—El destino os es favorable. El anciano jefe de las marismas acaba de entregar su alma.

Tefnakt palideció.

—¿Acaso le has...?

—Vuestro irreductible adversario ha muerto durante su siesta... Una muerte del todo natural que demuestra vuestra suerte.

—¡La verdad, Yegeb!

—La verdad es que se celebrará un luto y que, luego, los jefes libios os concederán plenos poderes.

Cuando Akanosh volvió a su tienda, su esposa, una floreciente cincuentona, vio enseguida que estaba contrariado. Tras treinta años de matrimonio, descifraba los sentimientos de su esposo sin que él pronunciara una sola palabra.

—¿Es... la guerra?

—Todos han cambiado de opinión y no está ya aquí

nuestro decano para convencerles de que cometen un error fatal eligiendo a Tefnakt como jefe supremo. Sí, es la guerra. Nos disponemos a atacar Herakleópolis.

—Temes por mí, ¿no es cierto?

Akanosh estrechó entre las suyas las manos de su mujer.

—Somos los dos últimos que saben que eres de origen nubio... Y nadie se atrevería a atacar a mi esposa.

Aunque tuviera la piel blanca, atezada por el sol, de las egipcias del Norte, la mujer de Akanosh tenía un padre nubio. Durante mucho tiempo, el príncipe libio había soñado en una alianza con Pianjy que le habría convertido en el negociador ideal con sus compatriotas del Delta.

—Tefnakt me preocupa —reconoció Akanosh—. Es inteligente, astuto y tozudo... Para realizar su sueño pasará Egipto a sangre y fuego.

—Pero debes obedecerle, como los demás, y ordenar a tus soldados que le sigan.

—En efecto, no tengo elección. Sin embargo, mi conciencia me obliga a avisar a Pianjy.

—¡Ten cuidado, querido! Si te acusan de traición...

—Tefnakt me matará con sus propias manos, lo sé. Tranquilízate, sé cómo hacerlo permaneciendo en la sombra.

9

Bajo la presidencia del decano Kapa, el Gran Consejo se había reunido ante el primer pilono del templo de Amón de Napata, en el lugar donde se «decía Maat», la verdad y la justicia. Sentados a uno y otro lado del decano, los amigos del rey y sus apoyos, los ancianos y los ritualistas mostraban un rostro severo.

El faraón negro llegó a caballo y descabalgó a pocos metros de Kapa, que permaneció impasible. Pianjy llevaba la corona característica de los reyes nubios. Una suerte de gorro que se adaptaba a la forma del cráneo, ceñido por una diadema de oro de la que brotaban dos cobras erguidas, en postura de ataque. Llevaba en las muñecas y los bíceps unos brazaletes de oro con su nombre. En su delantal dorado, una minúscula cabeza de pantera de la que salían rayos de luz.

Viendo al monarca, cuyo poderío físico tenía un aspecto atemorizador, la mayoría de los miembros del Gran Consejo sintieron deseos de poner pies en polvorosa. Pero se limitaron a inclinarse respetuosamente imitando al viejo Kapa, que tomó enseguida la palabra para evitar una desbandada.

—Majestad, este Gran Consejo os eligió faraón del Alto y el Bajo Egipto hace veinte años. Ninguno de sus miembros ha tenido motivos para quejarse de vuestra actuación, pero penosos acontecimientos turban ahora la serenidad de la corte. Hemos examinado las quejas que se nos han transmitido por vías más o menos tortuosas, y...

—¿Por qué no se muestran mis acusadores a rostro descubierto?

—Aprobamos la condena del director del Tesoro, majestad, y que repudiarais a la esposa secundaria que intentó fomentar una conspiración. Por mi parte, esas medidas me parecen incluso en exceso indulgentes.

—Y en ese caso, ¿qué más se me reprocha?

La mayoría del Gran Consejo pensaba que Kapa se limitaría a esa breve confrontación, pero el anciano nubio tenía un agudo sentido de la magia de los seres, los lugares y los momentos. Se trataba, para él, de un modo de gobierno más importante que la elección de los ministros o la política. Quien no vibrara de acuerdo con la armonía secreta del mundo no tenía posibilidad alguna de dirigir correctamente el país.

—Durante veinte años —recordó el decano— vuestro poder ha permanecido intacto. Si algunos individuos innobles han intentado mancillar vuestro nombre, ¿no existirá acaso una razón grave, es decir, el debilitamiento de vuestra capacidad de reinar?

Varios miembros del Gran Consejo consideraron que el anciano Kapa iba demasiado lejos y temieron la cólera de Pianjy. Pero el faraón negro no perdió su calma.

—La luz divina ha colocado al rey en la tierra de los vivos para juzgar a los seres humanos y satisfacer a los dioses —dijo con voz grave citando el texto de la coronación—, para poner la armonía de Maat en lugar del desorden, de la mentira y de la injusticia, proteger al débil del fuerte, hacer ofrendas a lo invisible y venerar el alma de los difuntos. Para esta tarea me designó Amón. «Sé coronado», ordenó, pues fue Amón el que decidió mi destino. Dios hace al rey, el pueblo le proclama. Y adopté los nombres de coronación de mi glorioso antepasado Tutmosis III[1]: el pacificador de los dos países, el unificador de las Dos Tierras, poderosa es la armonía de la luz divina. Como él, hijo de Thot, busco la sabiduría y el conocimiento. ¿Acaso no se dice, en el *Libro de salir a la luz*, que el conocimiento es lo que aparta el mal y las tinieblas, ve el porvenir y organiza el país? Pero tienes razón, Kapa, tal vez mi capacidad para reinar se debilita. Tal vez ha llegado la hora de retirarme. No debo responder yo, sino Amón. Y se manifestará con una señal.

Desde la terraza de su palacio, rodeado de palmeras, hibiscus y adelfas, Pianjy contemplaba su ciudad y, a lo lejos, el desierto. ¡Qué apacible parecía, en la suavidad de la noche, aunque merodearan una multitud de demonios dispuestos a devorar al viajero imprudente! El faraón había afrontado, varias veces, los peligros del desierto, sus engañosos tornasoles, sus ilusorias pistas que no llevaban a ninguna parte, sus tentadoras dunas de las que la mirada no podía saciarse.

Tendida a su lado, Abilea le acarició la mejilla. ¡Cómo amaba a esa mujer que, por sí sola, encarnaba la belleza y la nobleza de Nubia! Cubierta sólo por un vestido hecho de finas mallas, parecido a la red de un pescador y que permitía ver la mayor parte del cuerpo, con el cuello adornado por un collar de oro y cuentas de turquesa, Abilea era la seducción misma. Le había dado a Pianjy un hijo y una hija y aquellas maternidades habían realzado, más aún, el fulgor de su feminidad.

—¿Estamos viviendo nuestras últimas noches en

---

1. Faraón de la XVIII dinastía, Tutmosis III reinó de 1504 a 1450, siete siglos antes que Pianjy.

este palacio? —preguntó con voz clara desprovista de inquietud.

—Sí si el dios Amón me retira su confianza.

Abilea abrazó a su marido.

—Si sólo escuchara mi amor por ti, suplicaría a Amón que permaneciese silencioso. Podríamos retirarnos a un palmeral y vivir allí apaciblemente, con nuestros hijos. Pero no le dirigiré esta plegaria, pues eres el único garante de la felicidad de todo un pueblo. Sacrificarla a nuestra propia felicidad sería una traición imperdonable.

—¿No me das demasiada importancia?

—Tú puedes dudar de tu poder, yo debo reconocerlo como tal. ¿No es éste el primer deber de una reina de Egipto?

—Amón me ha confiado el mensaje del arco.

—¿No es Nubia la tierra del arco? Te revela así que debes seguir reinando.

—El arco es también el símbolo de la guerra... Pero no hay a la vista conflicto alguno.

—¿No temes las turbulencias provocadas por los del Norte?

—Están demasiado ocupados desgarrándose entre sí, y ningún príncipe libio es capaz de imponerse a los demás.

Hacía mucho tiempo ya que el anciano Kapa sólo dormía dos o tres horas por noche. La existencia había pasado demasiado deprisa para su gusto, y antes de reunirse con la diosa del Hermoso Occidente, que adornaba la muerte con una sonrisa encantadora, quería aprovechar cada momento.

Kapa nunca había abandonado su país natal, aquella tierra ardiente y rugosa cuyos atractivos conocía mejor que nadie. Sólo se ofrecía a los amantes apasionados, al inagotable deseo; por eso Pianjy era un excelente soberano. Pero el anciano había actuado de acuerdo con su conciencia y no lo lamentaba. Privado de magia, incluso un coloso se convertía en presa fácil para las fuerzas de las tinieblas.

Si los dioses desautorizaban a Pianjy, Nubia y el Egipto del Sur sufrirían una grave crisis de inciertos resultados. Sólo eran mediocres quienes soñaban con sucederle, y transformarían en desastre una situación difícil.

En plena noche, en un cielo de lapislázuli, las estrellas desplegaban sus fastos. Puertas que se abrían para dejar pasar la luz que nacía, a cada instante, en los confines del universo, enseñaban al hombre que la mirada creadora es la que se eleva y no la que se inclina.

De pronto, una estrella abandonó su comunidad y atravesó el cielo a la velocidad de un lebrel en plena carrera. Como si fuera irresistiblemente atraída por la tierra, se precipitó hacia ella, seguida por un rastro de fuego.

¡No, Kapa no era víctima de una alucinación! La estrella se dirigía hacia Nubia, hacia la capital, hacia el palacio real, que desapareció en un fulgor.

10

Los insomnes habían visto una bola de fuego que caía sobre la terraza del palacio real y todos creyeron que la cólera del cielo había aniquilado al faraón negro. La respuesta de Amón había sido terrorífica.

Tan deprisa como sus viejas piernas se lo permitieron, Kapa se dirigió hacia el lugar del drama a cuyo alrededor comenzaba a concentrarse la población de la capital despertada por los gritos de los testigos de la catástrofe.

El capitán de los arqueros, Puarma, había ordenado que la guardia personal del rey impidiera el acceso a sus aposentos.

—¿No habrá que ayudar a su majestad? —se preocupó Kapa.

—No lo sé —reconoció el oficial, tan trastornado que era incapaz de tomar una decisión.

—Yo voy —afirmó Cabeza-fría con los ojos hinchados aún de sueño.

—Te acompaño —decidió el decano del Gran Consejo.

A una señal de Puarma, los arqueros dejaron pasar al enano y el anciano, que subieron por una escalera decorada con ornamentos florales y se aventuraron por los dominios privados de Pianjy.

—Majestad..., soy yo, Cabeza-fría. ¿Podéis hablar?

Nadie respondió.

La alcoba, el gran cuarto de baño, la sala de masaje, el despacho, la sala de recepción para huéspedes distinguidos, la biblioteca... Todas las estancias estaban vacías.

—Queda la terraza —observó Kapa.

Cabeza-fría tuvo ganas de llorar. En el interior, Pianjy habría podido escapar a los devastadores efectos de la estrella caída del cielo. Pero en la terraza...

—Mis viejas piernas ya no me aguantan —reconoció el decano del Gran Consejo.

—Descansa, iré solo.

Con el corazón en un puño, el enano subió lentamente el tramo de peldaños que llevaba a la terraza. A la luz de la luna, les vio.

Pianjy y su esposa estaban acostados uno junto al otro, Abilea había posado la cabeza en el pecho de su marido.

De modo que habían muerto al mismo tiempo, unidos en su amor.

—¿Qué haces aquí, Cabeza-fría?

El enano dio un respingo, temblando con todos sus miembros. ¡Era la voz grave del dios Amón, la voz celestial que iba a castigar su audacia!

—¿Se ha producido un grave acontecimiento en mi capital? —preguntó Pianjy incorporándose.

Cabeza-fría creyó que veía un fantasma.

—¿Sois vos, majestad?... ¿De verdad sois vos?

—¿Tanto he cambiado?

—La estrella caída del cielo, la bola de fuego...

—¿Dónde ves tú rastros de incendio?

La reina despertó.

—He soñado con un fuego celestial... Nos rodeaba como un halo protector. Estábamos en el centro de un sol que brillaba en la noche.

—¡Milagro! —aulló Cabeza-fría lanzándose hacia la escalera—. ¡Milagro, el dios Amón ha transformado en luz a la pareja real!

La sentencia del Gran Consejo, la opinión de los sacerdotes y el sentimiento del pueblo eran unánimes: Amón había elegido manifestarse en forma de fuego celestial, Amón, que habitaba en la montaña Pura y reconocía a Pianjy como su hijo y el faraón legítimo.

Mientras el sol se levantaba sobre el Gebel Barkal, cuyo picacho adoptaba la forma de una corona, los amigos del rey, sus apoyos, los ritualistas y los ancianos, por voz de su decano, confirmaron a Pianjy en sus funciones de jefe del Estado.

—Somos tus servidores —declaró el viejo Kapa—. Ordena y te obedeceremos, porque el pensamiento del Creador guía el tuyo.

En el rostro de Otoku se abría una amplia sonrisa. El obeso pensaba ya en el fastuoso banquete que había organizado para celebrar la segunda coronación del faraón negro. Dada la abundancia y la calidad de los manjares, sería recordado en la historia de la gastronomía nubia.

—Nada hay más urgente que honrar a los antepasados —decretó Pianjy—. Sin ellos no existiríamos. No están detrás de nosotros, sino delante, pues conocen a la vez la vida y la muerte.

Pianjy subió a la barca real cuya proa tenía la forma de una cabeza de carnero, el animal sagrado de Amón. Se sentó en su trono, la reina Abilea se acomodó a su lado y el faraón dio la señal de partida hacia Kurru, aguas abajo de Napata. Les siguió una imponente flotilla en la que no faltaba ni un solo dignatario.

Kurru era el cementerio de los soberanos nubios donde descansaba el padre de Pianjy. Modestos túmulos, provistos de una hornacina para las ofrendas, se codeaban con pozos funerarios y sepulturas que parecían mansiones de eternidad del Imperio Antiguo, con sus hermosos muros calcáreos brillantes y su capilla abierta en la cara este, para permitir a los vivos dialogar con los difuntos por medio de la ofrenda.

Pianjy, cuyo nombre significaba «el Viviente», comprobó que su propia tumba estaba casi terminada. Había elegido la forma piramidal y en su interior se había dispuesto un pasaje descendente que llevaba a una cámara funeraria cubierta por una falsa bóveda. Muy cerca, la última residencia de su esposa, que seguiría siendo su compañera en el más allá.

En la pirámide de Pianjy se hallaban ya dos fieles amigos: sus dos primeros caballos, que habían sido momificados y colocados de pie en profundas fosas tras haberse beneficiado de los ritos de apertura de la boca, los ojos y los oídos, y de la sustitución de su corazón mortal por un corazón imperecedero.

Pianjy ofreció a sus antepasados flores, perfumes, pan fresco, vino, leche, cerveza, aceite de fiesta, telas y collares de oro.

—Vuestros nombres están grabados en la piedra —declaró— y nunca serán olvidados. Les devuelvo la vida y así obrará el hijo de mi hijo. En verdad es un hombre digno de este nombre el que perpetúa la memoria de sus antepasados y guarnece sus mesas de ofrendas.

Abilea estaba radiante. Como su esposo, consideraba que los egipcios de las Dos Tierras olvidaban, cada día más, su tradición y se apartaban de la ley de Maat. Muy pronto, incluso la ciudad santa de Tebas desdeñaría sus sagrados deberes para dejarse hechizar por los espejismos del beneficio y la ambición individual.

Aquí, en Napata, en esa tierra lejana y salvaje, el faraón negro mantenía vivos los auténticos rituales, seguía leyendo los antiguos textos, prolongando la sabiduría del tiempo de las pirámides y la obra de Tutmosis III, de Seti I y de Ramsés II.

Uno de los participantes en la ceremonia sentía un gran orgullo; era Cabeza-fría, escriba riguroso que defendía el empleo de una escritura jeroglífica adecuada a los modelos de las primeras edades y exigía la práctica de una lengua clásica, desprovista de cualquier barbarismo y de palabras extranjeras que invadían la lengua bastarda del Norte. Ver resucitar la forma piramidal, rayo de luz inscrito en la piedra, le recordaba la edad de oro de los faraones.

Pianjy plantó un tamarisco en el jardín que precedía a la capilla funeraria de su padre. En aquel instante de comunión con lo invisible, una visión seguía obsesionándole: la del arco que Amón le había designado. ¿De qué amenazas era portador?

11

Tefnakt lanzó la totalidad de sus tropas contra la ciudad de Herakleópolis, «la ciudad del niño real», antiquísima aglomeración fiel al faraón negro. El nuevo general en jefe del ejército del Norte se sorprendió por la obediencia de los jefes de clan, que llevaron a cabo su plan sin protestar.

Los libios atacaron por cuatro lugares al mismo tiempo provocando la sorpresa y el pánico entre los defensores. El príncipe Peftau, un escriba sexagenario heredero de una gran familia local y rico terrateniente, no supo reaccionar ante tanta violencia. Aunque bien entrenados, sus soldados no estaban acostumbrados a librar un combate de semejante magnitud.

Media hora le bastó al ejército del Norte para apoderarse de una poterna, abrir una puerta fortificada y lanzarse al interior de la ciudad. Desde lo alto de las murallas, los arqueros de Peftau intentaron detener la devastadora oleada, pero los honderos libios los eliminaron enseguida.

Algunos civiles se lanzaron valerosamente a la batalla pero fueron despedazados por unos guerreros sobreexcitados por la sensación de triunfo.

Temiendo que si la lucha proseguía acabara en el exterminio de la población, Peftau salió de palacio rodeado por su guardia personal y pidió a sus hombres que tiraran al suelo espadas y escudos.

Tefnakt se adelantó hacia el vencido.

—¿Aceptas rendirte sin condiciones?

—Somos tus prisioneros, pero respeta a los habitantes de la ciudad.

—Concedido, si todas las armas, sin excepción alguna, se depositan en la plaza mayor.

—Tienes mi palabra.

Poco a poco, el furor fue desvaneciéndose. Herakleópolis obedeció a su príncipe, las mujeres y los niños se apretujaron unos contra otros, asustados por las crueles miradas de los vencedores. Un soldado que intentaba huir fue alcanzado por cuatro soldados de infantería que le pisotearon antes de clavarle una lanza en la espalda.

La escena, de inaudita brutalidad, hizo que se desvanecieran las últimas veleidades de los defensores de Herakleópolis. En todos los barrios se depusieron las armas.

—¿No eres el príncipe de Sais? —preguntó Peftau atónito.

—Hoy soy jefe de la coalición del Norte. Mañana unificaré las Dos Tierras —afirmó Tefnakt.

—¿Ignoras acaso que el único faraón legítimo es Pianjy y que esta ciudad le pertenece?

—La elección es tuya, Peftau: o te conviertes en mi vasallo o mueres.

El príncipe de Herakleópolis comprendió que Tefnakt no bromeaba. Su mirada era la de un implacable conquistador.

Peftau se inclinó.

—Te reconozco como soberano.

—¿Renuncias a servir a Pianjy?

—Renuncio... ¿Pero cuáles son tus proyectos?

—Herakleópolis era sólo una etapa.

—Una etapa... ¿Piensas, pues, avanzar más hacia el sur?

Tefnakt miró a su alrededor.

—Un tercio de tus soldados están muertos o heridos... Por consiguiente, te quedan dos tercios de combatientes experimentados que se unirán a mis tropas para atacar y tomar otra ciudad de las que controla Pianjy.

—Herakleópolis es una magnífica conquista —dijo Peftau— y tu nueva fama bastará para aterrorizar a los nubios... ¿Para qué quieres más?

—Eres sólo un mediocre, Peftau, y no ves más allá de las murallas de tu ciudad. Limítate a obedecerme ciegamente y conservarás tus privilegios.

Tefnakt abandonó al vencido y reunió a los jefes de clan libios en la sala de audiencias de palacio. Algunos estaban ya borrachos, otros cubiertos de la sangre de sus víctimas, y todos gritaban el nombre de su general, que les había llevado a una victoria rápida y brillante cuando la mayoría había temido una resistencia encarnizada por parte de la milicia de Herakleópolis y su población. Tefnakt acababa de demostrarles su capacidad como jefe de guerra y abrirles el camino de un inesperado porvenir. Había despertado, en ellos, el deseo de combatir y exterminar a los egipcios, a los enemigos hereditarios que, durante siglos, habían humillado a Libia. Tefnakt tenía la intención de sacar las conclusiones de esa primera intervención militar, pero el estado de sus subordinados le disuadió.

Asqueado por tanta mediocridad, el general abandonó a los jefes de clan a su embriaguez. Al salir de palacio chocó con Akanosh, que vestía una larga túnica roja a rayas.

—¿Por qué no has participado en el asalto? —preguntó Tefnakt.

—Soy el portavoz de las tribus, no un soldado que se encarga de romper las líneas enemigas.

—¿Acaso desapruebas mi acción?

—Has obtenido una brillante victoria, Tefnakt, y tu autoridad no puede discutirse. Transmitiré, pues, tus órdenes con la mayor exactitud.

—Entonces, aquí tienes una, Akanosh: haz que refuercen las fortificaciones de Herakleópolis y organiza los turnos de guardia.

Tefnakt fue a buscar a Nartreb y Yegeb. Encontró a éste entre los saqueadores que estaban desvalijando la mansión del capitán de los arqueros de Herakleópolis, caído durante el asalto. Pese al dolor de sus tobillos y a sus dificultades para moverse, el semita se mostraba muy activo y llenaba de copas de oro un gran saco.

Dio un respingo cuando vio a Tefnakt.

—Señor... ¡No temáis, yo vigilo a esa gente! Sólo tomarán lo que les corresponda.

—Confío en ti. ¿Dónde está Nartreb?

—Allí, arriba —respondió Yegeb con una curiosa sonrisa—. Pero creo que está bastante ocupado...

Tefnakt subió por las escaleras. Del piso llegaban los gritos de una mujer a la que Nartreb estaba violando con ferocidad mientras la abofeteaba.

—¡Ya basta, Nartreb!

Aquella bestia prosiguió.

—Sólo es la hija de un oficial a sueldo de Pianjy, y estoy convencido de que nunca ha conocido a un hombre como yo.

Tefnakt dio un puntapié en los lomos de Nartreb.

—¡Me habéis hecho daño, señor!

—Reúnete con Yegeb e investigad a Peftau, el príncipe de Herakleópolis.

Nartreb se anudó el taparrabos, indiferente a la muchacha que le miraba con ojos de odio.

—¿Dudáis de su fidelidad, señor?

—Quiero saberlo todo sobre él, y deprisa.

El violador se volvió hacia su víctima antes de dirigirse hacia la escalera:

—Volveremos a vernos, pequeña.

La egipcia ocultó su vientre y sus pechos con los jirones de su vestido.

—¿Cómo te llamas? —preguntó Tefnakt.

—Aurora. ¿Sois vos el general libio?

—Soy el nuevo dueño de esta ciudad.

—Habéis matado a mi padre, y os mataré.

12

Cerca del templo de Amón, el palacio del faraón negro se levantaba sobre un zócalo de dos metros de alto rodeado por un muro. Las dos hojas de la gran puerta de acceso habían sido abiertas para dejar entrar a lo más selecto de Napata, invitado a un banquete que se ofrecía en honor de Pianjy. Puesto que el maestro de ceremonias no era otro que Otoku, goloso y buen comedor, todos se esperaban una extraordinaria velada.

Para el capitán de los arqueros, Puarma, lo más difícil había sido elegir compañera entre la decena de soberbias muchachas que le habían suplicado que las llevara. Sólo un sorteo y largas explicaciones enmarañadas, acompañadas por unos regalos que aumentaron sus deudas, le habían permitido salir de aquel mal paso.

Por fortuna, la que colgaba de su brazo y devoraba con los ojos el espectáculo que iba descubriendo era la menos charlatana. Plantadas en el jardín, unas antorchas iluminaban las palmeras, los tamariscos y los sicomoros, y las superficies de agua donde florecían los lotos blanco y azul que reflejaban las luces. Unos sirvientes ofrecían a los huéspedes paños perfumados y una copa de vino blanco fresco mientras éstos admiraban las columnas del palacio en forma de tallo de papiro.

La pareja subió por la escalinata de honor, de granito rosa, cuyos costados estaban decorados con figuras de enemigos derribados y vencidos. Invadida ya por numerosos cortesanos, la gran sala de recepción con columnas era una nueva maravilla: superficies de tierra esmaltadas de amarillo, verde, azul y violeta, cornisas de estuco dorado, bajorrelieves que representaban toros salvajes, panteras y elefantes.

Al fondo de la sala se levantaba un baldaquino flanqueado por dos leones calcáreos. Albergaba dos tronos de madera dorada en la que se acomodaban Pianjy y Abilea durante las audiencias oficiales. Viendo el estado de pasmo de su compañera, estupefacta ante tantas maravillas, el capitán de los arqueros se guardó mucho de revelarle que, bajo el centro del palacio, se había engastado un gigantesco bloque de oro nativo, símbolo de la luz oculta en las tinieblas.

Alguien empujó a Puarma.

—Pero qué... ¡Ah, eres tú, Cabeza-fría! Pero no te has puesto ropa de fiesta.

—Tengo demasiadas preocupaciones —repuso el escriba visiblemente al borde del ataque de nervios.

—¿Qué ocurre?

—¡De nuevo la evacuación de las aguas residuales! Pese a las consignas que les di, los obreros trabajaron de cualquier modo. Y es bien sencillo... Hay que forrar con láminas de cobre los estanques de piedra, hacer una abertura suficientemente grande que se obstruye con una tapa metálica y calcular correctamente el diámetro de los tubos hechos con láminas de cobre batido y convertidas en cilindros. Por más que les enseñé los planos y les di las medidas correctas, la red correspondiente al ala izquierda de palacio se ha obturado de nuevo... Resultado, para mí no hay fiesta y tengo que ir a despertar a una pandilla de incapaces.

El enano desapareció mascullando mientras la orquesta penetraba en la gran sala. Dos arpistas desgranaron una encantadora melodía, acompañadas muy pronto por un flautista, dos tocadores de oboe y un clarinetista.

Tras el concierto, un mayordomo rogó a los invitados que pasaran a la sala del banquete. La compañera del capitán de los arqueros estuvo a punto de desvanecerse ante las soberbias mesas bajas, de madera de ébano, los adornos de flores de aciano y de mandrágora, los candiles de aceite dispuestos en altos pilares de madera dorada y, sobre todo, ante la vajilla... ¡Bandejas, copas, platos, boles, aguamaniles, todo era de oro!

Unos portadores de abanicos, unos con forma de lotos y hechos de cañas, otros de plumas de avestruz, procuraban un agradable frescor a los invitados, que estaban cómodamente sentados en la vasta estancia donde reinaban sutiles perfumes.

Con sus collares de oro y piedras semipreciosas de seis vueltas, las hermosas damas competían en elegancia. La amante de Puarma nunca había visto semejante despliegue de cornalina, jaspe, turquesa y lapislázuli. ¡Y qué decir de los pendientes de oro, a los que los orfebres habían dado las más variadas formas!

—¿Voy lo bastante arreglada? —se preocupó.

—Estás perfecta —estimó el capitán de los arqueros, que no tenía ya medios para cubrir de joyas a aquella compañera de una sola noche.

Cuando Pianjy y Abilea aparecieron se hizo un nudo en todas las gargantas. Alianza del poder y la belleza, la pareja real eclipsaba a aquellos y aquellas que habían esperado rivalizar con ella. El contraste entre el fulgor del oro de los collares y brazaletes, la piel negra de Pianjy y la cobriza de Abilea revelaba una armonía casi sobrenatural. Las joyas que habían elegido los soberanos eran de tal perfección que habrían podido ser ofrecidas a los dioses. Todos se sintieron de nuevo im presionados por la colosal fuerza que emanaba de Pianjy y por la innata nobleza de su esposa. Sin duda, también ella era muy fuerte, pues mantenía su rango junto a un monarca tan imponente.

Pianjy levantó una enorme perla en la que se concentraron todas las miradas de los invitados.

—Contemplad esta obra maestra de la naturaleza. ¿No es el símbolo visible de la esfera de la creación, del transparente vientre de la madre celestial en el que un nuevo sol renace cada mañana? Venerad esa luz que se os ofrece con profusión, esa vida generosa que toma a veces el aspecto de la muerte para que despertemos mejor en la eternidad.

El rey tomó una copa de oro, cuyos grabados evocaban un loto con la punta de los pétalos redondeada. Así se ilustraba el proceso de la resurrección, el renacimiento del alma inscrita en el loto que surgía del océano primordial. ¿Y no era el vino que contenía la copa un homenaje a Hathor, la diosa de las estrellas y del amor creador, que hacía danzar de gozo las constelaciones cuando la embriaguez divina colmaba el corazón del ser?

Pianjy bebió un trago, la reina le imitó.

La fiesta podía comenzar.

Estar de guardia en semejante noche era más bien deprimente. Pero el oficial y sus hombres, que se encargaban de mantener la seguridad de la capital, no habían sido olvidados por el faraón: sueldo y raciones dobles y, al día siguiente, una jarra de vino tinto como prima.

Aunque fuera conveniente quejarse a intervalos regulares para obtener un ascenso y disminuir el tiempo de trabajo, debía reconocerse que el oficio de soldado, en Napata, no era en exceso exigente. Ciudad rica y bien administrada, población feliz y apacible, ni el menor conflicto interno, ni una mala guerra en el horizonte... Antaño, cuando los nubios eran alistados en el ejército del faraón para combatir a libios y sirios en peligrosas expediciones, era preferible llevar encima varios amuletos protectores y estar bien preparados para el combate.

De haberse escuchado, el oficial se habría abandonado a un sueño reparador, bajo la protección de la bóveda estrellada, en la que brillaban las almas de los faraones reconocidos como «justos de voz» por toda la eternidad. Pero alguno de los centinelas no dejaría de advertirlo y comunicárselo a la superioridad.

El oficial se humedeció los labios y la frente con agua tibia y volvió a su puesto con la mirada clavada en la pista del norte que llegaba al primer puesto de guardia fortificado de la capital. Allí eran severamente controlados los viajeros que deseaban entrar.

Gracias a un primo cocinero que tenía en palacio, el oficial probaría mañana algunos de los platos que no hubieran sido enteramente consumidos por los invitados de Pianjy. Se hablaba, entre otros, de una «delicia de Ramsés», una receta de adobo que había atravesado los siglos.

Un brillo en el desierto.

El oficial creyó, primero, que era el titilar de una estrella, pero tuvo que rendirse pronto a la evidencia: se trataba de la señal de alarma de un vigía.

Una señal que se repitió varias veces insistiendo en la inminencia del peligro.

13

El oficial vacilaba.

¿Tenía que despertar al rey o esperar a que amaneciera? Arrancar a Pianjy del sueño podía provocar su cólera, pero no avisarle de inmediato podía ser peor aún. En esa incertidumbre, el oficial decidió consultar a Cabeza-fría.

El escriba, que acababa de dormirse tras haber conseguido que repararan el sistema de evacuación de aguas residuales, soltó una larga serie de gruñidos antes de incorporarse en su lecho.

—¿Qué quieres?

—Un incidente grave... Tal vez sea necesario avisar a su majestad.

—¡No habrán intentado invadir Napata, a fin de cuentas!

—Bueno...

Esta vez, Cabeza-fría despertó por completo.

—¿Controlas la situación?

—Sí, el hombre ha sido detenido.

El enano frunció el entrecejo.

—El hombre... ¿Estás diciéndome que Napata ha sido atacada por un solo hombre?

—¡Alguien que viaja de noche despierta forzosamente sospechas! Nuestro dispositivo de seguridad ha resultado muy eficaz y espero que mis méritos...

—Hablaré con el rey.

Pianjy no dormía.

Había aguantado, durante horas y horas, los halagos de los cortesanos que rivalizaban en ardor para expresar sus alabanzas. Cada cual había elogiado la calidad de los manjares y de los vinos, y Otoku, a guisa de agradecimiento por su talento de organizador, había recibido su peso en jarras de cerveza fuerte.

El faraón negro no había disfrutado, ni un solo instante, de los fastos de la velada. Le obsesionaba una angustia que le impedía saborear los placeres de un banquete del que la corte hablaría durante meses. Abilea había percibido la inquietud de su marido, pero se había guardado mucho de turbar su meditación.

Desde la terraza de palacio, Pianjy contemplaba el cielo. Sólo las estrellas poseían la sabiduría postrera, pues transmitían el verdadero poder, el de los orígenes de la vida.

En la terraza, unos pasos leves.

—Cabeza-fría... ¡Otra vez tú!

—Perdonad que os moleste, majestad, pero ya que estáis despierto...

—A estas horas sueles dormir a pierna suelta.

—Un hombre ha intentado introducirse en la ciudad, los arqueros le han detenido. Al oficial que estaba de guardia le gustaría que se reconocieran sus méritos y fuera ascendido.

—Que el mes que viene se encargue de la seguridad nocturna. Luego, veremos. ¿Ha dicho ese hombre cómo se llama?

—Según el oficial, dice cosas incoherentes. Afirma ser un servidor de Amón y tener un mensaje confidencial para el faraón legítimo.

—¿Le has interrogado?

—No, majestad. He pensado que desearíais ver enseguida al extraño viajero.

—Llévale a la sala de audiencias.

El primer día del primer mes de la estación de la inundación, en el vigésimo primer año del reinado de Pianjy, el alba creó una coloreada partitura de excepcional intensidad. La luz brotó de la montaña de Oriente en forma de disco solar, imagen viva del Creador del que el faraón era el representante en la Tierra.

La sala de audiencias del palacio de Napata estaba bañada por el fulgor de la aurora cuando el viajero se presentó ante Pianjy con las muñecas sujetas por unas esposas de madera y flanqueado por dos soldados.

—Liberadle y dejadnos solos —ordenó el rey.

Durante un largo instante, la visión del coloso con la piel de un negro brillante dejó sin voz al visitante.

—Majestad...

—¿Quién eres?

—Un sacerdote de Amón.

—¿Cuál es tu grado en la jerarquía?

—Soy ritualista, me encargo de la purificación de los jarrones para el ritual vespertino.

—¿De qué templo procedes?

—De Karnak, el templo de Amón-Ra, el señor de los dioses.

—¿Cómo has viajado?

—Tomé un mapa y he cambiado varias veces de embarcación antes de realizar a pie la última etapa.

—Caminar por la noche es peligroso... Podría haberte mordido una serpiente.

—Era preciso correr ese riesgo para evitar la mordedura de un reptil más peligroso que todas las cobras de Nubia, un reptil que se enrolla alrededor de Egipto, no deja ya respirar a sus habitantes y pronto les arrebatará el soplo de la vida.

—¡Tus palabras son muy enigmáticas!

—¿Os resulta familiar el nombre de Akanosh?

—Es un príncipe libio del Delta.

—Arriesgando su vida, Akanosh ha hecho llegar un mensaje a Karnak. He sido elegido para transmitíroslo.

—Dame el papiro del que eres portador.

—El mensaje es oral.

—Habla, entonces.

—Tefnakt, el príncipe de Sais, ha sido nombrado general en jefe de una coalición que agrupa a los demás jefes de tribu libios. Se ha apoderado, primero, del oeste del Delta; luego, de todo el Delta. Gracias a un numeroso ejército, ha tomado el control de Menfis y se ha lanzado hacia el sur. Los príncipes locales, los alcaldes, los administradores parecen perros atados a sus pies, y nadie discute ya sus órdenes. Hasta Herakleópolis, todas las ciudades le han abierto sus puertas y se ha convertido en el dueño.

—Pero el príncipe Peftau, mi fiel súbdito, habrá resistido y le habrá impedido avanzar. Ese fanfarrón de Tefnakt habrá dado media vuelta y su coalición se habrá dispersado.

—Siento decepcionaros, majestad... Tefnakt ha tomado por asalto la ciudad de Herakleópolis y Peftau no ha sido capaz de resistir.

—¿Ha muerto?

—No, se ha rendido.

—¿Y la población?

—A salvo. Pero los soldados de Peftau se han puesto a las órdenes de Tefnakt.

—¿Ningún movimiento de revuelta por su parte?

—U obedecían o eran aniquilados. Ahora son vuestros enemigos.

—¿Afirmas que Tefnakt controla Herakleópolis?

—Sí, majestad, y debéis admitir que está a la cabeza de un verdadero ejército que va de victoria en victoria.

—¿Tienes informaciones sobre la estrategia que Tefnakt piensa utilizar?

—Está dispuesto a combatir cada día y a avanzar más hacia el sur.

—¿Hasta Tebas?

—No cabe duda, majestad.

El faraón negro permaneció en silencio unos segundos, como si estas revelaciones le aterraran.

Luego soltó una carcajada.

14

La reacción de Pianjy desconcertó al sacerdote de Amón.

—Majestad... ¿no me creéis?

—Eres un hombre de plegaria y meditación, y nada entiendes de la guerra.

—Pero Akanosh...

—¿Puede él tener una visión objetiva de la situación? Akanosh es un jefe libio subyugado por el fanfarrón de Tefnakt. Estos acontecimientos no tienen gravedad alguna.

—¡Pero, majestad, todo el Medio Egipto estará pronto bajo el control de Tefnakt!

—Hermópolis, la ciudad del dios Thot, permanecerá fiel. Tefnakt no se atreverá a atacarla.

El sacerdote de Amón estaba consternado.

—¿No vais a reaccionar?

—Reuniré a mi consejo de guerra. Tranquilízate, serás bien alojado y alimentado. El templo de Amón está abierto para ti, podrás cumplir allí tus deberes sagrados.

—Tengo que haceros una petición, majestad.

—Te escucho.

—¿Me autorizáis a residir en vuestra capital? Se dice que es posible encontrar en ella las más antiguas tradiciones.

—Si ésta es tu decisión, será respetada.

El consejo de guerra del faraón estaba compuesto por su esposa principal, Abilea, el escriba Cabeza-fría, el capitán de los arqueros Puarma y el encargado de la explotación de las minas de oro, Otoku. Pianjy les concedía su confianza sabiendo que sus palabras no serían engañosas y que estarían libres de mentira.

Ministros y cortesanos sólo servían para discurrir sin fin con la salvaguarda de sus intereses personales como única preocupación. De modo que más valía tomar las decisiones fundamentales en una asamblea restringida, y anunciárselas luego a la corte.

Pianjy había reunido a sus allegados en la parte más sombreada del jardín. En el centro, un estanque donde el rey solía nadar con frecuencia. El calor de finales de julio, abrumador incluso para los nubios, alegraba a Pianjy. ¿Acaso no liberaba la fuerza de la tierra al tiempo que ponía a dura prueba a los organismos? Domeñarlo formaba parte del oficio de hombre.

No era eso lo que pensaba Otoku, con los pies en una jofaina de agua fresca y la frente cubierta por un trapo húmedo perfumado con mirra. Por lo que a Cabeza-fría se refiere, bebía litros y litros de cerveza dulce para luchar contra la canícula que no molestaba a la reina Abilea, protegida por un parasol y vestida, simplemente, con una rejilla que no ocultaba en absoluto sus admirables formas. Puarma, el capitán de los arqueros, iba desnudo y no tenía prisa alguna por ponerse la coraza de entrenamiento.

—Líbrame de una duda, majestad —dijo Otoku, que se frotaba las carnes con un ungüento a base de incienso y olorosa juncia—; esta reunión es puramente amistosa, ¿no es cierto?

—Desengáñate. Como has adivinado, se trata, en efecto, de un consejo de guerra.

El obeso se secó la frente.

—¿Se ha rebelado una tribu?

—El incidente parece más grave. Un príncipe libio,

Tefnakt, ha conseguido, al parecer, federar a sus aliados para formar un ejército.

—Es ridículo —estimó Puarma—. No hay peor enemigo de un libio que otro libio. Jamás conseguirán elegir a un jefe.

—Sin embargo, Tefnakt ha conseguido hacerles entrar en razón, y las provincias del Norte le han nombrado general en jefe. Están ahora sometidas a su autoridad.

—Tenía que suceder —admitió Cabeza-fría—. El Norte padece unas condiciones económicas espantosas: miles de hombres no encuentran ya trabajo, el precio de los alimentos aumenta sin cesar, no se venera ya a los dioses, la injusticia y la corrupción reinan como soberanas indiscutibles... Sólo quedaba una salida posible: el advenimiento de un tirano lo bastante hábil como para apoyarse en un ejército bien pertrechado.

—¿Bien pertrechado? ¡Imposible! —protestó el jefe de los arqueros—. El Norte se ha vuelto demasiado pobre como para levantar a un ejército capaz de combatir.

—Tefnakt controla Menfis —reveló Pianjy— y se ha apoderado de Herakleópolis.

Las palabras del faraón negro sumieron a sus interlocutores en un profundo desconcierto.

—¿De dónde has sacado estas informaciones, majestad? —preguntó Otoku.

—De un sacerdote de Amón que ha hecho un largo viaje para avisarme.

—No te lo tomaste en serio —observó la reina Abilea.

—Es cierto —admitió Pianjy—. A mi entender, el tal Tefnakt quería llevar a cabo una gran hazaña para asentar su poder sobre los jefes de las provincias del Norte. Haberse apoderado de Herakleópolis es una auténtica proeza, pero no se atreverá a seguir adelante pues carece de capacidad. Un jefe de pandilla no se transforma, de la noche a la mañana, en señor de la guerra.

El jefe de los arqueros asintió inclinando la cabeza.

—Sin embargo, hay que preparar represalias —aventuró Otoku—. Dejar que ese revoltoso actúe con total impunidad supondría alentarle.

—Soy más pesimista que vosotros —reconoció Cabeza-fría.

La intervención del enano incomodó a la concurrencia. Todos apreciaban su notable inteligencia y se tomaban en serio sus avisos.

—¿Qué temes? —preguntó Otoku turbado.

—Un cambio radical en la actitud del Norte. Hasta hoy, sus rivalidades les hacían impotentes. ¿Acaso no vivimos, en Nubia, una anarquía idéntica? A partir del momento en que han aceptado la soberanía de un jefe y su estrategia, ya no suman sus defectos sino sus cualidades. ¿Acaso un conductor de hombres no se revela poniéndose a prueba? Pese a su importancia, Menfis carece desde hace mucho tiempo de cabeza pensante y no podía demostrar ninguna veleidad de resistencia ante un conquistador, por muy mediocre que fuera. Herakleópolis, en cambio, era un cerrojo, una plaza fuerte provista de una guarnición experimentada y al mando de Peftau, un notable fiel a Pianjy. Apoderarse de ella no era cosa baladí, y Tefnakt puede enorgullecerse de un formidable éxito que refuerza su prestigio.

—¿Intentas angustiarnos o provocarnos? —preguntó Pianjy.

—Ni lo uno ni lo otro, majestad. Eso es lo que pienso en el fondo.

—No consigo creer que el tal Tefnakt se atreva a desafiarnos —se rebeló Puarma—. Esta victoria, si ha existido, no tendrá futuro. ¿Cómo va a atreverse, un simple jefe de banda, a provocar la cólera del faraón Pianjy?

—Oyendo sus hazañas, solté la carcajada —reconoció el monarca—, pero las conclusiones de Cabeza-fría me hacen pensar que tal vez hice mal.

—Un aventurero que sabe utilizar la miseria del pueblo puede arrastrarlo a cualquier locura —dijo la reina—. Si Tefnakt se embriaga con su éxito, perderá cualquier control de sí mismo y no se preocupará por los cadáveres que siembre a su paso. Como Cabeza-fría, pienso que no debemos tomar a la ligera ese intento de invasión del Sur.

—¡Es imposible atacar Hermópolis! —objetó Puarma—. Su príncipe, Nemrod, juró fidelidad a Pianjy, y sus tropas son capaces de rechazar cualquier asalto.

—Eso pensábamos de Herakleópolis —les recordó el enano—. Si Tefnakt se hace dueño de todo el Medio Egipto, el camino de Tebas estará abierto. Y luego, ¿quién sabe...?

—¡Es inverosímil! —afirmó Otoku—. ¿Ignoras que nuestros regimientos acantonados en Tebas son una perfecta fuerza de disuasión?

—Esperémoslo.

Con la mirada baja, el jefe de los arqueros se dirigió a Pianjy.

—¿Qué decidís, majestad?

—Necesito reflexionar.

15

La esposa del príncipe libio Akanosh estaba tan trastornada que ni siquiera se había maquillado.

—¡Ven —le dijo a su marido—, ven enseguida!

—No he terminado de desayunar, no me han afeitado y...

—¡Ven!

Akanosh plantó una pluma de guerrero en sus trenzados cabellos y anudó precipitadamente un largo manto en su hombro izquierdo. A fin de cuentas, no podía salir a las calles de Herakleópolis sin los atributos de su poder.

—¿Adónde me llevas?

—A la enfermería donde se cura a los civiles heridos durante el asalto.

—¡No es tu lugar ni el mío!

—Formas parte de la coalición al mando de Tefnakt, ¿sí o no?

—Sí, pero...

—¡Entonces, entra en esta enfermería!

El edificio de ladrillo crudo estaba custodiado por dos soldados que les impidieron el acceso cruzando sus respectivas lanzas.

—Soy el príncipe Akanosh. Dejadnos pasar.

—Yegeb no autoriza visita alguna.

—¿Cómo te atreves a oponerte a mi voluntad, soldado? ¡Tu Yegeb es sólo un insecto! Si tu camarada y tú os obstináis, os haré trasladar a las marismas del Delta.

Los dos guardias bajaron sus lanzas.

En cuanto dio el primer paso en el interior del edificio, un espantoso olor torturó las narices de Akanosh. La sangre, la gangrena, la muerte... Decenas de hombres y mujeres yacían por el suelo; del comienzo de la hilera brotaban algunas quejas. Al otro extremo sólo había cadáveres.

Dos soldados estaban arrastrando a uno por los pies.

—¿Adónde lo lleváis? —preguntó Akanosh.

—Lo tiraremos a una fosa que Yegeb nos ha ordenado cavar. Así quedará libre una plaza... Cuando hayamos sacado a todos los muertos, traerán más heridos. Y continuará así hasta que ya no queden...

—¿Qué cuidados se prodigan a estos infelices?

—Ninguno. Para ellos lo mejor es morir deprisa.

El príncipe Peftau le había ofrecido a Tefnakt el primer piso de su palacio de Herakleópolis, donde el vencedor hablaba con sus aliados, uno a uno, para convencerles de lo acertado de su estrategia y de la importancia que debían dar a la ofensiva. Ante la sala de audiencias, el despacho de Yegeb seleccionaba a los visitantes.

—Quiero ver a Tefnakt inmediatamente —dijo Akanosh.

Yegeb consultó un viejo trozo de papiro en el que estaban escritos la fecha del día y algunos nombres.

—No os han convocado. Solicitad audiencia y aguardad la respuesta del general.

La cólera de Akanosh estalló, agarró al semita por la garganta y, aun siendo de menor estatura que él, lo levantó del suelo.

—¡No te pongas en mi camino, purria! Eres un criminal y un verdugo y debo ilustrar a tu dueño sobre tus manejos. Yo mismo te aplicaré el castigo que decrete.

Akanosh soltó a Yegeb, que recuperó el aliento con dificultad, mientras el príncipe libio entraba en la sala de audiencias de Tefnakt.

El general estaba escribiendo en una tablilla de escriba el relato oficial de su primera gran victoria sobre el faraón negro. Sería copiado en varios ejemplares, distribuido a los oficiales superiores y leído, en voz alta e inteligible, a los soldados. Y la noticia se extendería por todo el Medio Egipto, hasta Tebas. Luego sembraría el espanto entre los partidarios de Pianjy y les incitaría a rendirse.

Los negros ojos de Tefnakt se clavaron en el intruso.

—No te he convocado, creo.

—¡Debo informarte de lo que ocurre en esta ciudad!

—Todo está tranquilo, nuestro ejército controla la situación, el príncipe Peftau se ha convertido en mi vasallo. ¿De qué podemos quejarnos?

—¿Sabes que la enfermería reservada a los civiles es un moridero y que no se les prodiga cuidado alguno? Los momificadores se limitan a aguardar su muerte y arrojan los cadáveres a una fosa común, ¡sin el menor rito! Y esos horrores se cometen por orden de tu abnegado Yegeb. Exijo que se trate bien a esos infelices y que su torturador sea castigado.

Tefnakt arrojó contra la pared la tablilla de escriba.

—¡Nada tienes que exigir, Akanosh! ¿Olvidas que me debes obediencia total?

—Pero esos civiles...

—¿Acaso un jefe de clan libio se está volviendo sensible como una viuda abandonada? El Norte es pobre, lo sabes, y nuestro ejército carece de remedios y ungüentos. Todo lo que hemos encontrado en Herakleópolis está reservado a nuestras tropas. Esas son mis órdenes y quien las infrinja será considerado un traidor.

—Dejaremos morir a esos heridos...

—Estamos en guerra, Akanosh, y debemos elegir. Los buenos sentimientos no vencerán a los guerreros de Pianjy.

—¡Prometiste que la población de esta ciudad sería respetada!

—¿No estás de acuerdo con mi modo de actuar?

A Akanosh le hubiera gustado protestar más, pero las palabras no salieron de sus labios.

—Sobreponte, amigo, olvida estos detalles sin importancia. Como todos nosotros, concentra tu espíritu en un solo objetivo: la reconquista de Egipto. Nuestra victoria dará felicidad al pueblo, no lo dudes.

—El tal Yegeb...

—Me es fiel y no discute mis órdenes. Imítale, Akanosh, y vivirás una vejez feliz.

El jefe de clan se retiró pasando ante Yegeb sin mirarle.

—¿Cuándo cuidarán los médicos a los enfermos y a los heridos? —le preguntó la esposa de Akanosh a su marido.

El jefe de clan se derrumbó sobre unos almohadones.

—No lo harán.

—¿No... no has hablado con Tefnakt?

—Sí.

—¿Y... se ha negado?

—Hay que comprenderlo, querida... Es la guerra. Ni tú, ni yo, ni Tefnakt podemos cambiarlo.

—Tefnakt es el jefe de nuestro ejército, y miente cuando afirma que respeta a la población.

—Tienes razón, pero...

La nubia miró a su marido con tristeza.

—Ya no tienes ganas de luchar, Akanosh.

—Me siento viejo e incapaz de resistirme a Tefnakt. Si me opongo a él, hará que me supriman y serás arrastrada por la tormenta. Yo, como los demás jefes de clan, soy sólo una marioneta en sus manos, y soy el único consciente de ello. Tefnakt está dispuesto a todo para conquistar Egipto, y es un verdadero guerrero... Si Pianjy no reacciona enseguida, Tefnakt lo conseguirá e impondrá una dictadura de la que el país no se recuperará.

16

Con el cráneo afeitado, vistiendo una túnica de lino blanco de primera calidad, descalzo, el sacerdote llegado de Tebas bajó lentamente la escalinata que llevaba al lago sagrado, situado junto al gran templo, y llenó de agua santa un jarrón de oro.

El agua procedía del *Nun*, el océano de energía primordial donde había nacido la creación y en la que seguía sumergida. La tierra sólo era una isla que había emergido tras «la primera vez», tras aquel instante en el que el pensamiento divino había tomado forma y se había manifestado. Y cuando el faraón no resucitara ya esa primera vez, por medio de los ritos, la isla de la tierra se sumergiría en las aguas del origen. Como estaba escrito, el destino de la humanidad se realizaría: había nacido de las lágrimas de Dios y acabaría desapareciendo bajo el peso de sus propias infamias.

El papel de los servidores de las divinidades consistía en devorar el plazo ofreciéndoles una morada y venerando su presencia para que iluminara el corazón de los seres que intentaban avanzar por el camino de Maat, prefiriendo la verdad a la mentira y la justicia a la injusticia.

Napata maravillaba al sacerdote tebano. Recuperaba un fervor que creía perdido para siempre y un rigor en la celebración de los ritos que no se estilaba ya en algunos santuarios de Karnak. Aquí, cerca de la cuarta catarata, se honraba a Amón como era debido.

Llevando el precioso jarrón lleno de agua pura, el sacerdote avanzó hacia la sala de las ofrendas. Un coloso se cruzó en su camino.

—¿Estás satisfecho de tu estancia entre nosotros?

—Majestad... ¡estoy viviendo unos días encantadores!

—Me sorprendes... ¿No añoras Karnak?

—¿Cómo revelaros mi admiración...?

—Acaba tu servicio y reúnete conmigo en la biblioteca del templo.

Textos de las pirámides, Libros de los muertos, Rituales de la apertura de la boca, Ceremonial del nuevo año, Lista de los días fastos y nefastos, y todos los demás escritos concebidos y transmitidos desde la edad de las pirámides... El sacerdote tebano estaba pasmado ante la riqueza de la biblioteca de Napata. El faraón negro disponía de la totalidad de los elementos de la ciencia sacra.

—Cuando comprendí que el Norte se apartaba cada vez más de nuestras tradiciones —explicó Pianjy—, decidí reunir aquí los escritos que permitieron que nuestra civilización floreciera.

El sacerdote tebano iba de un anaquel a otro, acariciando con mano conmovida los cofres de papiros cuidadosamente ordenados.

—¿Acaso Karnak no honra ya a Amón como es debido? —preguntó el rey.

—Los permanentes se adormecen un poco, los temporales, a veces, consideran con ligereza sus deberes... Y la Divina Adoratriz, a la que encargasteis reinar sobre los templos de Tebas y velar por su buen funcionamiento, está fatigada y enferma. Han nacido facciones, algunos sacerdotes piensan más en enriquecerse que en celebrar los ritos.

—¿Reflejan tus palabras la realidad?

La mirada del faraón negro penetró en el alma del tebano. Para convencer al monarca, sólo le quedaba una solución: el juramento.

—Por la vida de Faraón —dijo solemnemente—, juro que digo la verdad. Si miento, sea destruida mi alma y se cierren para mí las puertas de la vida eterna.

Tebas, la ciudad sagrada; Tebas, la capital de Amón; Tebas, la de cien puertas, poblada por grandiosos templos, santuarios y capillas; Tebas, donde se había revelado el secreto de la creación... Una profunda tristeza embargó el corazón del faraón negro. Había ido al templo para meditar y pedir a Amón que orientase su acción, y descubría que su modelo estaba haciéndose decrépito.

—¿Quién ha redactado esta tablilla? —preguntó Cabeza-fría, furioso, a los veinte alumnos sentados en la correcta posición del escriba, con una pierna doblada y la otra levantada.

Llevaban un corto taparrabos, tenían un pincel puesto en la oreja y agachaban la cabeza asustados por la cólera de su maestro.

Una vez a la semana, el enano impartía un curso de formación superior a quienes ocuparían, mañana, los puestos clave de la Administración. Entre los afortunados beneficiarios de aquella enseñanza, se contaban cuatro muchachas.

—Repito la pregunta: ¿quién ha redactado este texto?

Cabeza-fría blandió la tablilla. Los estudiantes miraron a sus rodillas.

—No hay delatores entre vosotros... ¡Mejor así! Si alguien hubiera denunciado a su compañero, le habría despedido de inmediato. Y no necesito a nadie para identificar esta caligrafía.

El enano recorrió el pasillo central y se detuvo ante un muchacho que cerraba los ojos.

Le arrebató el pincel y lo rompió.

—¡Levántate, pillastre!

El alumno era hijo de un ministro que poseía varias casas en la capital y dos palmerales. Pero a Cabeza-fría no le importaba.

—Te admití en esta escuela porque me pareciste dotado para el oficio de escriba, pero descubro que me equivoqué por completo.

—Maestro, yo he procurado que...

—¡Calla, pretencioso! Ah, tus jeroglíficos están perfectamente dibujados, no hay ni una falta de gramática y cada palabra está rigurosamente elegida... Pero has redactado una tasación rústica sin haber pensado, ni un solo instante, en visitar la explotación agrícola afectada y hablar con su propietario, para preguntarle si tenía dificultades familiares o profesionales. Sigue así, muchacho, y serás el peor de los funcionarios: una máquina inhumana que sólo se preocupa por aplicar el reglamento, sin contacto alguno con tus administrados. ¡Otro error de este estilo y te expulso definitivamente de mi clase! El día en que los funcionarios permanezcan confinados en su despacho y nieguen cualquier responsabilidad, este país será ingobernable.

De pronto, la cólera del enano se esfumó y la atmósfera cambió.

Nadie había visto entrar a Pianjy en el aula, pero su mera presencia era perceptible. Cabeza-fría levantó la cabeza y descubrió al faraón negro, con los brazos cruzados.

—La clase ha terminado por hoy —dijo el escriba—.

Para el próximo día preparad un modelo de carta destinada a un alcalde. No malgastéis papiro, utilizad trozos de piedra calcárea y tinta vieja.

Los alumnos salieron en silencio.

—¿Estás satisfecho de tus alumnos, Cabeza-fría?

—Nunca serán peores ministros que los que componen vuestro actual gobierno.

El escriba lavó sus pinceles y rascó la tablilla para obtener, de nuevo, una superficie lisa, apta para la escritura. Maniático como era, a Cabeza-fría no le gustaba malgastar. Le habían confiado un material del Estado y debía tratarlo con el mayor cuidado.

—¿Tienes noticias recientes de Tebas?

—Los informes redactados por el escriba de la intendencia.

—¿Qué te comunica?

—Nada nuevo, majestad. Tebas es una ciudad apacible que vive al compás de los rituales.

—¿Ningún incidente?

—Según estos informes, no.

—¿Es hombre de confianza ese escriba de la intendencia?

—Lo que me molesta es la constante repetición de las mismas fórmulas... Precisamente pensaba hablaros de ello si el siguiente informe fuera sólo una copia del precedente.

—Intentan tranquilizarnos o adormecer nuestra atención, ¿no es cierto?

—Es posible, majestad.

17

De su trabajo de contable en una explotación agrícola del Delta, Nartreb había obtenido una lección fundamental: un técnico puede lograr que las cifras digan lo que él quiera. Ciertamente, los toscos maquillajes de un principiante o un financiero impaciente por enriquecerse no podrían engañar a mucha gente, pero Nartreb no daba ese tipo de pasos en falso.

Una rápida visita a Herakleópolis le había demostrado que la ciudad era rica y que albergaba, en especial, a varias familias de terratenientes que habían acumulado unas atractivas fortunas. Como la ciudad estaba ya en poder de Tefnakt, era preciso modificar las leyes impuestas por Pianjy. Así pues, Nartreb, encargado de ejecutar tan delicada misión, había invitado a comer al director del Tesoro de Herakleópolis, un notable de setenta años, viudo, y cuya reputación de escrupulosa honestidad era bien conocida.

—Lechal asado, puré de higos, habichuelas a la crema y vino tinto de Imau. ¿Os parece bien el menú, querido colega?

—¿Colega? —se extrañó el egipcio, a quien le disgustaba el rostro lunar del semita.

—Tefnakt me ha nombrado responsable de la financiación de su campaña. Con mi amigo Yegeb, un excelente especialista en cuentas, le libraremos de cualquier preocupación material para que pueda concentrarse en la reconquista de Egipto.

—¿Cuáles son vuestros proyectos para mi ciudad?

—Me gustaría conocer el proceso impositivo que estableció Pianjy, ¡maldito sea!

—Está de acuerdo con la tradición. Los agricultores, por ejemplo, deben a la ciudad la mitad de su cosecha, una parte de la cual se consume en el año, y la otra es almacenada en los graneros en previsión de una mala crecida. A cambio, la Administración les ofrece el material que necesitan para irrigar y cultivar. Además, si un agricultor sobrepasa el rendimiento previsto, puede adquirir tierras y extender sus dominios.

Nartreb hizo una mueca.

—Es muy arcaico... De ese modo, muchos beneficios escapan al Estado.

El director del Tesoro se rebeló.

—Los agricultores están satisfechos y...

—En una economía de guerra debemos controlar la totalidad de la producción. Nuestros soldados deben estar bien alimentados y gozar de las mejores condiciones de existencia para que sean capaces de vencer. Requiso, pues, todas las explotaciones.

—¡Es una injusticia inaceptable!

—¡Moderad vuestras palabras, querido colega! Así lo ha decidido Tefnakt.

—¿Qué les quedará a los campesinos?

—Estableceremos cuotas de alimento suficientes para esa casta inferior, y vendrán a buscar sus raciones al cuartel central.

—La mayoría se negará a trabajar para vos.

—En ese caso serán inmediatamente ejecutados por alta traición. Cuando algunos hayan sido quemados vivos en presencia de la población, los rebeldes volverán muy pronto al redil. Por lo que a los artesanos se refiere, tendrán que trabajar para el ejército con el fin de equipar correctamente a nuestros soldados. ¿Alguna objeción, querido colega?

—¿De qué serviría?

Nartreb lució una amplia sonrisa y se frotó las gordezuelas manos. El viejo notable comenzaba a doblar el espinazo.

—Vayamos ahora a la cuestión de las grandes fortunas de Herakleópolis. Los notables, entre ellos vos mismo, disponen de bienes importantes que deben ser perfectamente explotados. Tefnakt debe ser rico... y yo también.

—¡Sois... un ladrón!

—¡Vamos, vamos, querido colega, no os sulfuréis! Tengo una proposición que debería seduciros. Puesto que conocéis muy bien a las personalidades de esta ciudad, os hago el encargo de negociar con ellas. Les transmitiréis mis órdenes, centralizaréis sus bienes y recibiréis a cambio... digamos que un diez por ciento. Servir a Tefnakt os convertirá en un hombre muy rico.

Mientras Nartreb se cebaba, el anciano apartó unos platos que ni siquiera había tocado.

—¿Por quién me tomáis? ¡Haced vos mismo vuestro trabajo sucio! No voy a despojar a mis compatriotas ni a ayudaros en modo alguno. Muy al contrario, ¡diré por todas partes qué clase de bandido sois!

Nartreb se levantó.

—No nos entendemos... Sólo quiero vuestro bien, aunque respetando las consignas que se me han dado. Un hombre de vuestra experiencia debería comprender la dificultad de mi tarea.

—Vuestros labios están marcados por la mentira.

—¿No os apetece reflexionar?

—Seré vuestro resuelto adversario, a toda costa.

—Perdonad un momento, os lo ruego.

Nartreb pasó por detrás del director del Tesoro y

fingió dirigirse a la cocina. Pero volvió sobre sus pasos, estrechó el cuello del anciano con sus coléricas manos y le quebró las vértebras cervicales.

—Pues te ha costado la vida, imbécil; ¡prescindiré de ti!

—Hemos allanado todos los obstáculos, señor —dijo Nartreb, untuoso, inclinándose ante Tefnakt.

—¿De modo que los notables han aceptado tu nuevo sistema impositivo?

—Por unanimidad, sin rechistar y con el gozo de servir a vuestra causa.

Nartreb había hecho que el ejército fuera a buscarlos para desfilar ante el cadáver del director del Tesoro, acusado de negarse a obedecer y de colaborar con el enemigo. Al semita no le habían hecho falta largos discursos y comprobó que su método favorito, la brutalidad acompañada por el chantaje, obtenía excelentes resultados.

—¿Y por tu parte, Yegeb?

—La ciudad está limpia, señor; no queda ya ni una boca inútil ni un elemento indeseable.

—¿Es Herakleópolis tan rica como suponías?

—Muchas provisiones, aunque menos armas de las previstas.

Tefnakt pareció contrariado.

—Que me traigan a la hija del capitán de los arqueros.

Yegeb pareció molesto.

—Ignoro si sigue viva...

—¡Tráemela!

Pese a sus sucios cabellos, su piel mancillada y marcada por los golpes, Aurora estaba espléndida y no había perdido ni un ápice de su orgullo.

—¿Te han maltratado mis soldados?

—¿Qué otra cosa podía esperarse?

—Siempre obtengo lo que quiero. Y quiero saber dónde ocultó las armas tu padre.

—¿Cómo puedo saberlo?

—Conozco a las personas... Eres salvaje y valerosa. Estoy convencido de que eras su confidente.

—Os equivocáis.

—Necesito estas armas, Aurora. O hablas o haré que decapiten a un niño cada hora.

18

Era joven, hermosa y ardiente. Tenía dieciocho años y hacía el amor como una mujer experimentada, aunque con conmovedoras ingenuidades.

Lamerskeny contempló su sueño; ella, que tenía veinte años menos que él, había intentado seducirle con tanta convicción que había acabado cediendo. Barbudo, con el cráneo afeitado y el cuerpo cubierto de cicatrices, Lamerskeny no buscaba a las mujeres, pero las mujeres le buscaban y él no sabía negarse. Con la mano izquierda acarició la curva de los lomos. ¡Por todos los dioses del cielo y de la tierra —pensó— qué hembra!

La rugosa mano bajó un poco más, se volvió indiscreta y despertó a la joven belleza.

—¿Qué deseas, amor mío? —murmuró adormilada todavía.

—No deberíamos quedarnos así. Estoy seguro de que no me lo has enseñado todo.

Ella se le enrolló como una liana y le besó con ardor, posó luego sus labios en el brazo derecho de su amante, un brazo de madera articulada que la fascinaba.

—¿Cómo perdiste tu brazo de carne?

—Un hacha que no supe evitar porque dudé, unos instantes, antes de degollar a mi adversario. Desde entonces, nunca he vuelto a dudar.

—¿Es de acacia?

—Un viejo pedazo de acacia de primera calidad, indeformable e imputrescible, que pagué muy caro... Aunque debo reconocer que el carpintero realizó una obra maestra. Las articulaciones son perfectas y, por lo menos, no sufriré de reumatismo en ese brazo.

La amante de Lamerskeny se incorporó bruscamente y ocultó sus pechos con las manos.

—Alguien nos está mirando... ¡Un gigante!

Lamerskeny tomó su corta espada mientras se levantaba.

—Tú...

Soltó el arma.

—Vístete, pequeña, y lárgate.

—Ese gigante...

—El faraón de Egipto no te hará daño alguno. Ahora, déjanos.

Asustada, la muchacha desapareció sin ni siquiera recoger sus ropas.

—Una nueva conquista —afirmó Pianjy—. Es soberbia.

—Más bien una nueva derrota —deploró Lamerskeny sirviéndose una copa de cerveza—. No hay modo de resistirse a este tipo de tentaciones, pese a mis desesperados esfuerzos. Espero que, al menos, no esté casada. ¿Tenéis sed, majestad?

—Necesito un consejo.

—¿Vos, majestad? ¡Es una broma pesada! Soléis decidir a solas y no veo cómo puedo ayudaros a gobernar.

—¿No eres un experto en materia de combates?

Los ojos de un azul pálido del capitán de infantería se hicieron más oscuros.

—Un combate... ¿No estaréis hablando, a fin de cuentas, de una verdadera batalla, con soldados de verdad, enfrentamientos de verdad, con muchos muertos y heridos?

—No lo sé todavía.

—¡Claro, ya lo imaginaba! Nada serio, de hecho. El reino sigue estando tranquilo y se ha producido una pequeña batalla entre dos tribus. Voy a dormir.

Pianjy empujó las contraventanas de madera para que entrara la luz.

—¡Majestad, bien sabéis que prefiero la penumbra!

—Sé que, aunque permanezcas encerrado en este reducto para hacer el amor con las mozas más hermosas de Napata, te mantienes al corriente de todo y sigues siendo mi único experto militar digno de fe.

—Es cierto, y deberíais haberme nombrado general hace ya mucho tiempo.

—A la jerarquía no le gusta tu afición inmoderada a las bebidas fuertes ni tu pasión por las mujeres, ni siquiera tu modo de mandar. A un oficial superior se le exige buena conducta.

—¡La única buena conducta de un guerrero es la victoria!

Era evidente que al capitán Lamerskeny no le gustaban en absoluto los miramientos. Sus taparrabos estaban por todas partes, en un caos que excluía cualquier intento de orden.

—¿Crees posible una coalición de las provincias del Norte?

—Inevitable.

—¿Por qué esa certidumbre?

—Incluso en un enjambre de zánganos acaba imponiéndose un jefe.

—¿Quién crees que desempeñará este papel?

—Sólo veo a Tefnakt, el príncipe de Sais. Él dispone del territorio más vasto y del mejor ejército. Un día u otro se apoderará de todo el Delta, y Menfis se le ofrecerá enseguida.

—¿Y luego?

—Luego Tefnakt se embriagará con ese éxito fácil y

se creará un jefe de guerra, capaz de llegar más lejos y de librar una verdadera batalla. Por eso endurecerá su mando, eliminará a los contestatarios y se aventurará por el Medio Egipto.

—Eres un vidente, capitán Lamerskeny.

—¿No habrá ocurrido todo eso?

—Desgraciadamente, sí. ¿Y hasta dónde crees que llegará Tefnakt?

Dubitativo, Lamerskeny se rascó el brazo de madera.

—Si desea proseguir su avance, tiene que hacer saltar varios cerrojos. Primero atacará... Herakleópolis.

—¿Por qué tiene que hacerlo?

—Porque el príncipe Peftau ha cumplido los sesenta y ha perdido el vigor de antaño. Porque sin duda no podrá resistir un ataque violento y masivo.

—Pero las murallas de Herakleópolis son sólidas.

—Sólo en apariencia... La vigilancia de los defensores se ha debilitado y creen que basta el nombre de Pianjy para asegurar su protección. Con todo el respeto, majestad, estáis muy lejos del teatro de operaciones y un loco por la guerra no se detendrá ante esas consideraciones.

—¿Crees, pues, que Tefnakt es capaz de apoderarse de Herakleópolis?

—Si lo logra, sus sueños de conquista comenzarán a realizarse. Tefnakt el conquistador. He aquí lo que espera ser, y utilizará cualquier medio, incluso el más bárbaro, para lograr sus fines.

—Herakleópolis ha caído en manos de Tefnakt —reconoció Pianjy.

Lamerskeny dejó su copa de cerveza en una mesa baja.

—¿Os burláis de mí, majestad?

—No, como suponías, Tefnakt lo ha logrado.

—¿Y sigue adelante?

—Al parecer, consolida su posición. Pero dudo de las informaciones que recibo.

—Sí, está consolidándola... A partir de una buena base en la retaguardia, lanzará otros asaltos. La próxima etapa será Hermópolis.

—El príncipe Nemrod le rechazará.

—Nemrod está capacitado para hacerlo, en efecto. Pero el enfrentamiento promete ser muy duro. Y si Tefnakt se desenfrena, si obtiene una nueva victoria, el camino de Tebas quedará abierto.

—¿Qué aconsejas?

—Hay que avisar a las tropas acantonadas en Tebas y, según evolucione la situación, enviar refuerzos.

—Saldrás hacia Tebas con Puarma, el jefe de los arqueros, y os pondréis al mando de esas tropas. Vuestro objetivo será detener a Tefnakt.

—Majestad..., no puedo tragar a Puarma y sólo soy capitán... ¡Los oficiales superiores de Tebas nunca aceptarán mi autoridad!

—Llevarás mis órdenes, Lamerskeny. ¿Acaso tienes miedo de combatir?

El brazo de madera articulada cayó violentamente sobre la mesa baja y la partió en dos.

—Saldré mañana, majestad.

19

Nartreb arrebató el niño a su madre. El muchachuelo rompió a llorar e intentó resistirse, el semita le abofeteó y apartó a la mujer de un puñetazo; dos hombres que intentaron interponerse fueron apaleados por los miembros de la milicia organizada por Yegeb.

Nartreb obligó al chiquillo a posar la cabeza sobre un tronco y desenvainó su espada.

—Si te niegas a contestar —le dijo Tefnakt a Aurora—, este niño perderá la cabeza. Y luego otros.

—¡Sois un monstruo!

—Te equivocas, sólo quiero la felicidad de Egipto. Para obtenerla, debo vencer a Pianjy. Y, para lograrlo, necesito armas. Habla, Aurora, o el niño morirá por tu culpa.

La muchacha miró a Tefnakt de un modo extraño.

—¿Y si mentís?

—¿Qué quieres decir?

—Os diga lo que os diga, mataréis al niño y, luego, me mataréis.

Tefnakt sonrió.

—No me comprendes, Aurora. Además, no tienes elección: Apuesta por el porvenir.

—¿Cómo es el imperio que queréis edificar?

—Este país está dividido, es impotente y cada vez

más pobre a causa de ese faraón negro que pretende gobernarlo todo sin moverse de las profundidades de su Nubia. ¿Cómo soportáis tú y los tuyos esa tiranía? He conquistado ya el Delta y la gran ciudad de Menfis... Mañana tomaré posesión del Sur. Entonces, las Dos Tierras estarán de nuevo reunidas y el pueblo me reconocerá como el faraón.

En los ojos verdes de la muchacha, la cólera dio paso a la duda.

—¿Sois sincero?

—Ahora conoces mi única ambición.

—Venid conmigo. Solo.

Yegeb intervino.

—¡No escuchéis a esta mujer, señor! Está tendiéndoos una trampa.

—¿Me crees, acaso, incapaz de defenderme?

Aurora llevó a Tefnakt a la mansión de su padre, pasó por las cocinas y bajó unas escaleras de piedra que llevaban a un sótano.

La muchacha se arrodilló y excavó la tierra con las manos hasta descubrir una losa sellada.

—Las armas están aquí abajo.

Tefnakt liberó la losa con su puñal y la levantó. Un nuevo tramo de escaleras desaparecía en las profundidades.

El general encendió una antorcha y se metió en un subterráneo lleno de arcos, flechas y lanzas. Todo era nuevo y de excelente calidad. Gracias a aquel material, su capacidad ofensiva aumentaría notablemente.

Una hoja se hundió en su costado.

—Mataste a mi padre —le recordó Aurora con voz gélida— y voy a matarte.

—Tu padre murió como un soldado, creyó que podría salvar su ciudad, me consideraba su enemigo. Se equivocó, pero respeto su valor y haré grabar una estela a su memoria. Lástima... Con más lucidez, se habría puesto a mis órdenes y le habría confiado un puesto importante en el nuevo Egipto que estoy edificando. Yo no maté a tu padre, Aurora, sino esta guerra. Esta guerra indispensable que es preciso llevar a cabo.

La punta de la hoja se hundió un poco más haciendo brotar la sangre.

—Si me matas, Aurora, lo lamentarás durante toda tu vida porque habrás labrado la desgracia de tu pueblo. En el fondo de ti misma sabes que soy el único que puede salvar este país de la ruina y dar un sentido a la muerte de tu padre.

—¡Cómo os atrevéis!

—Es la verdad, Aurora, ten el valor de reconocerlo.

La hoja vaciló y, luego, se retiró poco a poco, milímetro a milímetro.

Tefnakt se enfrentó a la muchacha.

—¿Me ayudarás, Aurora?

—¿Ayudaros? Pero si...

—Conoces muy bien esta región y a sus notables. Tal vez, gracias a ti, podamos evitar sangrientos combates. ¿No deseas, en vez de pudrirte en una prisión, ser útil salvando numerosas vidas?

—¿Ayudaros, yo...?

—Sea cual sea tu decisión, atacaré Hermópolis. Si logras convencer al príncipe Nemrod de que renuncie a servir a Pianjy y se convierta en mi aliado, la población se ahorrará muchos sufrimientos.

Aurora se mordió los labios. Cada uno de los argumentos de Tefnakt había dado en el blanco. Le odiaba, pero hacía renacer la esperanza en su corazón. Y ella no se soportaba ya, en ese estado... Lavarse, hacer desaparecer los rastros de la suciedad y las magulladuras, reanudar la lucha, evitar una matanza...

Tefnakt no podía confesarle a Aurora hasta qué punto le turbaba. El príncipe de Sais estaba rodeado de una cohorte de cortesanas deseosas siempre de satisfacerle pero, obsesionado por su proyecto de reconquista, no les prestaba atención alguna. Aurora no se parecía a ellas. Era huraña e insumisa, capaz de vivir una aventura insólita. Hasta ahora, Tefnakt no había cargado con una mujer; una vez coronado faraón, tendría que asociar al trono a una gran esposa real. Sólo Aurora era digna de esta función.

Los jefes libios no dejaban de festejar. ¿Quién habría imaginado que podrían organizar banquetes, durante noches y noches, en el palacio del príncipe de Herakleópolis, vasallo del faraón negro?

Obligado a aceptar su suerte, Peftau participaba en el jolgorio. Había ordenado a sus oficiales y soldados que obedecieran a Tefnakt sin lamentarlo. Puesto que la autoridad suprema acababa de cambiar, oponerse resultaría vano.

Yegeb observaba a cada uno de los invitados. Si alguno de ellos se disponía a traicionar a Tefnakt, lo sabría. Por lo que a Nartreb se refiere, comía con avidez y vaciaba copas y copas de un vino blanco de los oasis, sin añadirle agua alguna.

—¿Qué piensas de Peftau, Yegeb?

—A su edad, intentará sobre todo evitar los problemas y preservar su comodidad. Puesto que Tefnakt es el más fuerte, le seguirá con los ojos cerrados.

—El general no debería haberse enamorado de la tal Aurora... Las mujeres debilitan a los guerreros. Y ésta nunca dejará de odiarle.

—No estoy tan seguro, Nartreb. Tefnakt la fascina. ¿Y no es, además, su único porvenir?

—De todos modos, será preciso vigilarla de cerca.

—Hay alguien que me preocupa más.

—¿Quién?

—El príncipe Akanosh. Tiene la cara de un hombre

inquieto y decepcionado, y no manifiesta entusiasmo alguno por nuestra guerra de conquista.

—¡Akanosh no discute la autoridad de Tefnakt!

—Es más sutil... También habrá que vigilarle de cerca.

Vestido con una coraza, Tefnakt entró en la sala del banquete. Necesitó unos segundos para que se hiciera el silencio. Aun los más ebrios escucharon su declaración.

—Hemos reforzado nuestro armamento y nuestras tropas han tenido tiempo de descansar. Ha llegado el momento de volver al combate. Antes de lanzarnos hacia el sur, debemos controlar todo el Medio Egipto y apoderarnos de la ciudad de Hermópolis, de sus armas y sus riquezas. Intentaremos convencer al príncipe Nemrod de que se rinda. Si se niega, sitiaremos Hermópolis.

20

El capitán Lamerskeny se subía por las paredes. Organizar una expedición para dirigirse a Tebas parecía una hazaña irrealizable. Los servicios de intendencia rechazaban cualquier iniciativa y cada escriba se remitía a su superior, que se declaraba incompetente.

Al capitán ya sólo le quedaba forzar la puerta de Cabeza-fría para obtener una explicación clara. ¿Quería o no el rey una intervención armada contra Tefnakt?

En el despacho del escriba, Lamerskeny tuvo la desagradable sorpresa de encontrarse con Puarma, el capitán de los arqueros. Éste lució su musculatura como para demostrar a su rival que la fuerza estaba de su lado.

—Siento volver a verte, Puarma.

—¿Por qué has salido de tu cubil? Al parecer agarras una tajada tras otra.

—Mejor es ser un borracho que un estúpido y un fanfarrón.

—¡Salgamos y enfrentémonos con las manos desnudas!

—Ya basta —intervino Cabeza-fría—. ¡Tendréis que combatir, pero contra el enemigo, y juntos!

—Yo estoy dispuesto —afirmó Lamerskeny altivo—. ¿Por qué ese incapaz me pone piedras en el camino?

Puarma contempló al capitán de infantería con estupefacción.

—¿Pero qué estás diciendo? Yo he recibido una orden: partir hacia Tebas.

Una mueca deformó los labios de Lamerskeny.

—Debemos colaborar, ya lo sé.

—¡Me niego!

—Un oficial no puede negarse a obedecer las órdenes de su majestad —cortó Cabeza-fría ofendido por el comportamiento del capitán de los arqueros—. Otra insubordinación de este tipo y tendrás que defenderte ante un consejo de guerra.

La cara compungida de Puarma encantó a Lamerskeny.

—¿Quién será el superior, de nosotros dos?

—Tenéis el mismo grado, uno en la infantería y el otro en el cuerpo de arqueros. Durante el viaje, tendréis que entenderos. En Tebas, entregaréis vuestras órdenes al comandante de vuestras tropas.

—¿Por qué no partimos de inmediato?

—A causa de un mensaje que acaba de llegar —explicó Cabeza-fría—. Al parecer Tefnakt es menos ambicioso de lo que creíamos. Ha abandonado Herakleópolis y regresa hacia el Norte.

Lamerskeny se sintió cruelmente decepcionado.

—¡Pues bueno! La guerra ha terminado antes de haber comenzado... ¡Ese Tefnakt no vale nada!

—Sin embargo, permanecemos alerta —prosiguió el escriba—. ¿En qué estado habrá dejado Herakleópolis el enemigo? Si el príncipe Peftau no consigue restablecer el orden y proclamar de nuevo su ciudad vasalla de Pianjy, intervendremos. El faraón no permitirá que el Medio Egipto se suma en la anarquía.

—Dicho de otro modo, hay que seguir esperando —se lamentó Lamerskeny.

—Mis arqueros reanudarán el entrenamiento —afirmó Puarma.

—Sin duda lo necesitan. Mis infantes, en cambio, están ya en condiciones de ponerse en marcha.

Chepena[1], hija del faraón negro, era una magnífica muchacha de veinte años, de tez cobriza como su madre, esbelta y extraordinariamente elegante. Había sido iniciada, muy joven, en los misterios de la diosa Mut, la esposa de Amón. Al revés que las muchachas de su edad, no pasaba la mayor parte de su tiempo nadando, bailando, tocando música y dejando que los muchachos la cortejaran. En los talleres del templo, donde sirvió primero como ayudante de un ritualista, descubrió una pasión: la fabricación de perfume.

Tuvo que superar un temible examen ante un anciano sacerdote perfumista que la criticó severamente antes de reconocer sus dotes. Éste, deseando retirarse a una pequeña vivienda oficial, a la sombra del Gebel Barkal, aceptó revelarle sus secretos del oficio, haciendo que ganara así años de investigaciones y tanteos.

Chepena agradeció al especialista y a los dioses la concesión de semejante favor, y se sintió en deuda con ellos. En adelante, consagraría su existencia a mejorar continuamente los perfumes destinados a los santuarios y a las estatuas divinas. Cuando alguien penetrara en el templo, maravillosos aromas le encantarían el alma haciéndola ligera como un pájaro.

Puesto que el reino de Napata era rico y Pianjy exigía que se sirviera perfectamente a las divinidades, Chepena disponía de los productos más raros y más costosos, como mirra del Yemen, llamada «las lágrimas de

1. Su nombre completo es Chep-en-Upet, «el don de la diosa Upet (la fecundidad espiritual)».

Horus», incienso del país de Punt o aceite de moringa, dulce, incoloro y que no se enranciaba. Acababa de recibir una importante cantidad de styrax, importada de Siria e indispensable para fijar las fragancias. Y sus reservas contenían, en abundancia, aceite de lino y de balanites, grasa de buey, goma-resinas, bálsamos, gálbano de Persia, esencias de rosa y de lis, y sal para desecar sus preparados.

Para la siguiente fiesta de Amón, Chepena había decidido llenar unas redomas con el más maravilloso de los perfumes, el *kyphi*, tan difícil de conseguir. Sólo los maestros perfumistas se lanzaban a esa aventura que, muy a menudo, concluía en fracaso. Según las antiguas recetas, este perfume estaba compuesto por diez o doce productos, y algunos especialistas llegaban incluso a utilizar dieciséis. Chepena había elegido bayas de enebro, juncia olorosa, mirra seca, lentisco, cortezas aromáticas, resina, junco de Fenicia, styrax, orcaneta, fenugreco y pistacho. Tras haber respetado escrupulosamente las precisas proporciones, había majado larga y finamente el conjunto en un mortero, luego había tamizado el producto para obtener los tres quintos de la masa inicial. Había comprobado la finura del polvo y lo había mezclado con un vino excepcional, antes de coger miel, resina y serpentina para añadirlas, por·fin, al polvo aromatizado.

—¿Lo has conseguido? —le preguntó Pianjy.

—Majestad, tu visita es un honor.

—¡Se habla tan bien de tu laboratorio! He querido comprobarlo por mí mismo.

Chepena destapó una redoma.

El rey se sintió inmediatamente transportado a un mundo irreal donde no existían pruebas ni sufrimientos. El poder del *kyphi* fabricado por su hija superaba todo lo que había conocido antes.

—Eres una hechicera, Chepena.

—¿Hay acaso tarea más exaltante que obrar para la satisfacción de los dioses?

Pianjy intentó olvidar la atracción del perfume.

—Tal vez podrías servirles de modo más notable y eficaz.

Una arruga de contrariedad marcó las mejillas de la muchacha.

—¿Tendré que abandonar mi oficio de perfumista?

—Claro que no... Pero habrá que añadirle otras funciones, igualmente exigentes.

—¡Padre, no te comprendo!

—Tu tía, la Divina Adoratriz de Tebas, es anciana y está muy enferma. No consigue ya dirigir como es debido el conjunto de los templos de Karnak. Ha llegado la hora de elegir a la que va a sucederla para que la adopte y le transmita los secretos y los deberes de su cargo.

Chepena palideció.

—Padre..., la Divina Adoratriz es una reina que gobierna una ciudad-templo e imparte directrices a miles de personas. A mí me gusta la soledad y sólo reino sobre mi laboratorio, lejos de las preocupaciones cotidianas.

Pianjy tomó a Chepena en sus poderosos brazos.

—Te he elegido a ti, hija adorada.

21

Próximo ya a la cincuentena, el príncipe Nemrod se sentía orgulloso de sí mismo y de sus éxitos. Su existencia había sido una larga serie de goces, desde su feliz infancia en un palacio maravilloso, donde había sido mimado por abnegados servidores, hasta el día en que heredó de su padre la rica y envidiada ciudad de Hermópolis. Primero en la escuela de los escribas, excelente tirador de arco, jinete emérito, dotado de una salud de hierro, Nemrod siempre había seducido con facilidad a las más hermosas mujeres. Nunca aguantaba a una amante más de seis meses; y además era preciso que fuera silenciosa y no le importunara. Para no contrariar la moral convencional, Nemrod se había casado con una aristócrata que permanecía confinada en sus aposentos y se limitaba a una lujosa ociosidad.

A decir verdad, el príncipe se aburría. Le habría gustado reinar en Menfis. Allí la vida era animada, la influencia del Norte aumentaba, era fácil lanzarse a asuntos más o menos turbios donde no estaba ya en vigor la antigua ley de Maat. Aquí, en Hermópolis, la ciudad sagrada de Thot, el dios que había revelado a los hombres el secreto de los jeroglíficos y las ciencias sagradas, la tradición era asfixiante.

El gran templo de Thot, casi tan vasto como el de

Amón-Ra en Karnak, albergaba a sabios de alto linaje: ritualistas que se inspiraban en los textos antiguos, astrónomos y astrólogos, médicos y cirujanos, magos, perfumistas, arquitectos que profundizaban, día tras día, en unas investigaciones que dejaban a Nemrod indiferente.

Obligado, de vez en cuando, a recibir a los representantes de esos eruditos, fingía escuchar con atención sus aburridos discursos mientras pensaba en la soberbia hembra que esa misma noche metería en su cama tras una suculenta cena. Al día siguiente, pasearía en carro por la decimoquinta provincia del Alto Egipto, que estaba bajo su jurisdicción, o navegaría por el Nilo bebiendo cerveza dulce.

Nemrod confiaba cada día su cuerpo al masajista, al barbero, al peluquero, al manicuro y al pedicuro. Elegía personalmente sus pelucas, sus ropas y sus perfumes, y acechaba el menor signo de envejecimiento. Gracias a los bálsamos que una sierva aplicaba con delicadeza sobre su piel, al príncipe no le afligía arruga alguna.

El tecnicismo de los escribas de su administración liberaba a Nemrod de cualquier problema de gestión; su provincia era fértil; el control de las cosechas, riguroso; y los impuestos se recaudaban perfectamente. Así pues, el príncipe se limitaba a un examen superficial de los informes cifrados que le eran entregados y no contenían error alguno. Su única preocupación verdadera era la manutención del regimiento que Pianjy había puesto a sus órdenes. Se componía de arqueros de elite y soldados de infantería, capaces de rechazar un asalto. A intervalos regulares, Nemrod hacía reforzar las fortificaciones que los ingenieros cuidaban.

Una existencia apacible, demasiado apacible... Egipto estaba bloqueado. Al Norte, los príncipes libios y la anarquía; al Sur, la ciudad santa de Tebas, tan encerrada en sus tradiciones como Hermópolis. Y en las soledades de Nubia, alejado de la civilización, Pianjy, cuyo nombre bastaba para aterrorizar a sus adversarios.

Cuando Nemrod se enteró de que Herakleópolis había sido atacada, no lo creyó. Una más de aquellas fanfarronadas tan habituales de los libios. Y, luego, la confirmación... Peftau había sido incapaz de resistir a Tefnakt.

Tefnakt... Nemrod nunca habría imaginado al ardiente príncipe de Sais como jefe de coalición y brillante estratega. Y su juicio era exacto, puesto que no se había atrevido a atacar Hermópolis. Tras un período de descanso y borracheras en Herakleópolis, el ejército libio no había avanzado hacia la región tebana, donde las tropas de Pianjy lo habrían hecho pedazos, y había retomado el camino del Delta. Era, por lo tanto, un episodio sin importancia. Herakleópolis volvería a estar bajo la égida de Peftau, que se proclamaría, de nuevo, súbdito del faraón negro, y el inmovilismo volvería a tener fuerza de ley.

Nemrod seguiría sufriendo las jeremiadas de los campesinos y los artesanos que se quejaban del aumento de las tasas y de sus condiciones de trabajo, cada vez más difíciles. Respondería endureciendo la legislación y, al menor intento de insumisión, enviaría a la policía para restablecer el orden. En fin, el tedio.

Nemrod elegía un vino para la cena cuando el jefe de su estado mayor solicitó audiencia. El hombre tenía sangre fría; no turbaba de ese modo el protocolo sin serios motivos.

—¡Príncipe Nemrod, estamos sitiados!

—No es posible... El ejército de Pianjy, sólo puede ser el ejército de Pianjy que viene a protegernos.

—No son soldados nubios.

—Pero entonces...

—El ejército de Tefnakt. He puesto a las tropas en estado de alerta.

—¿Somos realmente capaces de defendernos?

—Los atacantes son numerosos, pero podremos resistir. Las cisternas están llenas, las reservas de alimentos son abundantes. Como van a perder muchos hombres, tal vez renuncien.

—Cada cual a su puesto.

Cuando la muchacha que vestía una larga túnica verde con tirantes e iba tocada con una peluca negra, muy sobria, se adelantó, sola, hacia la gran puerta fortificada de Hermópolis, los arqueros, desconcertados, esperaron órdenes.

Bien escoltada, Aurora fue llevada al palacio de Nemrod.

—¿Quién eres?

—La hija de un oficial de Herakleópolis, muerto a manos de Tefnakt.

—¿Y... te ha liberado?

—Soy su embajadora.

—¿Te burlas de mí?

—Los soldados de Herakleópolis están ahora a las órdenes de Tefnakt, que ha decidido apoderarse de tu ciudad.

—¿No es muy presuntuoso?

—Podríais creerlo, príncipe Nemrod, disuadiros es el objetivo de mi misión. He comprendido que Tefnakt intentaba salvar Egipto de la decadencia y devolverle su grandeza de antaño. Si seguís sirviendo a Pianjy, vuestra ciudad será destruida y desapareceréis con ella.

—¿Qué otra solución me ofrece Tefnakt?

—Abrid las puertas de Hermópolis y sed su aliado. Vuestros soldados serán puestos a sus órdenes y la guerra de reconquista se orientará hacia el sur, hacia Tebas.

—Divertido intento de intimidación, muchacha... pero Hermópolis resistirá el asalto.

—Tefnakt está decidido. Irá hasta el final, sean cuales sean sus pérdidas. Hermópolis debe caer, Hermópolis caerá.

—Si le ofreciera mi ciudad, Tefnakt me eliminaría.

—El príncipe Peftau está vivo y sigue gobernando Herakleópolis. ¿Por qué seguir soportando el yugo de ese Pianjy, que nunca sale de su Nubia y al que le importa un bledo el porvenir de Egipto mientras lo somete a esclavitud? Por su culpa ha desaparecido la prosperidad y se acentúa el marasmo. Bajo el reinado de Tefnakt, las Dos Tierras recuperarán la unidad perdida y quienes le hayan ayudado a triunfar serán recompensados.

Nemrod reflexionó. De hecho, el faraón negro era sólo un lejano tirano al que, en definitiva, no tenía que rendir cuenta alguna. Naturalmente, le había jurado a Pianjy que le sería fiel en cualquier circunstancia... Pero la situación de urgencia le liberaba de un juramento prestado a la ligera. Tefnakt estaba ante las puertas de Hermópolis, tenía un proyecto grandioso y le permitiría a Nemrod salir de su tedio y aspirar a otra existencia mucho más emocionante.

—Eres una embajadora muy convincente —le dijo Nemrod a Aurora—. No correrá la sangre, abro las puertas de Hermópolis al ejército de Tefnakt y me pongo a sus órdenes.

22

Tefnakt entró en Hermópolis a la cabeza de sus tropas y fue aclamado por la población de la ciudad, a la que el príncipe Nemrod se había dirigido una hora antes para anunciar que había evitado un sangriento conflicto y que el porvenir se presentaba muy feliz. Las dificultades cotidianas, el aumento de los impuestos, la inflación, las malas crecidas, las enfermedades de los niños... Todas esas desgracias eran causadas por un solo hombre: Pianjy, el faraón negro. Durante varios años, Nemrod había luchado en vano para escapar de su tiranía; gracias a Tefnakt, el futuro faraón de Egipto, el pueblo conocería una nueva era de prosperidad.

¿Por qué es tan crédula esa pobre gente?, se preguntaba Akanosh, cuyo caballo trotaba junto al de los demás príncipes libios, encantados con ese éxito fácil debido al genio militar de Tefnakt, cuya autoridad ya nadie pensaba discutir. Al apoderarse de Hermópolis, se adueñaba del Medio Egipto, se aseguraba la cooperación de notables escribas y aumentaba de modo considerable el poderío de su ejército.

Esta vez no podía ya hablarse de una simple expedición o una hazaña sin futuro. Tefnakt adoptaba realmente la estatura de un conquistador, y otra pregunta obsesionaba a Akanosh: ¿Por qué no reacciona Pianjy?

O no había recibido su mensaje o no evaluaba bien la gravedad del peligro.

Ahora el camino de Tebas quedaba abierto.

Nemrod había dispensado a su nuevo dueño un recibimiento digno de un jefe de Estado: quiosco con elegantes columnas de madera dorada para protegerle del sol, trono con patas de león decorado con palmetas, pequeña banqueta que tenía la forma de un nubio tendido y vencido para apoyar los pies... El mensaje era claro: el príncipe de Hermópolis consideraba a su vencedor como el nuevo faraón de Egipto, al que sólo le faltaban ya los ritos oficiales de coronación.

Con peluca, perfumado con esencia de rosa, luciendo un amplio collar de turquesas sobre su túnica de fino lino, calzado con elegantes sandalias, Nemrod se inclinó ante Tefnakt.

—Esta ciudad es ahora tuya, señor. Ordena y te obedeceré, si me concedes el inmenso privilegio de seguir gobernándola.

—Eres un hombre razonable, Nemrod. Y en tiempos de guerra es una virtud rara y muy valiosa. ¿Quién conoce mejor que tú esta antigua y gloriosa ciudad?

Nemrod se arrodilló y besó las grebas de Tefnakt que, por su parte, vestía una coraza y un casco.

—Gracias, señor, podéis contar con mi absoluta fidelidad.

—Levántate, vasallo.

El príncipe de Hermópolis lanzó una ojeada a Aurora, que se mantenía un paso por detrás de Tefnakt.

—La inteligencia y la belleza de vuestra embajadora...

—Es mucho más que eso, Nemrod. Aurora es la futura reina de Egipto.

Una sonrisa asombrada y, al mismo tiempo, arrobada, iluminó el rostro de la muchacha. La herida infligida por la muerte de su padre estaba aún abierta, pero sucumbía bajo el encanto de aquel conquistador convencido de la justicia de su causa. Había despertado en ella el mismo fuego y, aunque el odio no había desaparecido de su corazón y rivalizaba con una admiración cercana al amor, tenía ganas de ayudarle. Tefnakt no la había engañado: gracias a su intervención, se habían salvado miles de vidas. Al día siguiente, en Tebas, Aurora intentaría la misma gestión diplomática. Tal vez la Divina Adoratriz comprendiera que el faraón negro era un mal señor y que oponerse a Tefnakt suponía traicionar a Egipto.

Ser reina... Aquel pensamiento se deslizó sobre Aurora como un bálsamo. Ella, que sólo había vivido el instante, sin nunca pensar en el porvenir, perdía de pronto la ligereza de la infancia. Un verdadero espanto, es cierto, pero también un gran deseo de vivir, de ser útil, de demostrar la misma decisión que Tefnakt.

Durante el primer banquete organizado para celebrar la liberación de Hermópolis, Aurora se colocó a la izquierda de Tefnakt. El conquistador precisaba así, ante todos, el rango atribuido a la muchacha. Pese a la atracción que sentía, Nemrod evitó cortejarla.

—Siento abordar tan rápidamente las cosas serias y aburridas —murmuró Nemrod al oído de Tefnakt—, pero en lo que se refiere al sistema impositivo preconizado por Pianjy... ¿Deseáis cambiarlo?

—De momento prevalece la economía de guerra. Mis consejeros Yegeb y Nartreb te comunicarán sus exigencias y regularán los detalles.

—Por lo que se refiere a mis ganancias personales...

—Has actuado bien, auméntalas. ¿Y tu armamento?

—Cuidado con esmero.

—¿Están tus soldados dispuestos a combatir?

—Arqueros de elite e infantes... Profesionales de primera categoría que infligirán graves pérdidas a los nubios.

—Goza de tu fortuna, Nemrod, y no te preocupes ya de nada.

La esposa nubia de Akanosh lloraba.

—Yegeb y Nartreb aplican aquí los mismos métodos que en Herakleópolis. Los ancianos y los enfermos son sistemáticamente exterminados, al igual que quienes se atreven a dudar de los proyectos de Tefnakt. ¿Pero por qué sigue mudo Pianjy? ¡Tendría que enviar a su ejército tebano para aniquilar a esos monstruos!

Akanosh estaba hundido.

—Tal vez el sacerdote tebano que debía informarle no ha llegado a Napata. Tengo que ocuparme personalmente de la misión.

Ella le tomó en sus brazos.

—¡No, Akanosh! ¡No te dejarán salir de esta ciudad, sospecharán de ti, serás detenido y torturado!

El príncipe libio agachó la cabeza.

—Tienes razón, sería una locura. Pero queda una posibilidad, los sacerdotes de Thot no pueden aceptar semejante situación.

—¿Conoces a alguno?

—No, pero debemos correr el riesgo. Ve a quejarte al laboratorio del templo, diles que la casa que nos han atribuido está invadida por las pulgas y que necesitamos aceite esencial de poleo, la menta silvestre, para librarnos de ellas. Dado mi rango y el producto exigido, nos enviarán a un especialista.

El especialista era un sacerdote de edad madura que llevaba su redoma de aceite de poleo con el mayor cuidado. Moviéndose lentamente, inspeccionó las estancias de recepción de la villa de Akanosh.

—Príncipe, estoy sorprendido... La villa parece estar en perfecto estado y no descubro la presencia de pulgas.

Akanosh se arriesgó.

—¿Seguís siendo fiel a Pianjy?

—Responder podría costarme la vida...

—No desconfíes de mí. Soy un jefe de clan libio, es cierto, y obedezco a Tefnakt. Si es preciso, combatiré a su lado. Pero no puedo admitir que sus esbirros se comporten como torturadores y martiricen a la población. Me parece, pues, necesario avisar a Pianjy. Tal vez estalle una guerra implacable, tal vez, y así lo espero, la situación se inmovilice de nuevo. Al menos los civiles estarán a salvo y la tiranía de Tefnakt no seguirá extendiéndose.

—¿No os hacéis así culpable de alta traición?

—Escucho la voz de mi conciencia. ¿Puede el templo de Thot enviar un mensaje a Pianjy para avisarle de que Hermópolis ha caído en manos de Tefnakt?

—Tomad esta redoma de aceite de poleo, príncipe Akanosh, y verted el contenido en vuestra morada. ¿Acaso no me habéis reclamado para luchar contra una especie perjudicial?

23

Pianjy abrió el frasco de cristal, un material muy valioso, que le había ofrecido su hija. ¡Su *kyphi* era realmente excepcional! ¿No respiraban los dioses este perfume en los paraísos del otro mundo donde la espina no pinchaba, donde los cocodrilos no mordían?

Abilea tomó suavemente el frasco y perfumó el poderoso torso de Pianjy.

—Es un olor hechicero...

El cuerpo desnudo de la reina se pegó al de su esposo. Era todas las flores y todas las esencias, el encanto de las orillas del Nilo, la magia de una tierra fecunda, hechicera y soleada.

—Sólo he amado a una mujer y sólo amaré a una.

—Creo en ti, pues sé que tu palabra es verdadera.

Con sus largos dedos tan finos como los de una diosa, Abilea deshizo el taparrabos de Pianjy, y el faraón negro degustó, con la misma emoción que en su primer encuentro, el perfume inimitable de su amoroso cuerpo.

Cabeza-fría no sabía qué hacer. Los guardias no le habían prohibido el acceso a los aposentos privados del monarca. ¿Pero debía despertar al rey y la reina, desnudos y abrazados, para darles una mala noticia?

El enano era un escriba al servicio del Estado y no debía tener en cuenta privilegio alguno. Rozó pues la frente del monarca.

—Despertad, majestad...

Pianjy abrió un ojo.

—¿Eres tú, Cabeza-fría...? ¿Qué estás haciendo aquí?

—Lo siento, pero es muy urgente.

El faraón contempló el cuerpo admirable de su esposa. ¿No tenía derecho acaso, como cualquier hombre, a olvidar el peso del mundo en compañía de la mujer a la que amaba?

Abilea despertó y se levantó. Con andares de inimitable nobleza, sublime en su desnudez, se dirigió ligera hacia el cuarto de baño.

—Cabeza-fría..., si me has molestado por nada, ¡olvidaré nuestra amistad!

—Aunque sea inestimable, majestad, la sacrificaría a la causa de la paz si pudiera salvarse todavía.

—¿Noticias del Medio Egipto?

—Lamentablemente, sí.

El mensajero enviado por el templo de Thot era un hombre joven de mirada directa y piernas musculosas.

—¿De dónde vienes? —preguntó Pianjy.

—De Hermópolis.

—¿Quién te envía?

—El sumo sacerdote del templo de Thot.

—¿Cómo se llama el valle en el que se construyó el santuario?

—El valle de los Tamariscos.

—¿Qué fabrica el taller que se encuentra junto a la entrada del templo?

—Paletas de escriba.

—¿Cuál es el nombre sagrado de Hermópolis?

—La ciudad de la Ogdóada, los ocho dioses que crearon el mundo y descansan hoy en Tebas.

Pianjy se tranquilizó, el mensajero no era un impostor.

—¿Por qué le has hablado de «catástrofe» a Cabezafría?

—Porque el príncipe Nemrod os ha traicionado y le ha abierto las puertas de Hermópolis a Tefnakt.

—Es difícil creerte... Nemrod me juró fidelidad y tenía capacidad para resistir.

—¡Pues es la verdad, majestad! Nemrod ha derribado las murallas de su ciudad, ha olvidado su palabra para convertirse en vasallo de Tefnakt. No ha vacilado en ofrecerle los tesoros de Hermópolis ni en poner a sus soldados bajo las órdenes del libio. Perdonad mi sentimiento de revuelta, majestad. Pero ¿cuánto tiempo pensáis manteneros en silencio mientras Tefnakt extiende sus conquistas sin encontrar a nadie que se le oponga? Vuestra fama crea vuestro poder, majestad, y sólo ella disuadirá a vuestros adversarios de arrasar Egipto.

El caballo de crines leonadas llevó a Pianjy muy al interior del desierto. El faraón negro devoró el espacio, se nutrió con el aire límpido y comulgó con el azul absoluto del cielo. Percibiendo la turbación de su dueño, *Valeroso* cambiaba de ritmo y de dirección antes de haber recibido la orden. El hombre y el caballo eran uno solo, absorbidos en el violento esfuerzo que era acompañado por bandadas de ibis blancos y grullas coronadas.

Pianjy se detuvo, por fin, junto a un pozo.

Dio de beber a *Valeroso* antes de saciar su sed, admiró luego el desierto. Nada mancillaba aquella inmensidad que se ofrecía al sol y al viento. Ningún ser perverso podía turbar esa armonía creada por el dios oculto cuya presencia se afirmaba más allá de cualquier inteligencia humana.

Pianjy meditó horas y horas.

Sus labios murmuraron las antiguas plegarias que sus predecesores habían dirigido a Amón:

—Cumplido dios, tú das vida a todo ser. Salud a ti, el Único, el señor de Maat, tú que cruzas en paz el lejano cielo. Haces nacer la luz, tu palabra es el Verbo. Uno que sigue siendo único aun al crear lo múltiple, mi corazón desea acogerte. ¡Qué dulce es pronunciar tu nombre, pues tiene el sabor de la vida! Eres el boyero que conduce los bueyes al pastizal, la puerta de bronce que protege su ciudad, el piloto que conoce los meandros del río. Eres Amón, el señor del silencio, y te manifiestas a los humildes. Tú que das aliento a quien carece de él, sálvame, pues estoy en la aflicción y la incertidumbre.

Cuando el sol declinó, el faraón negro tomó el camino de regreso hacia su capital.

Por orden de Pianjy, el sacerdote de Thot repitió ante la corte al completo lo que le había revelado al rey.

Las caras se alargaron, salvo la del capitán Lamerskeny, que vislumbraba ya alegres mañanas durante las que podría matar libios con toda legalidad. Su presencia escandalizaba a buen número de notables, desagradablemente sorprendidos por el favor concedido a aquel pendenciero sin fe ni ley.

—¿Qué pensáis hacer, majestad? —preguntó Otoku, que había perdido de pronto el apetito.

—Hay que rendirse a la evidencia, la toma de Herakleópolis no fue una hazaña aislada y Nemrod es un traidor de la peor especie. Ofreciendo su ciudad a Tefnakt, le convierte en un temible enemigo al que es conveniente combatir con toda energía.

El obeso temía escuchar esas palabras.

—Espero, majestad, que no penséis en salir de Napata a la cabeza de un ejército. Vuestra presencia aquí es indispensable y no tenéis derecho a poner en peligro vuestra vida.

—Apruebo a Otoku —declaró la reina Abilea—. Los disturbios que han estallado en el Medio Egipto han tomado una inquietante magnitud por la traición de Nemrod, pero una intervención rápida de nuestras tropas con base en Tebas debería bastar para restablecer el orden.

—Añadiré a ellas un cuerpo expedicionario al mando de los capitanes Puarma y Lamerskeny —decretó Pianjy—. Su misión será liberar las ciudades de Herakleópolis y Hermópolis, romper luego la coalición enemiga y rechazar definitivamente a los fugitivos hacia el norte.

Otoku se sintió aliviado. El rey permanecía, pues, en su capital y dejaba a sus soldados de elite el cuidado de poner fin a una sedición sin futuro.

24

Nemrod estaba encantado. No sólo conservaba todas sus prerrogativas sino que, además, le libraban de las preocupaciones materiales. Nartreb y Yegeb, los dos consejeros de Tefnakt, se encargaban a las mil maravillas de los asuntos de la ciudad, exprimiéndola con inigualable ardor. Ningún dominio de la vida pública se les escapaba, y habían endurecido, incluso, los métodos aplicados en Herakleópolis.

Siguiendo las instrucciones de Tefnakt, los dos sicarios habían transformado Hermópolis en un gigantesco cuartel, donde todos los habitantes, desde los niños hasta los ancianos, trabajaban de un modo u otro a favor del ejército. Los combatientes de las tropas de liberación debían ser mimados y sus menores deseos satisfechos. Que algunas madres de familia se vieran obligadas a prostituirse y los chiquillos de diez años fueran obligados a llevar pesados cestos de alimentos no molestaba en absoluto a Yegeb ni a Nartreb. Los imperativos de la economía de guerra no se discutían. Puesto que las bocas inútiles habían sido suprimidas, toda Hermópolis estaba dispuesta para el combate.

Tefnakt reunió a su consejo de guerra en el comedor de palacio. Asistían Nemrod, el príncipe de la ciudad, Yegeb, Nartreb, los jefes de clan libios, el príncipe Peftau de Herakleópolis y Aurora, cuya presencia disgustaba a la mayoría de los participantes. Pero las decisiones del general no se criticaban.

—¿Tenemos noticias procedentes de Tebas?

—Sí, señor —se apresuró a responder Yegeb—. Allí son cada vez más numerosos nuestros partidarios. La toma de Hermópolis les ha hecho comprender que la reconquista había comenzado realmente y que la esperanza de reunificación de las Dos Tierras no era una utopía.

—¿Has infiltrado espías?

—Tenemos algunos informadores dignos de fe. Debían mostrarse extremadamente prudentes, pues Tebas proclama aún, en voz muy alta, su fidelidad a Pianjy.

—¿Qué te han comunicado?

—El faraón negro acaba de reaccionar enviando un cuerpo expedicionario a Tebas.

Los rostros se ensombrecieron.

Hasta ahora, las victorias habían sido fáciles y rápidas. Encontrarse ante temibles guerreros nubios, de legendaria crueldad, no alegraba a nadie.

—¿Y si negociáramos? —insinuó el príncipe Peftau con voz temblorosa.

—¿Qué propones?

—Señor Tefnakt, habéis conquistado dos grandes ciudades y sois ahora dueño del Medio Egipto. Si Pianjy lo reconoce, ¿por qué ir más lejos? Un intercambio de embajadores ratificaría esta nueva situación.

—¡No has comprendido el sentido de mi combate, Peftau! Aumentar mi territorio no me interesa. Quiero un Egipto unido como antaño, un Egipto que sea el primer imperio del mundo mediterráneo. Pianjy negociará conmigo cuando sus tropas hayan sido exterminadas y cuando se vea condenado a la soledad y la miseria, en una Nubia controlada de nuevo por Egipto y cuyas riquezas explote. ¡Pero no cometeré el error de respetar la vida de ese usurpador! Un rebelde nubio no merece indulgencia alguna.

El príncipe Peftau no insistió.

—Si Pianjy envía un cuerpo expedicionario —dijo Aurora tomando la palabra para sorpresa general—, no lo hace para negociar ni para hacer la paz. Ciertamente habrá elegido sus mejores hombres para llevar a la batalla las tropas acantonadas en Tebas.

—Una hembra no va a darnos lecciones de estrategia, a fin de cuentas —protestó un jefe de clan libio.

—¿Por qué no? Ésta me parece excelente —afirmó Tefnakt.

—Pues entonces, corramos hacia Tebas y ataquémosla.

—¡Estúpido! —interrumpió Aurora—. Nos encontraríamos con las tropas de Pianjy y el desenlace del choque sería incierto. Al contrario, aguardémoslas. Se verán obligadas a fraccionarse, sólo una parte de los hombres intentará recuperar Hermópolis para no dejar Tebas desguarnecida e indefensa. Nosotros debemos preparar el dispositivo militar que nos asegure la victoria. Luego, y sólo luego, nos pondremos en camino hacia Tebas, cuya facultad de resistencia habrá disminuido considerablemente.

Los jefes de clan mascullaron, algunos se encogieron de hombros, pero muchos tuvieron que admitir que el análisis de la muchacha era pertinente.

—¿Por qué has hecho destruir parte de las murallas de Hermópolis? —le preguntó Akanosh a Tefnakt.

—Para hacer creer al enemigo que la ciudad había sido devastada y que le sería fácil entrar en ella. Una vez en el interior, los soldados de Pianjy habrán caído en la trampa.

El general desenrolló un papiro en el que había dibujado un preciso mapa de la región.

—El resto del cuerpo expedicionario se verá atrapado en una tenaza, en la llanura, y prepararemos varias emboscadas en las colinas para cortar cualquier posibilidad de retirada. Pianjy ignora por completo el arte de la guerra. Cree que la fuerza bruta basta para vencer en cualquier combate. Ha llegado el momento de darle una buena lección.

—¿Y no hay peligro de que la población se levante contra nosotros? —preguntó Akanosh.

—¿Por qué te preocupas? —se extrañó Tefnakt.

—¡La tratamos con tanta dureza!

—Es la guerra, príncipe Akanosh. Cualquier signo de debilidad incitaría a los civiles a la desobediencia. Mis dos consejeros hacen un trabajo excelente.

Yegeb habló con una leve sonrisa.

—Gracias a nosotros, la gente se siente gobernada y protegida. ¿Qué le pedimos al pueblo? Que obedezca a Tefnakt y le conceda su confianza, nada más. Y todos saben que actuamos por su bien, aunque de buenas a primeras no comprendan los sacrificios que les exigimos.

Akanosh desafió al hipócrita con la mirada, pero no se atrevió a hacerle los reproches que le corroían el corazón.

—¿Quién propone otra estrategia? —preguntó Tefnakt.

Ningún jefe de clan rompió el silencio.

—Procederemos pues a un entrenamiento intensivo de nuestros distintos cuerpos de ejército en los parajes donde van a intervenir, a partir de los planes que voy a indicaros. El día del enfrentamiento, no toleraré vacilación alguna. ¡Manos a la obra!

Nartreb masticaba papiro, Yegeb hacía sus cuentas.

—Comenzamos a enriquecernos, amigo mío. Gracias a los plenos poderes que Tefnakt nos concede, nos apoderamos legal y discretamente, en nuestro beneficio, de una buena cantidad de riqueza. Casas, tierras, lotes de ropa, sandalias y vajilla... Cuando ataquemos en la campiña, espero echarles mano a rebaños enteros. ¡Qué bonita es esta guerra!

—Siempre que prosiga —apuntó Nartreb— y la suerte de las armas nos sea favorable.

—He pagado muy bien a los oficiales de Herakleópolis y Hermópolis para que obedezcan ciegamente a Tefnakt. Mientras salga victorioso, no harán pregunta alguna. El soldado quiere órdenes claras y una buena paga. Con eso, mata sin más miramientos.

—¿Todos nuestros aliados desean realmente esta victoria?

—¿Piensas en el príncipe Akanosh?

—Tengo la sensación de que le satisfaría un cese de las hostilidades y de que no le gusta nuestra manera de administrar una ciudad.

—Tienes razón, Nartreb. El tal Akanosh podría resultar molesto. ¿Quieres que intervenga... a mi modo?

—No, una muerte violenta despertaría la desconfianza de los demás jefes de clan hacia Tefnakt y se abriría una brecha en la coalición. Tengo una idea mejor, vamos a tenderle una trampa.

Nartreb untó sus gordezuelos pies con un ungüento compuesto por hojas de acacia, hojas de zizyphus, tierra de Nubia, crisocola y el interior de una concha de agua dulce. El semita detestaba la marcha que le irritaba los dedos de los pies.

—Aurora se está volviendo demasiado importante —se lamentó—. Si la dejamos hacer, Tefnakt nos relegará a un segundo plano y acabará olvidándonos, ¡rechazándonos incluso!

—Detesto a las mujeres. Cuando salen de su alcoba y su cocina, no hacen más que meter cizaña. Cuando Tefnakt reine, le aconsejaremos que promulgue una ley que las obligue a ir veladas de la cabeza a los pies, a no trabajar y a quedarse encerradas en casa.

—Excelente idea, Yegeb. De momento, debemos impedir que esta ambiciosa se convierta en reina... ¡Sin que Tefnakt se nos eche encima!

—No será fácil, amigo mío, pero lo lograremos.

25

Una estación favorable, una corriente poderosa, embarcaciones rápidas y excelentes pilotos; se habían reunido todas las condiciones para que el viaje fuera fácil. Al cabo de tres semanas, el cuerpo expedicionario al mando de los capitanes Lamerskeny y Puarma había llegado a su primer destino, Tebas, la Poderosa, ciudad del dios Amón.

Para no tener que dirigirse la palabra, ambos oficiales no habían hecho el trayecto en el mismo barco. Sin embargo, juntos habían recibido las órdenes del faraón negro, que exigió que se pusiera en marcha una estrategia muy precisa para terminar con la ofensiva de Tefnakt. Lamerskeny objetó que las condiciones que encontrarían sobre el terreno podían modificar mucho la teoría, Puarma le prometió al soberano que sería su brazo armado y no tomaría ninguna iniciativa personal.

Si no hubiera habido buenos combates en perspectiva, Lamerskeny habría derribado a Puarma con su brazo de madera de acacia. Pero el capitán había conseguido controlarse y se había apaciguado, entre Napata y Tebas, gracias al ardiente afecto de dos jóvenes nubias a las que había hecho embarcar clandestinamente, violando así el reglamento. Las hermosas se sentían tan felices con la idea de ser bailarinas en una casa de cerveza de la gran ciudad del Sur que se prestaron con entusiasmo a todas las fantasías del héroe.

Al acercarse a la ciudad, unos barcos del ejército les cerraron el paso. La flotilla nubia se inmovilizó.

Por un instante, Lamerskeny creyó que Tefnakt se había apoderado de Tebas y que tendría que librar una batalla de uno contra mil. Pero la presencia de un oficial nubio en la proa del navío almirante le tranquilizó.

Puesto que no deseaba cederle al capitán de infantería el privilegio de aquel primer contacto, Puarma se había reunido con él saltando de borda en borda.

—Un recibimiento bastante extraño, ¿no?

—¿Están en sus puestos tus arqueros?

—Estamos en Tebas y...

—¡Que se mantengan dispuestos, cabeza de chorlito! Estamos, sobre todo, en guerra y puede suceder cualquier cosa en cualquier momento.

Vejado, Puarma dio de todos modos la orden.

El oficial de marina evaluó a los recién llegados.

—Identificaos.

—Lamerskeny, capitán de infantería. Y éste es mi colega Puarma, capitán de arqueros.

—Tengo orden de llevaros al templo de Karnak.

—¡Qué significa esa historia! —protestó Lamerskeny—. Somos soldados, no sacerdotes. Queremos ver inmediatamente al comandante de la guarnición.

—Aquí manda la Divina Adoratriz. Ella me ha dado una orden y la cumpliré.

Puarma sujetó la muñeca de Lamerskeny, que parecía dispuesto a desenvainar su espada.

—De acuerdo, os seguiremos.

Ambos capitanes fueron recibidos en un pesado bajel de guerra ocupado por un centenar de marineros.

—No vuelvas a hacerlo nunca —le dijo Lamerskeny a Puarma— o te romperé el brazo.

—Ha sido por tu bien, cabeza de chorlito. Recuérdalo: debes combatir contra nuestros enemigos, no contra nuestros amigos.

La visión de Karnak acalló la querella.

Estupefactos, ambos capitanes descubrieron los inmensos dominios sagrados de Amón-Ra, el rey de los dioses, rodeados por una alta muralla de la que sobresalían las puntas de los obeliscos cubiertos de oro. El templo de Napata era imponente, es cierto, pero éste superaba todo lo que la imaginación podía concebir. Durante siglos y siglos, los faraones habían ampliado y embellecido aquel santuario que llevaba el nombre de El que fija el emplazamiento de todos los templos. La vida se había manifestado allí, por primera vez, en forma de un islote emergido del océano primordial y, desde entonces, nunca el soplo de Amón había dejado de manifestarse hinchando la vela de las embarcaciones.

—¡Rayos y truenos... qué formidable fortaleza podría hacerse! —exclamó Lamerskeny.

Puarma tenía los ojos clavados en el pilono de acceso que representaba, a la vez, las montañas de Oriente y Occidente, y las diosas Isis y Neftis. Entre ellas, y gracias a ellas, el sol renacía cada mañana.

—Los dioses edificaron Karnak —murmuró el capitán de arqueros—, no los hombres.

Un sacerdote de cráneo afeitado condujo a los emisarios de Pianjy hasta una puerta aneja al recinto, donde un ritualista de rostro severo les preguntó sus nombres.

—¿Habéis tocado a una mujer en los tres últimos días?

—Claro que no —mintió Lamerskeny—. Venimos de Napata, en barco, y a bordo sólo había militares.

—En ese caso, podéis cruzar la puerta.

—Nos envía el faraón para luchar contra los libios y no podemos perder tiempo.

—Seguidme.

El hombre del brazo articulado lanzó un suspiro de

exasperación. Estaban en Karnak y era preciso soportar los caprichos de los religiosos.

Con lentos pasos, otra razón para que Lamerskeny se enojara, el sacerdote condujo a sus visitantes hasta el lago sagrado. Puarma estaba fascinado por el esplendor de los templos coloreados que parecían encajarse unos en otros, mientras Lamerskeny se dejaba hechizar por unos suaves perfumes que le recordaban a exquisitas amantes.

El tamaño del lago dejó pasmados a los dos oficiales. Centenares de golondrinas sobrevolaban la azulada superficie en la que, durante las fiestas, los sacerdotes hacían navegar barcas en miniatura.

—Quitaos la ropa —ordenó el sacerdote.

—¿Nos permitís nadar? —preguntó Lamerskeny.

—Debéis purificaros.

—¡No pensamos convertirnos en sacerdotes!

—La regla exige que cualquier persona admitida en el templo, aunque sólo sea temporalmente, sea purificada. Desnudaos, bajad lentamente hacia el lago tomando la escalera de piedra, entrad en el agua, permaneced inmóviles unos instantes y recogeos orientando vuestro espíritu hacia la luz.

—Conservaré mi espada —exigió Lamerskeny.

—Ni hablar, las armas deben depositarse en el umbral del templo.

—Vamos allá —recomendó Puarma.

Cuando Lamerskeny se quitó la tosca camisa, el sacerdote no pudo disimular su asombro.

—Extraño brazo, ¿eh? Antes de salir de Napata, hice reforzar el armazón de madera con metal, y el especialista de los carros untó el conjunto con resina.

Desnudos, ambos soldados se purificaron en el lago sagrado. Luego les vistieron con un taparrabos de lino de reluciente blancura, les afeitaron y les perfumaron con incienso.

—Ante Dios —recomendó el sacerdote—, no alardeéis de poseer el poder. Sin él, el brazo carece de fuerza; Dios convierte al débil en fuerte, él permite que un solo hombre pueda vencer a mil.

Siendo ya «sacerdotes puros», el primer peldaño de la jerarquía religiosa, Lamerskeny y Puarma fueron invitados a derramar un poco de agua santa sobre los alimentos depositados en los altares y a recitar un texto ritual dirigido a Amón: «Muéstranos el camino, permítenos combatir a la sombra de tu poder.»

—Ahora —dijo el sacerdote—, podéis penetrar en la gran sala de columnas.

Ambos oficiales quedaron sin aliento.

La sala, construida por Seti I y Ramsés II, se componía de gigantescos papiros de piedra en los que se desplegaban coloreadas escenas que mostraban al faraón haciendo ofrendas a los dioses. Practicadas en las enormes losas del techo, unas pequeñas aberturas dejaban pasar rayos de luz.

Y precisamente en uno de esos haces vio Lamerskeny una aparición: una muchacha que vestía una larga túnica blanca con tirantes, y que llevaba los pechos cubiertos por un chal amarillo pálido.

—¡Una diosa! —balbuceó—, es una diosa.

26

—¿Sois los capitanes Lamerskeny y Puarma? —preguntó la aparición.

—¡Lamerskeny soy yo! Siempre he venerado a los dioses, a las diosas sobre todo... Puarma, en cambio, es un incrédulo. No es digno de escucharos.

La aparición sonrió. Los rasgos de su rostro eran tan delicados que Lamerskeny se sintió intimidado.

—¿Sois la Divina Adoratriz? —preguntó Puarma.

—No, sólo su intendente. Su majestad está gravemente enferma y ya no sale de su alcoba. Por eso me ha pedido que os reciba y os informe antes de que habléis con vuestros colegas.

—¿Informarnos?... ¿Sobre qué?

—Venid, os lo ruego.

La hermosa sacerdotisa condujo a los dos oficiales hasta los dominios temporales de la Divina Adoratriz, que comprendían una capilla, sus aposentos privados y los despachos de los escribas. Introdujo a sus huéspedes en uno de ellos.

Fascinado, Lamerskeny no podía apartar los ojos de ella.

—¿Cómo os llamáis?

—Mejorana.

—¿Estáis casada?

—Ni la Divina Adoratriz ni las sacerdotisas que están a su servicio se casan. ¿Os interesan las cuestiones religiosas, capitán Lamerskeny?

—Me apasionan.

—Tengo una triste noticia que comunicaros. El comandante de la base militar de Tebas murió hace cuatro días.

—Lo siento por él. ¿Quién le sustituye?

—Eso es lo que quisiera saber, enseguida, la Divina Adoratriz, porque está preocupada por la seguridad de Tebas. Puesto que vuestra llegada fue anunciada, la ciudad espera saber cuál de vosotros dos tomará el mando de la tropa.

Lamerskeny y Puarma se miraron atónitos.

—Ambos tenemos el mismo grado...

—La infantería es el arma más antigua y más tradicional —afirmó Lamerskeny—. Por consiguiente...

—El cuerpo de arqueros sólo reúne soldados de elite —objetó Puarma—. Así pues...

La disputa irritó a Mejorana.

—La Divina Adoratriz desea conocer las órdenes que os dio el faraón.

—Debíamos colaborar y ponernos a las órdenes del comandante —explicó Puarma.

Lamerskeny y Puarma discutieron durante más de una hora, arrojándose a la cara retahílas de retorcidos argumentos.

—¿Y si ejecutáramos sencillamente las órdenes de Pianjy? —propuso el capitán de arqueros—. Exige que compartamos el mando, ¡hagámoslo!

—Imposible.

—No tenemos otra salida.

A Lamerskeny le gustaba la acción, no las palabras.

—De acuerdo, pero hablaremos juntos con los

hombres, en un estricto pie de igualdad, y no intentarás asentar tu autoridad a expensas de la mía con el pretexto de que manejas el arco.

—Paliemos la momentánea ausencia de mando y cumplamos nuestra misión. El faraón nos lo agradecerá. De lo contrario, su cólera será terrible.

—Por fin un argumento interesante... En el fondo, tienes razón, Puarma. Unamos nuestros esfuerzos para lograrlo. Pero déjame a mí la iniciativa, tú no eres capaz de ello.

Los soldados acuartelados en Tebas no resultaron fáciles de convencer. En primer lugar, añoraban a su comandante y exigieron llevar su luto durante varios días aún, con una prima cuando se levantara. Luego, sólo conocían a Puarma y Lamerskeny de nombre, y desconfiaban de esos nuevos jefes. Y, finalmente, se habían acostumbrado a gozar de una paz bastante confortable y no tenían el menor deseo de combatir, tanto menos cuanto Tefnakt no amenazaba Tebas. Por lo tanto, la mejor solución consistía en esperar nuevas órdenes de Napata. Como portavoz de la tropa, un suboficial presentó incluso una lista de agravios referentes a la calidad de la comida, a la de los uniformes y al número de días de vacaciones.

Puarma temió que Lamerskeny le rompiera el cráneo con su brazo de madera, pero el capitán de infantería permaneció mudo.

Tefnakt acarició muy lentamente los pechos desnudos de Aurora.

—Eres una bruja... ¿Cómo lo has hecho para embrujarme?

—Fuiste tú el que me embrujó, puesto que comparto tu ideal. Reconquistar el país, hacerlo poderoso como antaño, ¿existe tarea más exaltante?

Tefnakt se había enamorado de un cuerpo de mujer de conmovedoras curvas e ingenuo ardor, y no se cansaba de explorarlo. Aurora respondía a sus caricias, pero no dejaba de hablarle del gran proyecto que ella había hecho suyo con devoradora pasión.

—¿Tienes hijos? —le preguntó.

—En Sais tenía varias mujeres a mi disposición, pero no amaba a ninguna. Me han dado hijos... Las muchachas se quedaron en el Norte, dos de mis hijos en edad de combatir son oficiales en mi ejército. Ninguno será capaz de sucederme. Después de mí, nuestro hijo subirá al trono.

Aurora tomó su rostro entre las manos.

—Te amo, Tefnakt. Te amo porque tu corazón alienta una gran visión. Pero no quiero hijos antes de que seas faraón y las Dos Tierras inclinen la cabeza ante ti.

La determinación de Aurora impresionó a Tefnakt. No estaba hecha de la misma pasta que las demás mujeres a las que había conocido y, de vez en cuando, incluso le daba miedo.

—Como quieras...

Para agradecerle su asentimiento, le cubrió de besos con el ardor de una leona decidida a devorar a su presa. Poco inclinado a desempeñar el papel de víctima, Tefnakt obligó a Aurora a tenderse de espaldas y recuperó la iniciativa.

Llamaron a la puerta de la alcoba.

—¿Quién se atreve? —gritó Tefnakt.

—Yegeb, señor. Una noticia importante, muy importante.

—¿No puede esperar?

—No lo creo.

El general abrió la puerta. Yegeb se inclinó.

—Nuestra red de espionaje acaba de comunicarnos que el comandante de la guarnición de Tebas ha muerto. El cuerpo expedicionario ha llegado, pero la confusión lo mantiene inmóvil. Los oficiales de Pianjy se desgarran entre sí, nadie es capaz de dar una orden clara y no se iniciará movimiento de tropas alguno antes de que Napata formule nuevas instrucciones. ¿No es una ocasión soberbia?

Los ojos de Tefnakt llamearon.

—Atacar Tebas por el Nilo y causar graves pérdidas a la guarnición... ¡Sí, ha llegado el momento!

—Habíamos definido otra estrategia —le recordó Aurora, indiferente a la presencia de Yegeb, que miró el cuerpo de la muchacha con un interés en el que se mezclaba el asco.

—Es necesario saber adaptarse a las circunstancias, ¡podemos lograr una ventaja decisiva! Que una primera oleada de asalto, al mando de un jefe de clan, embarque inmediatamente.

27

La guarnición estaba profundamente dormida. Desde la muerte del comandante, el entrenamiento había
sido suprimido y se dormía hasta avanzada la mañana.

Puesto que sufría insomnio desde que había
presenciado la muerte de su mejor amigo en un sangriento combate contra los «merodeadores de las arenas», los beduinos bandidos del desierto, al soldado Ricino el prolongado reposo no le gustaba tanto como a
sus compañeros. Él prefería el ejercicio. Fatigarse físi-
camente alejaba todos los malos recuerdos.

Con los ojos abiertos de par en par, Ricino contemplaba el techo de madera del cuartel.

De pronto, como partida en dos, una viga del techo
se derrumbó y cayó en el dormitorio. Dos troncos de
palmera siguieron la misma suerte y sembraron el pánico entre los soldados, que despertaron sobresaltados.

—¡Escuchadme! —rugió Lamerskeny asomándose
por el techo en compañía de Puarma y una veintena de
arqueros—. Equipaos de inmediato y salid de este agu-
jero. Reuníos en la plaza de armas. Quienes se nieguen a
obedecer serán ejecutados por insumisión.

La misma escena se repitió en los demás barracones
y, al finalizar la mañana, la guarnición de Tebas estaba
en pie de guerra.

—Ya ves —le dijo Lamerskeny a Puarma—. Basta con saber hablarles. Estos muchachitos necesitaban que alguien les despertara. Eso es todo. Ahora los dejo en tus manos. Yo salgo hacia el norte con una flotilla bien equipada.

—El riesgo...

—¿Cómo descubrir de lo contrario celadas eventuales organizadas por los elementos de vanguardia del ejército de Tefnakt?

Puarma se hacía mala sangre.

Lamentaba haber aceptado la proposición de Lamerskeny, al que no habría debido permitir que partiera solo a la cabeza de varios centenares de marinos. ¡Un capitán de infantería al mando de una expedición naval! La catástrofe era previsible.

Pero había que actuar... Pianjy les había ordenado que avanzaran en línea de batalla y entablaran combate contra Tefnakt, le sitiaran y le capturaran, comenzando por destruir sus barcos y garantizando, al mismo tiempo, la seguridad de Tebas.

Bajo la protección de Puarma, la ciudad santa del dios Amón no corría ningún peligro. Por lo que al resto se refería... todo dependía de la suerte de Lamerskeny.

El responsable del correo se presentó ante Puarma.

—A vuestras órdenes capitán.

—¿Ha salido el mensajero hacia Napata?

—Esta misma mañana, con una escuadra de arqueros. Podéis estar seguro de que llegará a buen puerto.

Puarma había redactado un largo informe en el que no omitía detalle alguno. A Pianjy le tocaba tomar decisiones según como evolucionara la situación y transmitirle sus órdenes lo antes posible.

—Que otro mensajero esté listo para partir. Desde hoy, las idas y venidas entre Tebas y Napata serán incesantes.

—Entendido, capitán.

La Divina Adoratriz estaba muriéndose, Puarma era el único dueño de Tebas y esta responsabilidad, inesperada, le asustaba. Pero defendería la ciudad santa con toda su sangre.

—¡Más deprisa! —rabió el jefe de clan libio exhortando personalmente a los remeros—. ¡Estáis durmiendo, pandilla de holgazanes! Pronto estaremos en Tebas y tendréis las mozas más hermosas de Egipto y vino en cantidad.

Aquellas halagüeñas perspectivas no hicieron ningún efecto. Los civiles de Herakleópolis y Hermópolis, alistados a la fuerza, no tenían prisa por enfrentarse con las tropas de Pianjy y morir en una batalla en la que no tenían ningunas ganas de participar.

De ese modo, la flota de asalto mandada por Tefnakt había avanzado mucho más lentamente de lo previsto. Matar a los remeros egipcios no era una solución, pues ningún soldado libio querría reemplazarlos.

Cuando se levantó el viento del norte, pudieron por fin izar las velas y avanzar con mayor rapidez. El jefe de clan, un antiguo merodeador de las arenas conquistado por la buena carne y la suavidad de la tierra egipcia, recuperaba sus instintos de asesino. Se imaginaba ya pegando fuego al templo de Amón, violando a la Divina Adoratriz y a sus sacerdotisas, y vaciando la ciudad santa de sus tesoros.

Tefnakt era un buen general. Al ordenar aquel ataque sorpresa que desorganizaría la defensa enemiga, y al confirmar la victoria con la intervención del grueso de sus tropas, ganaría la guerra en pocas semanas.

Lamerskeny saboreaba su nueva posición. Instalado en una confortable cabina, tendido en un lecho de calidad, degustaba racimos de uva, uno tras otro, y bebía a traguitos cerveza dulce, algo burbujeante y muy fresca.

La marina tenía algo bueno y la guerra era, realmente, lo mejor del hombre. Mientras el infortunado Puarma vivía horas de angustia organizando la defensa de Tebas, él, el guerrero del brazo de acacia, navegaba por el Nilo.

Cuando se acercara a Hermópolis tendría tiempo de preocuparse por Tefnakt, ese libio cobarde que nunca se atrevería a aventurarse más allá del Medio Egipto. El soldado Ricino, a quien Lamerskeny había elegido como ordenanza, penetró en el camarote.

—Capitán, diríase que... son barcos.

—¿Barcos mercantes?

—¡No... de guerra...! Y vienen hacia nosotros.

—Debes de equivocarte, Ricino.

—El vigía ha señalado más de veinte.

Intrigado, Lamerskeny salió de su camarote y se dirigió a proa. Ricino no había mentido. No eran transbordadores ni chalanas, sino, efectivamente, libios que remontaban el Nilo hacia Tebas.

—El tal Tefnakt es más peligroso de lo que había supuesto...

—¿Nos batimos en retirada, jefe?

Lamerskeny contempló a Ricino con mirada indulgente.

—¿Cuánto tiempo hace que no has combatido, soldado?

—Algunos años. En Tebas la cosa estaba más bien tranquila.

—¿Conoces la fama de Pianjy?

—Se dice que basta con pronunciar su nombre para poner en fuga al enemigo.

—¡Excelente! Y sabes también que Pianjy me ordenó rechazar a Tefnakt y sus rebeldes y empujarlos hacia el norte.

—Sí, jefe, pero esos rebeldes son numerosos, mucho más numerosos que nosotros.

—Lucharemos uno contra diez, pero en nombre de Pianjy. Los libios no tienen oportunidad alguna.

—¿Realmente lo creéis?

—¡Lamerskeny nunca miente, soldado! Zafarrancho de combate; transmite la orden a todos nuestros barcos.

—¿Qué táctica adoptamos?

—La más sencilla: adelante.

El jefe de clan libio no creía lo que estaba viendo: desplegados por toda la anchura del Nilo, los barcos egipcios avanzaban directamente hacia él. Puesto que Lamerskeny había hecho instalar a proa verdaderas murallas de escudos, los tiros de los arqueros libios fueron inoperantes. En cambio, muchos perecieron bajo las piedras, unas veces redondas, otras puntiagudas, que lanzaban las ondas del adversario.

Éstas sembraron el pánico también entre los bueyes y caballos embarcados por orden de Tefnakt, unos para servir de alimento, otros para tirar de los carros cuyas piezas iban a montarse en cuanto acostaran. Enloquecidos, los animales rompieron sus ataduras, pisotearon a gran cantidad de soldados y provocaron, incluso, un naufragio.

El jefe de clan libio no sabía ya cómo maniobrar. Algunos de sus subordinados optaban por el enfrentamiento, otros por la retirada. Los remeros escapaban de sus bancos para zambullirse en el río.

Antes incluso de que la proa de su navío se incrustara en la del libio, Lamerskeny, con la espada en la mano, saltó aullando a la embarcación adversaria y degolló a todos los que le salían al paso. Galvanizados por el ejemplo, los infantes del cuerpo expedicionario siguieron el camino abierto por su capitán.

28

—Primer objetivo alcanzado —declaró Lamerskeny con orgullo—: todas las embarcaciones libias que se dirigían hacia Tebas han sido destruidas. No hay supervivientes y mis pérdidas son ínfimas. Los del Norte acaban de sufrir su primera derrota.

—Eres un tipo duro —reconoció Puarma, que acababa de establecer contacto con el capitán de infantería—, pero se trataba sólo de un pequeño enfrentamiento. ¿Botín?

—Armas, víveres, jarras...

—Lo enviaremos todo a Tebas.

—Nuestra parte...

—Pianjy la ha prohibido.

Los dos oficiales se habían vuelto a encontrar al sur de la provincia de la Liebre, a bastante distancia de su capital, Hermópolis. En cuanto había recibido el mensaje de Lamerskeny, Puarma se había puesto en camino con el resto del cuerpo expedicionario para aplicar las directrices del faraón negro.

—Mira, colega —dijo Lamerskeny en un tono dulzón que no le convenía en absoluto—, tal vez podría tomar una nueva iniciativa...

—¿Cuál?

—Caer sobre Hermópolis y apoderarme de ella. Un

ataque por sorpresa, con la totalidad de nuestras tropas, romperá las defensas de la ciudad.

—Tus excentricidades en el Nilo tienen un pase... pero por lo que se refiere a Hermópolis, ni hablar de improvisar. Debemos aplicar el plan del faraón y nos ajustaremos a él.

Lamerskeny comprendió que no lograría nada. ¡Esas guerras tácticas resultaban tan aburridas!

En la sala de audiencias del palacio de Hermópolis, los miembros del consejo de guerra de Tefnakt no ocultaban su decepción.

—¿Son fiables las informaciones? —preguntó el príncipe Akanosh.

—Nuestras embarcaciones han sido hundidas —confirmó Tefnakt— y ninguno de los marinos de nuestra oleada de asalto ha sobrevivido.

—Nadie podía prever que daríamos con una flotilla enemiga —protestó Yegeb.

—Ya os dije que esa estrategia era peligrosa —les recordó Aurora.

Yegeb y Nartreb le lanzaron una mirada colérica.

—No hablemos del pasado —exigió Tefnakt—. Sólo se trata de una escaramuza que demuestra, por si era necesario, la determinación de nuestros enemigos.

—Tal vez estemos todavía a tiempo de negociar —propuso el príncipe Peftau.

—¡No negociaré nunca! ¿Vamos a perder la confianza al primer pequeño fracaso? Bien sabíamos que la toma de Tebas sería difícil y exigiría numerosos combates. Pianjy nos creerá más débiles de lo que somos en realidad y cometerá errores irreparables. El primero será caer en la trampa de Hermópolis.

—Con una condición —apuntó Aurora—: que este consejo de guerra se instale más al norte, en Herakleópolis. Cuando las tropas nubias penetren en Hermópolis creyendo que la ciudad está a su merced, los combates serán de extremada violencia. Tefnakt sólo debería intervenir tras la aniquilación del cuerpo expedicionario para proseguir nuestra marcha hacia el sur.

Nemrod palideció.

—Como príncipe de Hermópolis, ¿debo permanecer en mi ciudad?

—No será necesario —dijo Tefnakt— puesto que formas parte de mi estado mayor. Volverás después de la victoria.

Aliviado, Nemrod aprobó el plan del general.

—En el futuro —le dijo Aurora a Yegeb—, absteneos de cualquier consejo de carácter militar y limitaos a la administración de nuestras ciudades.

La muchacha se había expresado con la autoridad de una reina. Yegeb quedó boquiabierto.

Aunque un poco baja, la crecida podía considerarse satisfactoria. El agua se retiraba ya de las tierras altas y el viejo campesino, que estaba a la cabeza de una granja donde trabajaban veinte hortelanos, acababa de ordenarle a su personal que preparara los arados para labrar la tierra antes de utilizar los bueyes para hundir en ella las semillas.

Su nieto, un chiquillo de ocho años, le tiró del brazo.

—Abuelo, ¿quién es esa gente, en el camino del cerro, con lanzas?

—Vuelve a casa, pequeño.

Los soldados se acercaron a la granja. A su cabeza, un hombre barbudo de cráneo afeitado y rostro inquietante.

Temblorosos, los labradores se reunieron detrás de su patrón.

—¿Qué queréis?

—Soy el capitán Lamerskeny y os ordeno que abandonéis inmediatamente el trabajo.

—Pero... ¡Es el principio de las labores!

—No habrá labores, ni siembra, ni cosecha en la provincia de la Liebre mientras esté ocupada por el ejército del Norte. Ésas son las órdenes del faraón Pianjy.

—Pensáis vencerlos por hambre, ¿es eso?

—Se rendirán y así habrá menos muertes.

—¿Y cómo nos alimentaremos nosotros?

—El faraón lo ha previsto: con las reservas de Tebas. Sobre todo no te pases de listo; el que infrinja las órdenes será encarcelado de inmediato.

—¿Va a durar mucho tiempo esta guerra? ¡Desde que se apoderaron de Hermópolis los libios no dejan de extorsionarnos! En la aldea vecina incluso quemaron dos granjas y obligaron a sus propietarios a convertirse en remeros. Si el faraón negro es un hombre justo, que restablezca la paz.

—Estamos en ello, abuelo.

Procedentes de Hermópolis, los soldados libios entraron al amanecer en la aldea. Habían caminado toda la noche a la cabeza de un convoy formado por asnos y portadores de serones.

En la ciudad del dios Thot comenzaron a faltar las reservas de alimentos y los notables se quejaban de la mediocre calidad de sus últimos banquetes. De modo que el comandante de la guarnición, por orden de Nemrod, envió a varios convoyes como aquél para aprovisionarse de frutas y legumbres frescas. Los campesinos protestarían, pero bastaría con apalear al más vehemente para que los demás se calmaran. La provincia de la Liebre tenía que admitir la necesidad de los esfuerzos de guerra en favor de su capital.

Los soldados de Nemrod pasaron ante las enormes ánforas que contenían el agua para las necesidades del pueblo, desfilaron ante el horno del pan y se detuvieron frente a la casa del alcalde, encalada y decorada con guirnaldas de acianos delicadamente pintadas.

Un infante llamó a la puerta.

—¡Abre de inmediato!

Un gato gris se ocultó en la tupida hierba, al borde del camino. El miliciano siguió aporreando.

Minutos más tarde, la puerta se abrió rechinando.

—Estaba durmiendo a pierna suelta... ¿Qué ocurre?

—Despierta a los campesinos. Requisa de productos comestibles.

—Ah... No es posible.

—¡Obedece!

—Yo doy las órdenes aquí —respondió Lamerskeny rompiendo la cabeza del miliciano con su antebrazo de madera.

De las demás casas salieron arqueros que disuadieron a los milicianos de Nemrod de entablar combate.

Ninguno de los convoyes de avituallamiento del príncipe felón regresaría a Hermópolis.

29

—¡Ahí están! —exclamó un vigía.

El comandante de la plaza fuerte de Hermópolis puso inmediatamente en marcha el plan previsto por Tefnakt.

Los civiles tuvieron que quedarse en sus casas, cuyas puertas y ventanas cerraron, mientras infantes y arqueros se ocultaban en todos los rincones de la ciudad, donde parte de las murallas había sido derribada.

El cuerpo expedicionario nubio sería irresistiblemente atraído por la ciudad abandonada. Sería preciso tener la paciencia de aguardar a que el grueso de las tropas cayera en la trampa para exterminarlo.

Tras semejante derrota, el faraón negro no intentaría ya reconquistar la provincia de la Liebre, que se convertiría en la base de la vanguardia de Tefnakt.

—¿Se acercan?

—Sí —respondió el vigía—. ¡Ah!... El jinete de cabeza se detiene.

Puarma contemplaba Hermópolis.

A primera vista, la ciudad había sufrido. Ningún arquero en las almenas. Los soldados de Nemrod, sin duda, habían huido hacia el norte. Lamerskeny, que prefería caminar más que montar a lomos de un cuadrúpedo de reacciones imprevisibles, estaba de mal humor. Para respetar las órdenes de Pianjy, no debían atacar de noche ni lanzar todas las fuerzas disponibles a la batalla, y sin embargo debían acabar con el ejército de Tefnakt apoderándose del general rebelde. En estas condiciones, que eran como andar sobre fruta madura sin aplastarla, ¿cómo hacer una guerra seria? Y estaba, además, el tal Puarma, oficial obediente y lleno de celo, que le impedía actuar a su guisa.

El capitán de infantería se puso a la altura de su colega.

—Hermosa presa, ¿no? Te conozco —dijo Puarma—, y estoy seguro de que sólo piensas en caer sobre Hermópolis y apoderarte de ella.

—¡Pues me conoces mal, esgrimidor de arco! Mi olfato me dice que es una trampa soberbia. Nadie deja abandonada una ciudad tan importante como ésta. Tefnakt habrá ordenado a unos centenares de veteranos que se oculten para sorprendernos. Pero han exagerado, ni siquiera hay un arquero en las almenas.

—Tengas o no razón, no importa. El faraón nos ha ordenado pasar de largo y atacar Herakleópolis.

—Mejor así.

Desdeñando Hermópolis, el cuerpo expedicionario siguió hacia el Norte. Lamerskeny sentía cosquillas en la espalda. No dudaba de que centenares de ojos veían alejarse a sus víctimas.

Aldeas devastadas, casas incendiadas, cadáveres de perros, de gatos y de pequeños monos que yacían en las callejas, niños perdidos que reclamaban a sus madres, ancianos muertos de hambre apoyados en los restos del muro de una granja... Nunca Lamerskeny, que estaba acostumbrado a las crueldades de la guerra, había contemplado un espectáculo tan horrible. Incapaz de soportarlo, Puarma se había aislado para llorar. Los soldados que estaban acostumbrados permanecían postrados.

Lamerskeny palmeó el hombro del capitán de arqueros.

—Ven, no podemos quedarnos aquí. Hay que reunir a los supervivientes y mandarlos hacia el sur.

—Perdóname, pero...

—No tienes que excusarte. A un buen soldado no le gustan ese tipo de matanzas.

Puarma apretó los puños.

—¡Si Tefnakt y sus aliados están en Herakleópolis, les mataremos! Y el faraón estará orgulloso de nosotros.

En el camino que llevaba a la ciudad, la misma desolación. Junto a la orilla ardían unas barcazas que los hombres de Tefnakt habían incendiado. Un barquero explicó a los dos capitanes que los del Norte practicaban la estrategia de la tierra quemada para impedir que el cuerpo expedicionario nubio se avituallara y se desplazara con facilidad.

—La cosa no será fácil —estimó Lamerskeny—. Si las fuerzas enemigas se han reunido en Herakleópolis, no daremos la talla.

—¡Pianjy nos confió una misión y la cumpliremos!

Daba gusto ver el furor guerrero de Puarma.

—¡De acuerdo, arquero! Pero déjame tomar la iniciativa. Morir no me divertiría.

Cuando salió de la sala donde acababa de celebrarse el consejo de guerra, el príncipe Akanosh estaba pensativo. Había esperado que el revés sufrido por Tefnakt bastaría para convencerle de que abandonara sus proyectos de conquista, pero se había equivocado.

La pérdida de su primera oleada de asalto no había debilitado mucho a Tefnakt y había hecho acudir, como refuerzo, a tropas del Delta que se mantenían en reserva. Al replegarse hacia Herakleópolis, el general adoptaba una táctica ingeniosa que consistía en atraer al adversario para aniquilarle si, milagrosamente, había escapado de la trampa de Hermópolis.

Tefnakt tenía razón, era preciso reunificar Egipto. ¡Pero no de ese modo! Una población conquistada por la fuerza no podía amar al tirano que la había martirizado y, antes o después, se rebelaría contra él. Lamentablemente, el general sólo escuchaba a sus dos consejeros, Yegeb y Nartreb, porque le habían permitido, utilizando la corrupción, formar una coalición y ponerse a la cabeza.

Cuando entraba en sus aposentos privados, un hombre de edad, con la piel quemada por el sol y los cabellos crespos, hizo caer a su lado una jarra vacía que se rompió en mil pedazos.

—¡Perdón, señor, podría haberos lastimado!

Y, de pronto, el hombre prosiguió en voz baja.

—Debo hablaros, señor. Ordenadme que os traiga agua fresca.

Intrigado, Akanosh lo hizo.

Cuando el hombre regresó, llevando una hermosa jarra decorada con flores de lis, el príncipe le recibió en compañía de su esposa nubia.

—Señor, debo hablaros a solas.

—Nada oculto a mi mujer. ¡Di lo que sea o vete!

—¿Puede alguien oírnos?

La esposa de Akanosh comprobó que ningún oído indiscreto podía sorprender aquella conversación.

—Hice que me alistaran como aguador —reveló el hombre—, pero he sido enviado por Pianjy. He asumido tantos riesgos para hablar con vos porque hay que actuar, y deprisa. Con vuestra ayuda, príncipe Akanosh, debo incendiar el arsenal donde se guardan los carros de Tefnakt. Privado de esta arma, se sentirá tan vulnerable que abandonará el combate y regresará a Sais.

—No soy un traidor ni el aliado de Pianjy.

—Lo sé, príncipe. Pero, al igual que el faraón, deseáis evitar una matanza de la población. Esta misma noche me apostaré junto al arsenal con una decena de hombres. Si hacéis que soldados de vuestro clan releven la guardia, podremos hacer que el incendio parezca un accidente y la paz volverá a la región. ¡Intervenid, os lo suplico!

—¿Perteneces a la tribu de los baksin, la más cercana a la de Pianjy? —preguntó la esposa nubia del príncipe Akanosh.

—Es cierto... Gozamos de su confianza e intentamos mostrarnos dignos de ella. Debo partir... ¡Hasta la noche, príncipe!

Akanosh miró los arcos y puñales tatuados en sus brazos.

—No puedo permanecer inactivo —decidió.

—Esta noche dormirás en mis brazos —objetó su esposa.

—No, voy a...

—Es una trampa, querido. Este hombre era un provocador y quería saber si piensas traicionar a Tefnakt.

—¿Cómo puedes estar segura?

—Porque la tribu de los baksin no existe.

30

—Una decepción —dijo Yegeb, que se frotaba los hinchados tobillos con un ungüento compuesto por harina de trigo, carne grasa, juncia olorosa y miel—. ¿Estás seguro de que nuestro hombre lo ha hecho bien?

—Seguro —respondió Nartreb irritado—. Ha tenido la impresión de que Akanosh estaba dispuesto a traicionar. Pero esta noche no ha venido al arsenal.

—¡Puesto que ha comprendido que le tendíamos una trampa, está reducido a la impotencia! Sabiéndose espiado día y noche, no podrá comunicarse en modo alguno con el enemigo. En el fondo, el resultado no es tan malo.

Un centinela entró como una tromba en la habitación de ambos consejeros.

—El enemigo... ¡El enemigo está a las puertas de Herakleópolis!

Con los ojos clavados en la fortaleza, Lamerskeny devoraba su quinta cebolla cruda.

—Hermoso animal —decidió—, pero demasiado grande para nosotros.

—Pianjy nos ordenó apoderarnos de ella —se obstinó Puarma.

—No conocía el lugar... A la izquierda, el canal dominado por el enemigo; a la derecha, el río cerrado por sus barcos... En el centro, esta plaza fuerte en cuyas murallas hay centenares de arqueros libios. ¿Cuántos coaligados habrá en su interior? Si Tefnakt está presente, sus tropas se sentirán invencibles.

A ochenta kilómetros al sur de Menfis, Herakleópolis reinaba sobre una región próspera. Un espacio entre las colinas, al borde del desierto, había permitido excavar un canal que unía el Nilo a la rica provincia del Fayyum. En su principal santuario, protegido por un dios carnero, había una alberca que contenía el agua primordial de la que había brotado la vida.

La dulzura de la campiña y la brisa que hacía espejear las aguas del Nilo no incitaban al combate.

—¿Has perdido acaso tu legendario valor, Lamerskeny?

—Me complace ser un héroe vivo. Y cuando el brazo de madera me pica como si fuera todavía de carne, sé que me estoy metiendo en un mal paso.

—¡Pero no vamos a retroceder a fin de cuentas!

—Hay varios medios de avanzar, Puarma.

—Explícate.

—Puesto que Tefnakt está convencido de que vamos a lanzarnos al asalto de la ciudad, habrá situado ahí sus mejores hombres. Por el lado del Nilo, no tenemos barcos suficientes para romper su bloqueo. En cambio, podemos apoderarnos del canal.

—Es el objetivo menos interesante.

—De acuerdo, pero esa pequeña conquista debería provocar una reacción. Y eso es lo que quiero explotar.

En lo alto de la torre central de Herakleópolis, al abrigo de unos paneles de madera calada que protegían de las flechas enemigas, el príncipe Peftau lucía una amplia sonrisa.

—¿No son notables las fortificaciones de mi ciudad, general?

—Has trabajado bien —reconoció Tefnakt.

—¡Pianjy creía que os impedirían apoderaros de mi ciudad! Y hoy esta precaución se vuelve contra él. Los nubios están desamparados... Su miserable cuerpo expedicionario no sabe ya qué hacer.

—Se retiran —advirtió Aurora, que mostraba una dignidad casi austera con su larga túnica roja desprovista de cualquier adorno.

La risa aguda y nerviosa de Peftau agredió los oídos de la muchacha.

—¡Tienen miedo, los famosos guerreros nubios están muertos de miedo! ¡Hay que propagar esta noticia por todo Egipto! ¡Pondrá fin a la reputación de invencibilidad de Pianjy y su nombre ya no asustará a nadie!

—Mirad —recomendó Aurora—, se dirigen hacia el este.

—Es estúpido —dijo Peftau—. ¿Por qué dirigirse a las colinas?

—¡Tú eres el estúpido! —rugió Tefnakt—. Van a atacar el canal.

El viejo dignatario farfulló.

—Aun así, señor... Su pérdida no tendría mucha importancia.

Puesto que los nubios se contentan con tan poca cosa —pensó Tefnakt—, ha llegado el momento de dar un duro golpe al cuerpo expedicionario.

—Vamos a hacer una salida —decidió.

Los arqueros de Puarma demostraron una notable eficacia. Más de una flecha de cada dos hirió al enemigo, en la cabeza o en el pecho. Una sola salva bastó para dispersar a la guardia libia, compuesta por jóvenes reclutas inexpertos, presas inmediatamente del pánico.

El propio Puarma se encargó de degollar al oficial que intentaba alentar a sus soldados, que estaban al borde de la desbandada.

Mientras sus infantes eliminaban con la lanza a los últimos libios, cuyos cadáveres cayeron en el canal, Lamerskeny permanecía impasible, pues consideraba inútil mezclarse en tan mediocre pelea.

De pronto, aprestó la oreja.

—¡Ya está! Acaban de abrir la puerta grande de la ciudad e intentan una salida para hacernos pedazos.

Puarma miró hacia Herakleópolis.

—Diríase que... no utilizan carros. Sólo infantería.

—¿Están en su lugar los arqueros?

—En los matorrales, a ambos lados de la llanura.

—Yo me encargo del choque frontal. En cuanto me bata en retirada, te tocará a ti.

Con su peinado tripartito y su ancha trenza central enrollada en la parte inferior, con sus dos grandes plumas curvas plantadas en los cabellos, sus tatuajes en el pecho, el abdomen, los brazos y las piernas, su tahalí cruzado sobre los pectorales y su estuche fálico, los libios podían aterrorizar a cualquier adversario, pero no a Lamerskeny y sus guerreros nubios.

Manejando una corta y ligera hacha de doble filo, el capitán del brazo de acacia cortó cuellos y antebrazos a tal velocidad que, casi por sí solo, detuvo el impulso del regimiento que salía de Herakleópolis. Con el canto vaciado, fabricado con tres espigas que sobresalían hundiéndose en el mango y sólidamente atadas, el arma de Lamerskeny hacía estragos mientras su brazo articulado rompía cráneos.

Pasado el efecto de la sorpresa, los libios, al mando

de un jefe de clan que se había embriagado con aguardiente de palma antes de lanzarse al ataque, reanudaron su avance.

—¡Retirada! —aulló Lamerskeny.

El capitán protegió por unos instantes a sus hombres, que corrían hacia la parte estrecha de la llanura, y luego les imitó.

Lanzando gritos de victoria, los libios les persiguieron.

Fueron presa fácil para los arqueros de Puarma. Y el resto del cuerpo expedicionario golpeó el flanco izquierdo del regimiento enemigo partiéndolo en dos, mientras Lamerskeny, remontando a toda velocidad la columna enemiga con sus mejores elementos, le cortaba cualquier posibilidad de retirada.

La salida de los libios terminaba en un humillante fracaso. Pero Lamerskeny no pensaba limitarse a eso y aumentó su ventaja.

—¡Al Nilo! —ordenó.

Arqueros e infantes se lanzaron al asalto de los barcos, que fueron atacados simultáneamente por la flotilla nubia. Superiores en número, exaltados por su éxito, los hombres de Pianjy vencieron fácilmente e incendiaron los barcos de Tefnakt.

—¡A Herakleópolis ahora! —decidió Puarma.

—¡No —objetó Lamerskeny—, mira!

Las murallas intactas, los numerosos arqueros y los relinchos de los caballos dispuestos a tirar de los carros que se acumulaban al norte de la ciudad... el grueso del ejército de Tefnakt estaba intacto.

—Ha sido sólo un arañazo —estimó Lamerskeny.

31

A la sombra de un quiosco con columnas de madera dorada, cerca de un estanque donde se bañaban cuando el calor resultaba excesivo, Pianjy y su esposa Abilea jugaban al juego del perro y el chacal. En la superficie plana de una mesita de madera de sicomoro se habían practicado treinta agujeros en los que los adversarios plantaban unos bastoncillos puntiagudos, cuyo extremo superior tenía forma de cabeza de perro o de cabeza de chacal.

Ni el rey ni la reina iban vestidos, pero su piel estaba untada de aceite de moringa y perfumada con *kyphi*, la obra maestra fabricada por su hija. Tras haber hecho el amor en la deliciosa agua de la alberca, se enfrentaban con seriedad.

Después de una brillante maniobra, Pianjy estaba convencido de que sus chacales iban a vencer a los perros de su esposa. Pero al monarca, conmovido por la salvaje belleza de Abilea, le resultaba cada vez más difícil concentrarse. Sintiendo aquella mirada que resbalaba por su cuerpo como una mano acariciadora, la soberbia nubia comenzó a moverse de modo casi imperceptible para turbar más aún al jugador.

Adelantó la mano muy lentamente hacia la mesa de madera de sicomoro, desplazó un perro de cabeza fina y agresiva y se apoderó de cinco chacales.

—Has ganado —reconoció Pianjy—. Pero has hecho trampa.

—¿Trampas, yo?

—Me has hechizado.

—¿Acaso lo prohíben las reglas del juego?

El faraón negro abrazó a su esposa como si le demostrara su amor por primera vez.

—Como todas las reinas de Egipto, eres una gran hechicera. Tu mirada conoce el secreto de mundos que yo no puedo alcanzar.

—Muy modesto eres, majestad... ¿No tienes, acaso, el poder?

—¡Que me sirva para proteger Nubia de cualquier peligro!

—¿Qué podemos temer?

La mirada de Pianjy se ensombreció.

—Tal vez ese generoso sol oculte las tinieblas.

Un pequeño mono trepó a lo alto de una palmera, un gato grande y rojizo, de confortable vientre, se deslizó bajo un macizo de hibiscus.

Alguien se acercaba.

—¡Soy yo, majestad! —anunció Cabeza-fría, que llevaba un pesado cofre lleno de papiros—. ¡Tengo los informes de Puarma!

En presencia del faraón y de la gran esposa real, y por orden suya, Cabeza-fría explicó a los miembros del Gran Consejo el contenido de los informes.

—Los capitanes Puarma y Lamerskeny han encontrado una fuerte oposición en el Medio Egipto. De acuerdo con las órdenes de su majestad, han salvado y protegido Tebas, no han atacado la ciudad sagrada de Thot, Hermópolis, cuyo príncipe, Nemrod, traicionó la confianza del faraón, pero han intentado apoderarse de Herakleópolis, ciudad que ha pasado también al enemigo, debido a la derrota de Peftau. La ciudad ha sido transformada en fortaleza y nuestros expertos la consideran, actualmente, inexpugnable.

—¡La misión del cuerpo expedicionario ha sido, pues, un fracaso! —advirtió el decano Kapa estupefacto.

—La situación es más grave de lo que suponíamos —reconoció el escriba—. Tefnakt es un verdadero jefe guerrero y ha reunido a un gran número de soldados al norte de Herakleópolis, cuyas murallas son defendidas por arqueros de elite. De modo que los capitanes Lamerskeny y Puarma deben limitarse a hostigar al enemigo e impedirle el paso hacia el sur.

—¿Puede Tefnakt, de todos modos, atacar Tebas?

—La ciudad santa no corre riesgo alguno. Nuestras tropas han cerrado la frontera meridional y la provincia de la Liebre, y la guarnición de la ciudad de Amón está en alerta permanente. En realidad, Tefnakt no puede ya avanzar.

—Y nosotros —advirtió el decano con amargura— tampoco podemos avanzar hacia el norte. ¡El prestigio del faraón ha quedado manchado, ya no reina sobre su propio país!

—Los oficiales del cuerpo expedicionario no cejan en sus esfuerzos, pero deben cuidar a sus hombres y no separarse de sus bases lanzándose a una aventura demasiado arriesgada. Según el capitán Lamerskeny, de cuyo valor y experiencia no puede dudarse, es imposible aniquilar a las fuerzas de Tefnakt.

Un pesado silencio acogió estas palabras. La reina Abilea lo rompió.

—¿Cómo tratan a la población del Medio Egipto?

El escriba se sintió turbado.

—Majestad, no...

—¡La verdad, Cabeza-fría!

—Los rebeldes están en guerra y no se preocupan del bienestar de aquellos a quienes consideran sus súbditos. Nuestras tropas intentan socorrer a los más necesitados, pero varias aldeas han sido destruidas y han perecido muchos inocentes.

—Egipto se hunde en la anarquía —dijo el decano—. Ni justicia, ni seguridad, ni respeto por los demás, sólo la horrible violencia y la desgracia que repta como una serpiente.

—Dejemos de poner en peligro inútilmente a nuestros soldados —recomendó el obeso Otoku— y levantemos una barrera de fortines al norte de Tebas. Puesto que el Medio Egipto se ha perdido, aceptémoslo. ¿No hay que sacar lecciones de una derrota?

—¡Pianjy es el faraón del Alto y el Bajo Egipto! —protestó el viejo Kapa—. No debe abandonar más de la mitad del territorio a un revoltoso que asfixia al pueblo bajo el yugo de una implacable tiranía.

—Es una visión de gran nobleza, pero está superada y soy el primero en deplorarlo —dijo Otoku con gravedad—. La edad de oro ha terminado. Nadie la resucitará. Dejemos de soñar y limitémonos a los hechos: Pianjy gobierna un reino compuesto por Nubia y el Alto Egipto, Tefnakt ha echado mano al resto del país y no lo soltará. Que nuestro objetivo sea sólo uno: preservar los valores sagrados, la felicidad de nuestra vida y la paz. En consecuencia, negociemos y reconozcamos la frontera nacida de estos combates.

Pianjy se levantó. Por su mirada y su actitud, Abilea comprendió que estaba tan furioso como una pantera encolerizada.

La voz del rey llenó la sala de audiencias.

—Rechazo la injusticia y las bárbaras exigencias de quien se considera el más fuerte. Tefnakt ha violado la ley de Maat y seguirá violándola si no intervengo. Cuando di a dos capitanes la misión de aniquilar el ejército enemigo, pensaba que terminarían rápidamente con esa sedición. ¿Cómo se han comportado nuestros soldados? ¡Han dejado al enemigo casi indemne y han fortalecido su decisión de perjudicarnos! Tan cierto como que estoy vivo y Ra me ama, tan cierto como que mi padre Amón me guía, yo mismo me dirigiré a Egipto y pondré fin a los perniciosos manejos de Tefnakt. Le obligaré a renunciar para siempre al combate y los del Norte probarán la firmeza de mi puño.

Nadie osó tomar la palabra después del rey.

Su esposa le siguió hasta la terraza de palacio.

—Sé que no lo apruebas, Abilea, pero no tengo ya derecho a gozar de una felicidad egoísta mientras Egipto es presa del sufrimiento. Realmente esperaba que Lamerskeny y Puarma me dispensaran de abandonar Napata y lanzarme, personalmente, a esta batalla. Al subestimar al enemigo, me equivoqué gravemente. Ahora mi corazón está lleno de furor contra mí mismo, contra mi imprudencia y mi falta de lucidez. A causa de mis debilidades, Tefnakt se ha creído capaz de conquistar las Dos Tierras. Yo debo librarlas del fardo que ha caído sobre ellas y del que me considero responsable.

—Te equivocas, Pianjy. El deseo de conquistar y destruir para satisfacer su sed de poder personal es el único objetivo en la vida de Tefnakt, y nada ni nadie le habrían hecho retroceder.

—Retrocederá, lo juro.

—Pianjy...

—No, Abilea. Debo partir para que la ley de Maat viva. Si el faraón no cumple su primer deber, la felicidad desaparecerá de esta tierra.

—No pido que te quedes. Pero quiero partir contigo.

32

Los dos ejércitos se habían entremezclado. La violencia del choque había sido espantosa, una multitud de jóvenes había sucumbido y la atroz visión llenaba de obsesión las noches del príncipe Nemrod. El desenfreno de la violencia le hacía descubrir un mundo cuya existencia no sospechaba, un mundo donde estallaban incontrolables instintos para los que su educación de notable no le había preparado.

Una extraña sensación le había invadido: añoraba su ciudad. Él, que había soñado en abandonarla para instalarse en Menfis, se sentía ahora huérfano de sus monumentos, de sus callejas, de sus casas. Encerrado en Herakleópolis, dejaba a los suyos en manos de una soldadesca que sólo pensaba en derramar sangre y que, mañana, tal vez destruyese la antigua ciudad de Thot.

Nemrod se presentó en el cuartel general de Tefnakt. Yegeb le cerró el paso.

—Lo siento, príncipe, el general está muy ocupado y...

—Apártate.

—Os aseguro que...

Con una firmeza que no le era habitual, Nemrod empujó al semita y abrió la puerta del despacho donde el general había desplegado un mapa de la región en el que subrayaba, en rojo, las localidades que controlaba y, en negro, las que obedecían aún a Pianjy.

—¿Querrás escucharme?

—¡Príncipe Nemrod! Entra y cierra. Este mapa es el más valioso de mis secretos militares.

—¿Por qué no tengo derecho a examinarlo?

En los negros ojos de Tefnakt brilló la sorpresa.

—¿Te interesas, acaso, por el arte de la guerra, príncipe Nemrod?

—Quiero defender personalmente mi ciudad de Pianjy. ¿Quién, sino yo, conoce Hermópolis a la perfección? Puesto que nuestra trampa no tuvo éxito, reconstruiré la parte de las murallas que destruimos y las reforzaré.

Tefnakt quedó dubitativo.

—Inesperada actitud, Nemrod.

—Tú me implicaste en esta guerra, general, y la sangre de las víctimas ha ensuciado mi mirada. En esta tormenta he descubierto una verdad: mi ciudad es mi bien más querido.

—Si Pianjy contraataca, estarás en primera línea.

—Conozco bien al faraón negro, nunca abandonará su capital. Sus hombres siguen sin moverse y acabarán estableciendo una especie de frontera al sur de mi provincia.

—La quebraré —prometió Tefnakt.

—Puedes contar con mi ciudad y mi ayuda, general.

—Ve a Hermópolis, Nemrod, y conviértela en una ciudadela inexpugnable.

El capitán Lamerskeny dormía al raso, flanqueado por dos perros de un amarillo de arena que le avisarían al menor peligro. Durante su sueño, ligero como el de una fiera, el oficial pensaba en Nubia y en sus largos paseos solitarios por la sabana. Había partido para librar una guerra franca y alegre y se empantanaba en un conflicto cruel y sin desenlace.

Privado de cualquier refuerzo procedente de Tebas, cuyas defensas no había que desguarnecer, al cuerpo expedicionario le quedaba una sola solución: moderarse restringiendo sus ataques a escaramuzas que dejaban intacto el grueso de las tropas de Tefnakt. Los nubios recuperaban un poblado que habían liberado quince días antes, luego lo abandonaban dejándolo expuesto a un contraataque del enemigo. Y este vaivén se traducía en un inmovilismo que corroía la moral de Lamerskeny. Estaban hundiéndose en una cloaca, en una especie de ni guerra ni paz, sin esperanza ni futuro, donde los más pobres se hacían más pobres aún.

¿De qué sirve combatir para obtener semejante resultado? Lamerskeny tenía ganas de dimitir y entregar su espada al faraón negro. Que soldados más jóvenes y más convencidos tomaran el relevo y creyeran que el mismo sol se levantaría mañana.

Los dos perros gruñeron al mismo tiempo, Lamerskeny se levantó enseguida empuñando la espada.

—Soy yo, Puarma.

—¿Por qué me despiertas en plena noche?

—Los hombres de Tefnakt intentan forzar un paso y cruzar la frontera de la provincia de la Liebre.

—Ah, es sólo eso...

—¡Si lo consiguen, se lanzarán hacia Tebas!

—La próxima vez, déjame dormir. El dispositivo que he emplazado no les deja posibilidad alguna de pasar.

—¿Y si te equivocaras?

—Duerme tranquilo, Puarma.

Nartreb estaba rojo de cólera.

—¡Unos incapaces y unos cobardes! ¡Hay que imponer sanciones, señor!

El rostro desagradable y huesudo de Tefnakt no mostraba ningún signo de contrariedad.

—¿A quiénes, Nartreb? Todos los miembros del comando que tú mismo elegiste han muerto. No tendrán ritual funerario ni sepultura. ¿Qué otro castigo podría infligirles? Deseabas comprobar la eficacia de la defensa enemiga... Ya lo sabemos. La frontera de la provincia de la Liebre es infranqueable.

Una mueca de contrariedad deformó la faz lunar de Nartreb.

Al menos nos hemos informado... Pianjy ha comprendido que atacaros era inútil. Se mantiene a la defensiva.

—Si sigue considerándose el faraón del Alto y el Bajo Egipto, no tolerará por mucho tiempo una situación que niega su soberanía de un modo tan escandaloso.

Los ojillos del semita se hicieron interrogativos.

—¿Creéis que... intervendrá en persona?

—El faraón negro es demasiado vanidoso para abandonar su capital, donde vive días felices adulado por cortesanos pródigos en halagos.

—¿En qué pensáis... entonces?

—En la expresión de su cólera y, por lo tanto, en una ofensiva contra Hermópolis.

Nartreb restregó, unos contra otros, sus gordezuelos dedos.

—Yegeb no cree en la fidelidad del príncipe Nemrod... y yo tampoco.

—¿Me tomas por tonto? La fidelidad es un sentimiento inventado por unos moralistas que ignoran los imperativos de la acción. Como cualquier otro, Nemrod está dispuesto a traicionar para salvaguardar sus intereses. Pero hay un amor que guía su conducta: el que siente por su ciudad. Y sabe que Pianjy no va a perdonarle su defección. De modo que sólo le queda una salida: convertirla en una fortaleza capaz de rechazar todos los asaltos, y defenderla con toda su energía. Nemrod, el indeciso, se ha convertido en uno de los pilares de mi estrategia.

—Señor..., ¿deseáis que ordene a un nuevo comando cruzar la frontera de la provincia de la Liebre?

—Esas brutales iniciativas no conducirán a nada. Aurora tiene razón, Yegeb y tú debéis preocuparos únicamente de la administración de los territorios que controlamos.

El semita se retiró temblando de rabia.

Descalza, la amante del general se acercó sin ruido a su amado y posó sus perfumadas manos en su pecho.

—Líbrate de este hombre y de su cómplice Yegeb. A ninguno de los dos les importa nada tu destino, sólo les interesa hacerse ricos.

Tefnakt besó aquellos dedos de excepcional finura.

—¿Crees que lo ignoro? Todo jefe de Estado necesita ese tipo de insectos que acosan a los vacilantes y suprimen a los recalcitrantes. Para conservar su lugar y sus privilegios, Yegeb y Nartreb no vacilarán en corromper ni en matar. Por eso son mis auxiliares más valiosos.

33

Vistiendo una piel de pantera, el ritualista se dirigió a Pianjy en un tono firme.

—Imposible, majestad.

—Y sin embargo, debo partir.

—Imposible mientras los astros no os sean favorables. Si prescindís de ellos, vuestra empresa estará condenada al fracaso. Somos hijos de las estrellas, debemos respetar su mensaje.

—¿Cuánto tiempo tendré que esperar?

—Unos días, majestad, hasta la próxima luna. Cuando el astro, el ojo izquierdo de Horus, esté en armonía con vuestro viaje, Seth el destructor no podrá ya hacerla mil pedazos, y la luz cósmica de ambos hermanos se apaciguará. Su vigor será el vuestro y vuestro poder crecerá con la luna creciente. Recordadlo, majestad: la luna completa, reconstituida, es la imagen del Egipto feliz, dotado de todas sus provincias.

Pianjy comprobó personalmente el equipo de sus soldados. Examinó taparrabos, sandalias, cinturones, vainas, espadas, arcos, escudos y flechas, rechazó los objetos mediocres. Luego, el rey se preocupó por el alimento preferido de los nubios, pescado seco y conservado en jarras con la forma de enormes salchichas. Dada la dureza del viaje y el número de guerreros que llevaría a Egipto, pescaderos y fabricantes de conserva trabajaban día y noche.

Abilea no permanecía inactiva. Tras haber obtenido la conformidad de su marido, se preocupaba de las indispensables medidas de higiene y, especialmente, de la provisión de jabones, cuya sustancia se extraía de la corteza y la carne del balanites, árbol rico en saporina.

Toda Napata se atareaba al acercarse la partida de Pianjy, cuya inminencia quitaba el apetito a Otoku. El obeso se atrevió a abordar al soberano cuando el faraón penetraba en el taller de un fabricante de ruedas.

—Majestad…, ¡lo he pensado mucho!

Pianjy fingió asombrarse.

—¿Qué preocupación te obsesiona, amigo mío?

—¡Esa partida es una locura! Napata te necesita.

—Esta ciudad es rica y apacible. ¿Qué puede temer?

—O Tefnakt te matará e invadirá Nubia o te quedarás viviendo en Tebas para gobernar Egipto y Nubia y evitar una nueva rebelión. Tanto en un caso como en el otro, Napata quedará huérfana.

—Eres lúcido, Otoku, pero mi destino no me pertenece. Amón me eligió como faraón y me dio mucha felicidad. Hoy, cuando mi país sufre y puedo desaparecer, no tengo derecho a mostrarme ingrato.

—Podrías limitarte a mandar otro cuerpo expedicionario…

—La fama del faraón se ha visto mancillada. Ni tú ni el más humilde de mis súbditos puede tolerar este ultraje.

—¿Cómo sobrevivirá sin ti Napata?

—Le confío mi capital a un responsable que la ama y sabrá protegerla de cualquier ataque; tú, Otoku.

—Pero, majestad…

—Serás un excelente alcalde, siempre que consultes

de vez en cuando con el viejo Kapa y tengas en cuenta sus opiniones. Gracias a los mensajeros que irán, sin cesar, de Tebas a Napata y de Napata a Tebas, orientaré tus decisiones. ¿Estás más tranquilo?

—No, majestad.

—Mejor, así estarás atento.

Pianjy abandonó al obeso y entró en el taller donde trabajaba el especialista en la fabricación de las ruedas de carro. El rey sabía que la suerte de la guerra dependería, tal vez, de un detalle: la solidez de estas ruedas que se verían sometidas a una dura prueba durante los enfrentamientos.

El artesano había puesto a punto su propia técnica y mantenía celosamente el secreto. El ajuste de los radios, especialmente, era de una precisión pasmosa, y la elección de los diámetros llegaba a la perfección. Pianjy había probado varios carros en terrenos difíciles, y el material resultaba de una resistencia notable.

—¿Has terminado tu trabajo?

—Dos o tres días más, majestad, y os entregaré la totalidad de las ruedas exigidas.

—¿Puedes garantizarme su calidad?

—¡Por mi vida, majestad! Piedras, arena, suelo blando, pendiente... Venceréis en cualquier terreno. Las ruedas de los rebeldes se romperán antes que las nuestras, ¡os lo juro!

Conmovido, el artesano contempló la obra que acababa de terminar.

—¡Qué hermosa es una rueda! Parece fija, inmóvil y, sin embargo, contiene el secreto del movimiento. En ella nacen todos los caminos y cuando se detiene guarda el recuerdo de la ruta recorrida. Pero más valdría que no rodase nunca, puesto que sólo se utiliza para la guerra.

—Si no combato a los rebeldes, llegarán hasta Napata y destruirán todo lo que hemos construido. Gracias a ti impediré ese desastre.

—¿Estás lista, Chepena? —le preguntó Pianjy a su hija que, en el laboratorio, concluía la preparación de un perfume fresco como un amanecer primaveral.

—Quería olvidar que algún día tendré que abandonar mi tierra natal, mi ciudad y ese lugar donde tantas alegrías he tenido. ¿No has renunciado a tu proyecto, padre?

—Bien sabes que no.

—¿Tendré que vivir en Tebas hasta el fin de mis días?

—Es la regla que se aplica a la Divina Adoratriz.

Chepena estaba al borde de las lágrimas.

—¡Me rompes el corazón!

Pianjy apretó tiernamente a su hija contra su pecho.

—Soy consciente de ello, Chepena, pero tu propio genio me ha llevado a designarte como la futura soberana de Tebas. Reinarás en Karnak, el templo de los templos, y preservarás el carácter sacro de nuestra civilización.

—¡Es una misión... terrorífica!

—No, hija mía, es exaltante. En cuanto hayas revestido tu hábito ritual de Divina Adoratriz, la sabiduría de las que te precedieron será tu ayuda más preciosa. No temas, Chepena, eres depositaria de una fuerza cuya verdadera naturaleza desconoces. Se revelará cuando ejerzas la verdadera función para la que has sido hecha.

—Hasta la partida, meditaré en el templo.

Chepena besó las manos de su padre.

Pianjy salió de la ciudad para contemplar, a lo lejos, la montaña Pura y su picacho a la luz del poniente.

El trabajo de las esculturas había terminado. El Gebel Barkal imprimiría para siempre, en plena Nubia, el sello de la institución faraónica.

Pianjy tenía el corazón en un puño. ¿Volvería a ver, algún día, esa montaña a cuya sombra se había construido el templo de Amón, eco lejano del de Karnak? Había esperado no alejarse de ella y envejecer en paz bajo su protección.

Pero el destino adoptaba de pronto otro rostro y mostraba exigencias a las que no podía sustraerse el faraón negro. Su felicidad, la sucesión regular y tranquila de los días, el esplendor de su palacio... Todo aquello ya no contaba ante la tragedia que sumía al pueblo de Egipto en la desesperación.

A menos de un metro de Pianjy, los matorrales se movieron. Surgió de ellos una cobra de cuello negro, agresiva y dispuesta a morder.

El faraón no tuvo tiempo de reaccionar cuando una mangosta[1], más rápida que el reptil, se arrojó sobre él y cerró sus mandíbulas sobre su nuca. Con el pelo erizado de cólera, el pequeño carnívoro de hocico triangular y cola larga y flexible sabía encontrar las posturas de combate adecuadas para evitar la mordedura de la serpiente. ¿No era la mangosta una de las manifestaciones de Atum, el Creador? A veces aceptaba que la domesticaran y libraba a su propietario de lagartos, ratas y ratones. Por agradecimiento, se la momificaba y se depositaba su cuerpo de eternidad en un sarcófago de su tamaño.

La lucha había sido breve e intensa. La mangosta miraba el cadáver de la cobra mientras recuperaba el aliento.

Pianjy la cogió, ella no intentó huir.

—Me has dado un ejemplo, te llevaré conmigo.

1. El *ichneumon*, llamado «rata de Faraón».

34

La semana había sido satisfactoria pues el cuerpo expedicionario nubio había perdido el control de dos aldeas y no había atacado a ninguna patrulla libia. Tefnakt recibía del norte un avituallamiento regular y abundante y reforzaba, sin cesar, las defensas de Herakleópolis.

Sentado en una silla baja, con patas de león, miraba cómo Aurora se alisaba el pelo antes de cubrirlo con una lujosa peluca.

—Esta situación ya ha durado bastante... Hay que encontrar un modo de provocar el asalto del cuerpo expedicionario, acabar con él y hacer que corra en su ayuda parte de las tropas acantonadas en Tebas. Luego el camino estará libre.

—No hay mejor estrategia, querido.

—¡Entonces, manos a la obra! Intentemos convencer al enemigo de que Herakleópolis es fácil de tomar.

—¿Por qué no afirmar, en voz alta y fuerte, que has abandonado la ciudad y que el príncipe Peftau vuelve a ser vasallo de Pianjy? Los nubios no desconfiarán de su aliado y caerán en la trampa.

Tefnakt besó a Aurora en el cuello.

—Vales por todo un consejo de guerra.

—Quiero vencer... ¡Por ti y por Egipto!

El ayuda de campo de Tefnakt anunció a Yegeb.

—¡Más tarde!

—Vuestro consejero afirma que es urgente.

—Que pase...

Miedo en la mirada de Yegeb.

—Señor, una noticia terrible.

—¿De dónde la has sacado?

—De nuestra red de información tebana. Pianjy acaba de enviar un mensaje: abandona Napata y anuncia su llegada a la ciudad de Amón.

Aurora cubrió con un velo blanco su cuerpo perfecto.

—Nunca lo habría creído —admitió Tefnakt.

—¡Eso lo cambia todo! —consideró la muchacha—. Pronto combatiremos contra el jefe de los nubios. Tefnakt y Pianjy cara a cara... En cuanto muera el faraón negro, sus partidarios depondrán las armas.

—Eso es —dijo Yegeb con voz sibilante—, bueno sería que Pianjy nunca llegase al Medio Egipto.

—Excelente idea —estimó Tefnakt—, ¿pero cómo organizar una emboscada? ¡El Sur es suyo!

—El viaje será largo y difícil... Intentemos infiltrar a algunos hombres decididos por el desierto del Este. Si fracasan, Pianjy llegará a Tebas. Y la ciudad de Amón será su tumba.

Gracias a una joven campesina acogedora y deseosa de perfeccionarse en los juegos del amor, el capitán Lamerskeny había pasado una noche divertida. Había olvidado, por unas horas, los fracasos de las últimas semanas. Ni una sola patrulla libia había caído en sus redes, ningún enfrentamiento digno de ese nombre, y aquel empantanamiento cada día mayor.

Lamerskeny había intentado, varias veces, convencer a Puarma de que recurriera a las tropas acantonadas

en Tebas, no para atacar el enorme cerrojo de Herakleópolis sino para tomar de modo definitivo varias localidades de la provincia de la Liebre y hacerla así más segura. Pero el capitán de los arqueros se negaba a debilitar el
sistema defensivo de la ciudad de Amón.

Esta vez, estaba decidido. Lamerskeny presentaría
su dimisión y le cedería el mando. Ignoraba aún lo que
iba a hacer con su existencia; el hombre del brazo de
acacia sólo sabía ser soldado y ejercer cualquier otra ac-
tividad le parecía incongruente.

Ceder así ante ese arquero que nunca sabría dirigir una
buena ofensiva apenaba a Lamerskeny, pero empantanar-
se en esa guerra de posiciones le era más insoportable todavía. Privado del aliento de la aventura, se apagaba.

Cuando Puarma se acercó a él con una gran sonrisa
en los labios, Lamerskeny comprendió que había adivinado sus intenciones y se alegraba de tener ya las manos
libres. Un militar de carrera, dispuesto a cualquier compromiso... Eso era aquel esgrimidor de flechas.

—Un mensaje procedente de Tebas —le dijo.

—¿Nuevas órdenes?

—Mejor, Lamerskeny, mucho mejor.

El capitán de infantería frunció el entrecejo.

—No comprendo...

—Llega Pianjy.

Desde su regreso a Hermópolis, el príncipe Nemrod
volvía a vivir. Había recuperado sus costumbres, sus
cortesanos, su palacio, su cocinero preferido, y pasaba
la mayor parte del tiempo paseando por las calles de
aquella ciudad que había estado a punto de perder.

Las mujeres y los banquetes ya sólo eran distraccio-
nes secundarias; su única amante era Hermópolis y la
embellecería, estación tras estación, para convertirla en
la ciudad más atractiva del país. Nemrod se había limi-

tado a responder a su mayordomo, que le había recordado con tacto que la guerra continuaba, que aquella situación de inmovilidad duraría sin duda decenios y era mejor olvidarla. Sí, olvidarla, como su traición.

El príncipe bebía vino blanco, fresco, mientras escuchaba el canto de un arpista en el valle de los Tamariscos, no lejos del gran templo de Thot, a la sombra de un pabellón por el que trepaban las clemátides.

El jefe de su milicia se atrevió a interrumpir aquel refinado momento.

—¿Otro problema de intendencia?

—No, príncipe. Un mensajero acaba de traer un papiro con el sello de Tefnakt.

Nemrod rompió el sello del general y desenrolló el papiro. Leyó varias veces las pocas líneas que había escrito el general en persona e intentó convencerse de que se trataba de una pesadilla. No, el faraón negro no podía haber salido de Napata para dirigirse a Tebas. No, no atacaría Hermópolis.

Desde que fue nombrado alcalde de Napata, Otoku se negaba siempre a posar el pie en el suelo ante un inferior y sus servidores llevaban aquellos ciento sesenta kilos de un lugar a otro de la capital.

El obeso se angustiaba hasta el punto de acortar, a veces, una de las cinco comidas del día. Había confiado la responsabilidad de su tribu a un primo cuya cabeza cortaría si se apoderaba de la menor pizca de oro y él, Otoku, se iniciaba en los arcanos de la Administración Central.

Cuando el obeso aceptaba un compromiso, no se comportaba como un sibarita. Aunque debiera perder la salud, preservaría la prosperidad de Napata. Claro que era preciso hacerse respetar por los escribas y demostrarles que no era un hombre de paja.

Para lograrlo, un solo medio: obtener la ayuda incondicional de Cabeza-fría. Por esta razón, Otoku se hacía llevar a paso rápido hacia su morada, una hermosa mansión de quince habitaciones oculta en un lujuriante jardín donde dominaban las palmeras.

La esposa del enano era una hermosa nubia de senos generosos que había dado a luz un muchacho y una niña. Tenían catorce y doce años y se destinaban a la carrera de escriba, recogiendo con atención las enseñanzas de su padre.

El portero saludó inclinándose al señor Otoku y los porteadores tomaron la avenida arenosa que llevaba a la entrada principal de la morada de Cabeza-fría. En el umbral, la esposa del enano llorando.

—Dama Cabeza-fría, no quisiera molestaros pero tengo que consultar enseguida con vuestro marido.

—¡Imposible, ay!

Un estremecimiento recorrió el macizo cuerpo de Otoku.

—¿No vais a decirme que...?

—No, no, señor... Cabeza-fría está vivo, pero Pianjy se lo ha llevado consigo.

El golpe era duro. Otoku se las arreglaría solo y el faraón negro estaría orgulloso de él.

35

El aire cristalino ponía de relieve las amarillentas ondulaciones del desierto después de que el velo de bruma matinal se hubiera disipado. La flota de Pianjy avanzaba por un paisaje que el ejército descubría con arrobo: las llanuras de color leonado, el anaranjado de las areniscas, gran número de palmeras, una franja de tierra irrigada de una buena anchura, el tornasol del trigo y la cebada componían un decorado mucho más suave que el de la cuarta catarata. Con gran vigor, el Nilo corría hacia el norte; desafiaba victoriosamente un desierto más conciliador y atravesaba pequeñas aldeas de casas blancas cuyos habitantes, apiñados en las riberas, aclamaban a la pareja real, visible en la proa del navío almirante.

La mano de Pianjy estrechaba la de Abilea. Se llenaba la mirada con la belleza luminosa de la tierra nubia cuyo ardor le alimentaba el alma. Encaramados en la copa de las palmeras, los monos reían; bailando en el azul del cielo, unas golondrinas trazaban círculos en torno al vuelo regular y majestuoso de los ibis blancos.

Cabeza-fría sirvió unas copas de jugo de algarrobo fresco.

—Majestad..., permitidme que os haga observar que os exponéis demasiado. Aquí, en proa, ofrecéis un blanco ideal para un arquero avezado.

—No seas tan pesimista, aún no hemos llegado al territorio ocupado por Tefnakt.

—¿Y si hubiera sido informado de vuestra partida, si hubiera enviado a unos asesinos para impedir que lleguéis a Tebas?

—Imposible.

—Eso espero, majestad, ¿pero no debe temerse lo peor de un enemigo como Tefnakt?

—¿Qué pensarían los nubios si me encerrara en la cabina? Tratarían al faraón de cobarde y ya no confiarían en él. ¿No crees, Abilea?

—Cabeza-fría tiene razón, y tú también.

El rey y la reina permanecieron en la proa con la mirada fija en el norte, donde les aguardaban la violencia y la muerte.

—Majestad —dijo el capitán—, nos acercamos a la isla de Argo. La navegación parece rápida y fácil, pero temo ese lugar. La isla tiene treinta kilómetros de largo y debemos elegir uno de los dos brazos que la rodean. Si nos equivocamos, podemos encontrar una corriente desfavorable.

—¿Pondría en peligro la flota?

—A los barcos cargueros, sin duda.

En las chalanas de veinte metros de largo, grano, jarras de aceite, de lino y de cerveza, aves, ganado, legumbres, sal, queso, conservas de carne y pescado, y el arsenal necesario para un ejército, sin olvidar los transportes de caballos tratados con el mayor esmero.

—¿En qué basarás tu decisión?

—El azar, majestad.

—Enséñame un mapa.

Pianjy no lo examinó con los ojos sino con las manos. El tacto era un sentido mucho más sutil de lo que creía la mayoría de los hombres. La mano era capaz de ver e, incluso, discernir lo invisible, si se sabía educarla con criterio. Posando la mano en su cuello había elegido Pianjy su caballo, con ella elegiría el camino.

—Pasemos por la derecha de la isla.

El capitán habría adoptado, más bien, la otra solución, pero no tenía ningún argumento serio para oponerse al rey.

El largo convoy se metió en una especie de canal donde fue atacado por nubes de moscas que impedían a los pilotos sondear correctamente el río con sus largas pértigas. Intentando espantarlas, uno de ellos cayó al agua. Dos marinos volaron inmediatamente en su auxilio arrojándole un cabo al que se agarró para volver a bordo.

—¡Grasa de oropéndola para todas las tripulaciones! —ordenó Pianjy.

Todos se untaron con el valioso producto y las moscas cesaron en sus ataques. Pero el rey advirtió otro peligro: cuando el viento era débil, la superficie del río se rizaba ligeramente.

Un signo que no engañaba. Un signo que anunciaba bancos de arena a flor de agua.

—¡Haced que se detengan! —aulló un piloto.

Demasiado tarde para el barco de cabeza y el navío almirante, que chocaron con un banco y se embarrancaron. El resto de la flota logró evitar el obstáculo.

Sólo quedaba una solución: la sirga. Pianjy saltó al banco de arena y dirigió personalmente la maniobra, sin dudar en tirar del cable con tanta fuerza que multiplicó la de los marinos.

Y el paso de la isla de Argo pronto fue solamente un mal recuerdo.

Superaron sin dificultades la tercera catarata. La flota nubia se deslizó entre amontonamientos de granito y pórfiro antes de descubrir un extraño paisaje donde la arena era gris y las rocas negruzcas. Algunos antílopes huyeron dando graciosos saltos por encima de los raros matorrales de una desolada sabana.

Luego, otra vez el ocre de la arena, el verde tierno de las palmeras, las riberas cubiertas de limo rojizo que poseía el secreto de la fertilidad. Intensa fue la emoción de Pianjy cuando su camino pasó ante los parajes donde se levantaban los templos de Soleb y de Sedeinga. Celebraban el amor que Amenhotep III había sentido por su esposa, Tiyi, y el carácter sagrado de la pareja real.

El rey abrazó a Abilea.

—Amenhotep III hizo edificar también el templo de Luxor, uno de los florones de Tebas, en un tiempo en que las Dos Tierras estaban unidas, eran ricas y alegres.

—Si conseguimos vencer a Tefnakt, ¿por qué no va a resucitar esa época feliz?

—Nunca hemos librado, aún, una guerra de esa magnitud, Abilea. ¿Bastará el valor de los nubios?

—No eres hombre para dudar de ello.

—No dudo, puesto que no tengo alternativa. ¿Pero cuántas muertes se producirán antes de que podamos deponer las armas? Tefnakt ha cometido una grave falta al turbar la frágil armonía del Norte, pero me ha sacado de mi letargia. Estaba equivocado, Abilea, al creer que los príncipes libios se limitarían a sus territorios respectivos y acallarían sus insensatas ambiciones. Estaba equivocado... Nunca hay que confiar en hombres ávidos de poder. Y los cobardes, como los príncipes Peftau y Nemrod, no son menos peligrosos, pues traicionan a la primera ocasión. Me equivoqué pensando que el temor bastaría para mantenerles en la rectitud. Tal vez deberías regresar a Napata, Abilea.

—Quiero vivir contigo esta prueba. Y si hay que morir para defender nuestra causa, estaré a tu lado.

La mangosta saltó al hombro de Pianjy, como para demostrarle que también ella estaba dispuesta al combate.

La precipitada llegada de Cabeza-fría, que corría por la resbaladiza cubierta con el peligro de romperse el cuello, no presagiaba nada bueno.

—¡Una catástrofe, majestad! Y es culpa mía...

—¿Qué error has cometido?

—No comprobé todas las cajas de amuletos... ¡Y una de ellas sólo contenía alfarería! Varios marinos carecerán de protección mágica, ¡y se niegan a continuar!

—Cálmate —le recomendó la reina Abilea—. Yo distribuiré los de mis sirvientas, que tienen de sobras.

Amuletos de cerámica, de cuarcita, de cornalina, de jaspe rojo o serpentina que tenían la forma de una mano, un pilar, una esfinge, un ojo de halcón, una cabeza de hipopótamo... Cabeza-fría se tranquilizó. Puesto que cada miembro de la expedición estaría protegido de las fuerzas hostiles, forzosamente llegarían a buen puerto.

36

Muchos caballos murieron de fatiga, pero el mensaje llegó hasta una tribu del extremo sur de Libia. A cambio de una decena de lingotes de plata, ungüentos de primera calidad y cien asnos, cincuenta jóvenes cazadores aceptaron cruzar clandestinamente la frontera egipcia y atacar a Pianjy a la altura de la segunda catarata. El lugar era particularmente propicio para una emboscada. Muy seguro de sí mismo, el faraón negro no esperaría ese tipo de agresión en el territorio que controlaba.

Pese a la importancia de la prima, los voluntarios no eran numerosos. Pianjy tenía fama de ser un guerrero invencible con quien los hombres experimentados no deseaban enfrentarse. Sólo unos mocetones de rebosante salud aceptaron intentar esa loca aventura, con la esperanza de llevar a su aldea la cabeza cortada del faraón negro. Kafy, el hijo menor del jefe de la tribu, desempeñaba el papel de cabecilla. Sabiendo que tenía pocas posibilidades de conseguir el poder, dado el odio que por él sentía su hermano mayor, Kafy tenía así una ocasión de demostrar su auténtica valía.

La expedición se anunciaba peligrosa. De día, la navegación sólo sería posible en las partes del Nilo que no eran vigiladas por los soldados de Pianjy; por la noche, sería necesario correr el riesgo de embarrancar en una roca. Pero no había que pensar en el fracaso, debían avanzar con la mayor rapidez posible para sorprender a Pianjy en el lugar previsto.

El rey admiró la vela de lino rectangular que partía del extremo superior del doble mástil y terminaba en la borda. Utilizando, sobre todo, la fuerte corriente para avanzar, sus marinos se entregaban a delicadas maniobras para no malgastar la fuerza del viento. Cuando éste caía, enrollaban la vela alrededor de las vergas, desmontaban el mástil y lo dejaban apoyado sobre dos postes de extremo ahorquillado.

En el navío almirante, junto al camarote de la pareja real, se había reservado un vasto recinto al aire libre para *Valeroso*, el caballo de Pianjy. El cuadrúpedo disponía de dos compartimentos y el monarca ordenaba hacer paradas regulares para permitirle galopar. Como el de los soldados, el comportamiento de *Valeroso* era ejemplar; también él tenía conciencia de la importancia de la misión que debían cumplir.

Pianjy le hablaba a menudo a su caballo, que le respondía con miradas y relinchos revelando su aprobación o su descontento. El rey tenía en cuenta su opinión para mejorar el trato cotidiano y mantenerle en excelente salud. Además, *Valeroso* tenía una cualidad rara: preveía el peligro y manifestaba sus temores con una ruidosa cólera.

Una cólera que acababa de estallar cuando se acercaban a la segunda catarata del Nilo.

Ningún marino se atrevió a intervenir por miedo a ser víctima de una coz; y nadie, a excepción de Pianjy, tenía derecho a acercarse a *Valeroso*.

—Tranquilo, amigo, tranquilo —le recomendó el rey con su voz grave y pausada.

Pero *Valeroso* no se calmaba.

Cuando Cabeza-fría vio que el rey penetraba en el recinto, tuvo miedo. El animal estaba tan furioso que ni siquiera ver a su dueño le calmaba. Pero Pianjy consiguió clavar su mirada en la de *Valeroso* y avanzó hacia él sin vacilar.

El furor del caballo se esfumó.

—*Valeroso* nos advierte de un peligro —le dijo Pianjy a su esposa, tendida en un lecho con el dosel decorado con incrustaciones de marfil y las patas en forma de pezuñas de toro.

En la mirada de Abilea brillaba una insólita inquietud.

—He tenido una especie de pesadilla —dijo—. Del Nilo salían gigantescos cocodrilos, de la blanda tierra de las orillas brotaban hipopótamos gigantes. Han comenzado desafiándose y he creído que iban a destrozarse entre sí. Pero se han mantenido mutuamente a distancia y han terminado haciendo, incluso, una especie de alianza contra un monstruo surgido del desierto, un monstruo que no he podido identificar... El conflicto se ha iniciado, y he despertado.

—¿Un sueño... o una visión?

—No puedo decirlo... ¿No debemos tener en cuenta estas advertencias?

Pianjy se sentó al borde de la cama, su esposa se acurrucó junto a él.

—Dicho de otro modo, regresar a Napata, olvidar a Tefnakt y la guerra...

—¿Por qué ocultártelo? Tengo miedo.

—Quien negara su miedo no tendría valor alguno. Pero no tenemos derecho a renunciar. Voy a avisar a los marinos y soldados de que sin duda tendremos que combatir mucho antes de lo previsto.

Aquella información turbó a la gente. ¿Qué riesgo

podía correr un ejército nubio en su propio territorio, tan lejos del enemigo? Sin embargo, los capitanes de los barcos pusieron a sus tripulaciones en estado de alerta y algunos arqueros escrutaban, día y noche, las riberas.

Kafy y sus hombres lo habían conseguido.

Habían superado todos los obstáculos para llegar a los aledaños de la segunda catarata, tras haber recorrido difíciles pistas salpicadas, afortunadamente, de manantiales.

El paisaje era angustioso: enormes rocas emergiendo del Nilo, remolinos que revelaban su cólera, rápidos que se lanzaban al asalto de los islotes de granito, acantilados que parecían vigilar el paso para mejor impedirlo... Varios libios temblaron de espanto convencidos de que los genios malignos habitaban el lugar.

Incluso uno de ellos intentó huir, pero Kafy tensó tranquilamente su arco y derribó al cobarde con una flecha en la espalda.

—Los miedosos no merecen otra suerte.

Kafy era más aterrorizador que los genios malignos y los jóvenes libios se tragaron sus temores.

—Aquí mataremos a Pianjy. Cuando haya muerto con el cuerpo atravesado por nuestras flechas, sus soldados se dispersarán como animales asustados. Nos apoderaremos del cadáver y le llevaremos su cabeza a Tefnakt; le exigiremos que doble la recompensa prometida. ¡Pronto seréis hombres ricos!

Aquella perspectiva les devolvió a la tarea con renovado vigor.

—Estos acantilados serán nuestros aliados —advirtió Kafy—. Ahí arriba estaremos fuera del alcance de los arqueros nubios pero, en cambio, podremos alcanzar fácilmente nuestro blanco.

El pequeño grupo sólo tenía ya que atravesar el

Nilo, yendo de islote en islote, y trepar luego por el acantilado adecuado para que el sol no les diera en los ojos ni el viento en la cara.

Cuando Kafy, que se había puesto a la cabeza, estaba a mitad de camino, un aullido le obligó a volverse.

Una de las rocas acababa de levantarse y había provocado la caída de un libio al río. No era un bloque de granito sino un enorme hipopótamo de más de cuatro toneladas, que había sido molestado en plena siesta. Una decena de sus congéneres, igualmente monstruosos, emitieron horribles aullidos abriendo de par en par sus fauces.

Lleno de pánico, el libio cometió el error de clavar su puñal en la frágil piel del caballo del río. Loco de rabia y dolor, el hipopótamo ensartó al nadador en sus dos acerados colmillos de sesenta centímetros de largo. Los demás le imitaron y atravesaron la carne de los libios que intentaban escapar en vano.

En la orilla, Kafy vio moverse lo que parecían troncos de árbol embarrancados. Una larga cabeza, escamas, una cola de reptil y unas patas cortas, pero rápidas, muy rápidas...

—¡Cocodrilos! ¡Estamos salvados, atacarán a los hipopótamos!

Entre ambas especies reinaba, desde siempre, una guerra sin cuartel.

Aunque pesara más de una tonelada, el cocodrilo del Nilo tenía una pasmosa agilidad. Aterrorizado, uno de los libios golpeó la superficie del río con su lanza para provocar insoportables vibraciones que mantuvieran alejado al depredador. Comportándose de ese modo, obtuvo el resultado inverso y lo atrajo hacia él.

Y como la presa era de buen tamaño, el saurio emitió una especie de silbido para pedir ayuda a sus aliados.

Kafy estaba estupefacto. Ningún cocodrilo se preocupaba por los hipopótamos, ningún hipopótamo hacía caso a los cocodrilos. Unos y otros aniquilaban a los miembros del comando.

Kafy no tuvo tiempo de disparar una flecha a las abiertas fauces de un macho que se lanzaba contra él, pues una hembra cerró sus mandíbulas sobre su pierna derecha y apretó con tanta fuerza que sus glándulas lacrimales soltaron el llanto. Y todos los cocodrilos derramaron lágrimas de alegría ante tal excepcional festín.

Erguida sobre el hombro de Pianjy, con el hocico al viento, la mangosta miraba a lo lejos, al igual que el rey y su esposa. En el centro de la segunda catarata, que habían comenzado a cruzar lentamente, con el máximo de prudencia, distinguieron un hervor y escucharon roncos gritos.

—Sin duda una batalla de hipopótamos y cocodrilos —supuso Pianjy—. ¡Sí, ya los veo! Los saurios parecen alejarse.

—El agua se ha teñido de rojo —observó Abilea.

—¡Tienes razón! Pero entonces...

—Mi sueño no se equivocaba. Unos monstruos nos esperaban, pero no eran hipopótamos ni cocodrilos.

La flota avanzó.

Los saurios no habían desdeñado un solo jirón de carne y, gracias a la fuerza de la corriente, la sangre de sus víctimas pronto se diluyó en el azul oscuro de las aguas.

Por primera vez desde que salieron de Napata, Chepena salió de su cabina y se reunió con su padre.

—He orado a Amón —dijo—, he invocado su invisible presencia para que su mirada sea el piloto de tu embarcación. Terribles pruebas nos aguardan y no dejaré de implorarle.

La mangosta se durmió en el hombro de Pianjy y la flota cruzó sin problemas el vientre de piedra de la segunda catarata.

37

La pedicura acababa de arreglar los pies finos y delicados de Aurora; le sucedió una masajista que untó el cuerpo nacarino de la muchacha con un ungüento a base de incienso y caña perfumada. Así tendría, durante todo el día, la piel suave y olorosa.

El arreglo matinal casi había terminado. Sólo quedaba ya la intervención de la peluquera, completada con la elección de una peluca. Aurora pensaba aún en la ardiente noche que había pasado con Tefnakt. Aunque el general era un hombre frío, austero, de palabra dura en su existencia pública, se transformaba con ella en un amante apasionado de inesperadas iniciativas. E incluso en la intensidad del placer, ella le sentía obsesionado por su gran proyecto. No la amaba por su belleza ni por su juventud, sino porque en ella alentaba la misma ambición.

La peluquera lloraba.

—¿Qué ocurre?

—Ama, ese monstruo de Nartreb...

—¿Te ha forzado, acaso?

—Conmigo no se atreverá, porque estoy a vuestro servicio... Pero ha violado a mi hermana menor, que tiene dieciocho años y es hermosa como un lis.

Vestida con un velo de lino transparente, con los cabellos sueltos y descalza, Aurora salió de su alcoba con pasos presurosos, dejó atrás a los centinelas que custodiaban las esquinas de cada pasillo de palacio, empujó al chambelán que se inclinaba para saludarla y entró como una tromba en la sala del consejo, donde Tefnakt escuchaba el informe de Yegeb sobre la situación económica de la región.

—¡Nartreb, tu consejero, es una bestia y un criminal!

—¿A qué viene esa excitación, Aurora?

—¡A que ha violado a la hermana de mi peluquera!

—Imposible —protestó Yegeb—. Yo lo garantizo.

—Que venga y se explique —exigió la muchacha.

El rostro de Yegeb se endureció.

—¿No es ya el general quien da las órdenes?

—Ve a buscar a tu amigo —le dijo Tefnakt a Yegeb.

El semita se inclinó y desapareció.

—Líbrate de ellos —le aconsejó Aurora—. Acabarán por hacer que la población te odie. Y, según nuestras leyes, la violación se castiga con la muerte.

—La eficacia de mis consejeros es indiscutible —objetó Tefnakt—. Aunque sus métodos puedan a veces parecer brutales, obtienen excelentes resultados porque les permito enriquecerse. Gracias a ellos, el pueblo me teme y sabe que debe obedecerme.

—¿Vas a absolver a un violador?

—Escuchemos primero su versión de los hechos.

Cuando Nartreb se presentó ante Tefnakt, Aurora reiteró sus acusaciones con vehemencia.

—Es sólo un malentendido... En realidad, yo socorrí a esa infeliz, que acababa de ser maltratada por un campesino. Comprendí enseguida que había sido víctima de horribles sevicias y ordené que la cuidaran, a mi cargo.

—¡Te acusa a ti, no a un campesino!

—Estaba casi desvanecida, la emoción ha debido de

hacer que divague... ¡Es muy comprensible y se lo perdono!

—Ante un tribunal —insistió Aurora—, será su palabra contra la tuya.

—De ningún modo, yo tengo tres testigos. Tres milicianos que me escoltaban y vieron huir al campesino. Su testimonio será decisivo.

Yegeb sonrió.

—Ya veis, general. Nartreb es un hombre libre de toda sospecha.

—Asunto cerrado —sentenció Tefnakt.

Acompañándose con la lira, la esposa nubia del príncipe Akanosh le cantaba una canción del Gran Sur, soleada y melancólica a la vez. Evocaba el agua fresca que compartían el amante y la enamorada a orillas del río, con la complicidad de un amanecer amoroso, hablaba de la juventud que huía con la corriente y se ahogaba en las dunas de arena ocre que bajaban hacia el Nilo.

Conmovido hasta las lágrimas, su intendente aguardó a que finalizara la melodía antes de dirigirse a su dueño. Era el único doméstico que tenía acceso a los aposentos de la pareja; una rápida investigación había permitido a la esposa de Akanosh descubrir que los demás estaban a sueldo de Yegeb e intentaban comprometer a su marido.

—Tefnakt está furioso —dijo el intendente.

—¿Contra mí?

—No, príncipe, tranquilizaos. Acaba de saber que los libios pagados para matar a Pianjy durante su viaje han fracasado. El faraón negro ha superado la segunda catarata y no puede tardar en llegar a la isla de Elefantina.

—Pianjy en Egipto. ¿Se cumplirá realmente ese loco sueño?

La mangosta pasaba la mayor parte del tiempo durmiendo, *Valeroso* estaba perfectamente tranquilo, la navegación era agradable, Pianjy y Abilea gozaban de maravillosos momentos. En Napata, sus respectivas obligaciones les privaban a menudo de la intimidad a la que aspiraban; aquí, en esa cabina espaciosa y aireada, disfrutaban cada instante de felicidad con tanta mayor intensidad cuanto una sombría realidad se acercaba inexorablemente.

Abilea tenía el misterioso encanto de un agua profunda y el mágico poder de un felino. Ninguna de sus actitudes, ni siquiera en el desenfreno del deseo, estaba desprovista de nobleza. Aventura que se renovaba día tras día, fascinaba a Pianjy. Sin ella, no habría tenido posibilidad alguna de vencer.

La mangosta despertó y se irguió junto a la puerta de madera de la cabina. Instantes más tarde llamó Cabeza-fría.

—Entra.

El enano entreabrió.

—Majestad, el capitán está inquieto. Se ha levantado el viento del sur, provoca ya olas en el río y se hace más fuerte a una velocidad anormal. ¡Su violencia puede resultar terrorífica! Deberíamos detenernos enseguida y amarrar las embarcaciones. De lo contrario, zozobraremos.

—Estamos acercándonos a la primera catarata, ¿no es cierto?

—Sí, majestad.

—¡A la biblioteca, pronto!

Cabeza-fría no se había separado de cierto número de papiros, entre los que sobresalían los rituales ordinarios y extraordinarios, el calendario de fiestas, la lista de templos y otros cien temas esenciales sin cuyo conocimiento era imposible gobernar.

Pianjy desenrolló una decena antes de encontrar el

que buscaba, convocó luego a los oficiales encargados de la intendencia y se dirigió a proa del navío almirante donde le llevaron, inmediatamente, los objetos solicitados.

Tocado con la corona azul, el faraón ofreció al genio del Nilo un taparrabos de lino real, un papiro virgen de primera calidad, aceite de fiesta, una jarra de vino del año 1 de su reinado, un pastel de miel y un lingote de oro. Vestida con una larga túnica roja, la reina Abilea manejaba dos sistros de oro para alejar las fuerzas nocivas y restablecer la armonía entre el río y los humanos.

Poco a poco, el viento del sur cayó, los remolinos desaparecieron y la corriente se apaciguó.

—Hacer ofrendas —murmuró Pianjy—, ésa es la enseñanza de los viejos escritos. Sólo ellas pueden apartar el mal y abrir el camino. No lo olvidemos, Abilea, todo Egipto es una ofrenda al principio creador. Sobre ella edificaré mi estrategia.

38

El caos granítico de la primera catarata impresionó a los nubios. Muchos se preguntaron cómo lo harían para cruzar aquella barrera de rocas entre las que el río manifestaba accesos de furor.

Utilizando unos precisos mapas, Pianjy no tuvo dificultad alguna en encontrar el canal practicado por los faraones de la XII dinastía. Incluso durante las épocas peligrosas, seguía libre de escollos y permanecía navegable. Con el fin de facilitar los intercambios con Nubia, los monarcas de la XVIII dinastía habían ampliado el paso para convertirlo en un verdadero canal por donde circulaban, incluso, barcos cargueros.

Y aquello fue la entrada en la tierra amada por los dioses, en la primera provincia del Alto Egipto, la cabeza del Doble País, simbolizada por un elefante cuyo nombre significaba, también, «el cese», puesto que la frontera señalaba el fin de Egipto propiamente dicho.

En las murallas de la fortaleza de Elefantina, antaño barrera infranqueable para los nubios y hoy muralla destinada a detener al invasor procedente del Norte, la guarnición al completo aclamó al faraón negro. Todos esperaban que desembarcase en la fortaleza para establecer el primer contacto entre dos cuerpos de ejército, pero Pianjy tenía algo más urgente que hacer.

Hizo detener el navío almirante en el embarcadero del templo del dios Khnum. Desembarcó solo, ante la mirada de los marinos de su flota y los soldados de la guarnición, pasmados al descubrir la impresionante estatura del faraón negro.

Pianjy cruzó la puerta del primer pilono y fue recibido por el sumo sacerdote de Khnum, el dios carnero que creaba a los seres en su torno de alfarero y liberaba la crecida al levantar su sandalia posada en las aguas. En el interior del espléndido edificio de gres, cuyos umbrales y puertas eran de granito, el olor del incienso.

—Ese santuario es el vuestro, majestad.

—Llévame a la capilla de mi padre.

Una pequeña estancia en cuyos muros se habían esculpido escenas que representaban a Kahsta, el padre de Pianjy, presentando ofrendas a Khnum. Al pie de la estatua del fundador de la dinastía nubia, una estela recordaba que había visitado Elefantina y había dotado, generosamente, su principal santuario.

Pianjy leyó las columnas de jeroglíficos que evocaban la perpetua resurrección del alma de su padre, en la eternidad de luz, acompañado por los justos.

Y su padre le habló, a través de esos signos capaces de atravesar las edades sin perder su poder de transmisión. Alimentados por la permanencia de la piedra, los jeroglíficos preservaban las palabras de los dioses pronunciadas en el alba de la vida.

Y su padre le pidió que prosiguiera su obra, como Ramsés había proseguido la de Seti, como cualquier faraón debía proseguir la de su predecesor, por la felicidad de las Dos Tierras.

Pianjy habría podido explicarle que la situación había cambiado, que la invasión de Tefnakt debería haberle incitado a permanecer en Napata, para mejor proteger Nubia, que no era ya posible reunir el Alto y el

Bajo Egipto... Pero, por respeto, un hijo no discutía las directrices de un padre que se había hecho eterno.

Eran tres, dos altos y uno bajo. El bajo mandaba. Órdenes secas y precisas, porque conocía perfectamente el terreno. Antes de la invasión de Tefnakt, vivía en la aldea situada en el extremo sur de la provincia de la Liebre, en la frontera impuesta por el cuerpo expedicionario de Pianjy.

A intervalos regulares pero cortos, los campamentos de soldados formaban una infranqueable línea de defensa.

Infranqueable salvo para tres hombres entrenados para reptar como serpientes. Sin embargo, era preciso descubrir un paso que permitiera al trío salir de la nasa para dirigirse a Tebas, con el fin de ponerse en contacto con la red de espionaje libia y preparar el asesinato de Pianjy.

Cuatro veces ya, el más bajo había quedado decepcionado a causa de una vigilancia más estricta de lo que había supuesto. Sus compañeros le propusieron dar marcha atrás, pero el más bajo tenía una última idea: el cementerio abandonado, en el lindero de los cultivos y el desierto. Los egipcios eran supersticiosos, ningún soldado estaría de centinela en aquel lugar por el que podían merodear los aparecidos. Deslizándose entre las tumbas, el trío escaparía a la vigilancia del enemigo.

En cuanto entró en la necrópolis, el más bajo supo que había encontrado el resquicio. Pero no redujo su atención, y exigió a los otros dos la misma prudencia. En cuanto hubieran salido de la provincia de la Liebre, atravesarían a nado un canal, robarían una barca de pescador y navegarían hasta los arrabales de Tebas, donde les aguardaba el jefe de la red de espionaje libia.

Organizar un atentado contra Pianjy no sería cosa

fácil, pero por fuerza se presentaría alguna ocasión. La llegada del faraón negro era un acontecimiento tan excepcional que, durante las festividades o las recepciones oficiales, la seguridad del soberano no podría ser constantemente absoluta.

El trío pasó ante una capilla en ruinas, la última de la necrópolis. Uno de los dos altos se había puesto en cabeza. Se daba la vuelta para anunciar, alegremente, que habían superado el obstáculo cuando el brazo de madera del capitán Lamerskeny le quebró la nuca. El otro alto blandió su corta espada, pero el hacha del capitán le cortó la garganta. Por lo que al bajo se refiere, intentó huir por la necrópolis, pero un infante le clavó en el suelo con su lanza.

—Estaba seguro de que intentarían una estupidez de este tipo —les dijo Lamerskeny a sus hombres—. Por eso dejé un solo paso posible... ¡Los muy imbéciles creían, sin duda, que me daban miedo los fantasmas! ¿Algún superviviente?

—No, capitán.

—Lástima, habríamos podido interrogarle... Aunque sin duda habría mentido.

De regreso en el campamento, Lamerskeny calmó su sed con cerveza fuerte y, luego, entró en la tienda de Puarma.

—He detenido un trío de libios que intentaban salir de la provincia de la Liebre. ¿Ves lo que significa?

—¿Desertores?

—¿Dirigiéndose al sur? ¡Claro que no! Iban a Tebas.

—¿Tienes alguna prueba?

—Me basta mi instinto. Y se dirigían a Tebas porque tenían la seguridad de ser bien recibidos.

—¡Divagas, Lamerskeny! Tebas es fiel a Pianjy.

—¿Crees que Tefnakt no tiene allí partidario alguno? Aunque sean poco numerosos, algunos tebanos habrán apostado, sin duda, por la victoria del norte.

El capitán de arqueros se sintió turbado.

—¿Y a qué conclusiones llegas?

—Que esos tres tiparracos iban a llevar instrucciones a sus aliados tebanos para preparar algún golpe contra el faraón negro.

—Un atentado...

—Si Pianjy muere, regresaremos a Napata para proteger nuestra capital y Tefnakt tendrá el campo libre.

—Desgraciadamente, tienes razón.

En plena noche, el galope de un caballo. El suboficial descabalgó y se presentó ante ambos capitanes. Entregó a Puarma dos finas tablillas de madera, una procedente de Tebas, la otra del Acantilado-de-las-grandes-victorias, una aldea de la provincia de la Liebre.

El rostro de Puarma se iluminó.

—¡Pianjy acaba de hollar suelo egipcio! Ha acudido al templo de Khnum, en Elefantina, ha honrado allí la memoria de su padre y ha vuelto a embarcarse para dirigirse a Tebas.

—Pianjy en Egipto —murmuró Lamerskeny pasmado—. Es increíble...

El júbilo de Puarma se esfumó.

—La otra noticia no es tan buena: al mando de uno de los hijos de Tefnakt, los rebeldes han recuperado por sorpresa el pueblo fortificado del Acantilado-de-las-grandes-victorias, que nos cierra el camino de Hermópolis.

—¡Esta vez ya basta! —rugió Lamerskeny haciendo que Puarma diera un respingo—. Recuperaremos esta posición y le demostraremos al faraón negro que no somos unos incapaces.

39

En el seno del consejo de guerra reunido por Tefnakt reinaba la disensión. Algunos deseaban regresar hacia el norte; otros, reforzar las defensas de Herakleópolis y Hermópolis; y otros, entablar una batalla frontal contra Pianjy.

El príncipe Akanosh tomó la palabra.

—Soy un jefe de clan y un guerrero, como vosotros. En el pasado demostré mi valor y mi coraje. Hoy debemos hacer balance de nuestra acción y mostrarnos lúcidos. Ni Pianjy ni nosotros conseguiremos vencer, pues las fuerzas están equilibradas. Gracias al impulso dado por Tefnakt, a quien prometimos obediencia, nos hemos apoderado de una región próspera: sepamos conformarnos con ello y proclamemos a Tefnakt faraón del vasto territorio que va del extremo del Delta al sur de la provincia de la Liebre.

—¡Olvidas Tebas! —se rebeló Aurora—. Sin la ciudad de Amón, el dios de las victorias, Egipto es sólo un cuerpo truncado y enfermo. ¿No es el balance que reclamas portador de esperanza? Nuestras posiciones están sólidamente establecidas y hemos conseguido atraer a Pianjy a Egipto. ¿Qué significa ese viaje que nadie esperaba? Que el cuerpo expedicionario enviado por el faraón negro ha fracasado y que teme a Tefnakt hasta el punto de verse obligado a combatirle personalmente. Es el primer signo de debilidad de este usurpador que no asusta ya a ninguno de nuestros soldados.

La elocuencia de Aurora sorprendió a los feroces jefes de clan libios, y ni siquiera Akanosh se atrevió a replicar.

—Desde que puso el pie en suelo egipcio —precisó Tefnakt—, Pianjy no está ya seguro. Aunque Tebas esté aún bajo el yugo del enemigo, no nos faltan allí partidarios que no vacilarán en luchar por nuestra victoria.

El príncipe Peftau se sintió intrigado.

—¿Quieres decir, general, que Pianjy puede ser... eliminado?

—Debemos vencer y todos los medios son buenos para lograrlo. El faraón negro se equivoca creyendo en el carácter sagrado de su propia persona y en que es invencible porque se halla en la ciudad santa de Amón. Ignora que él es el pasado y que yo soy el porvenir.

En Tebas, el jefe de la red de espionaje libia supo, con despecho, de la muerte de los tres hombres enviados por Tefnakt para ayudarle. Aunque avezado, el trío no había conseguido cruzar la frontera de la provincia de la Liebre.

Con ellos, la empresa hubiera sido más fácil... Pero era necesario superar rápidamente la decepción y aceptar los riesgos necesarios para suprimir a Pianjy. Desde hacía meses, el jefe de la red informaba regularmente a Tefnakt sobre la situación en Tebas y el avance del ejército procedente de Nubia. Y su último mensaje sólo tenía unas pocas palabras: «Mañana, Pianjy llega a Karnak.»

El faraón negro, y sólo él, impedía a Tefnakt conquistar Egipto e imponerle su ley. Nadie, entre los nubios, era capaz de sucederle. Cuando Pianjy hubiera muerto, sus tropas se batirían en retirada y regresarían a Napata, la fortaleza de Elefantina les cerraría por siempre el paso.

Pero no había que vender la piel de la pantera antes de haberla matado. Pianjy era una fiera temible, de infalible instinto, y sería necesario sorprenderle en un momento de debilidad, cuando no tuviera razón alguna para mostrarse desconfiado.

Y el jefe de la red se sentía capaz de esa hazaña.

—¡Debería haberla estrangulado hace ya mucho tiempo! —maldijo Nartreb acariciándose los doloridos dedos de sus pies—. La tal Aurora es peligrosa... Aumenta su poder sobre esos estúpidos jefes de clan que sólo tienen ojos para ella y la escuchan con delectación.

Yegeb, que alineaba cifras en una vieja tablilla de madera, compartía la opinión de su cómplice.

—Nos sería fácil utilizar el veneno, pero la muerte brutal de la moza dejaría a Tefnakt sin fuerzas durante varias semanas, varios meses incluso, y no debe perder un ápice de sus cualidades guerreras cuando Pianjy está acercándose.

—¿Qué propones, pues?

—Hay que deshonrarla, demostrarle a Tefnakt que es sólo una intrigante de la que debe librarse y no la futura reina de Egipto.

—¿Algo nuevo sobre el príncipe Akanosh?

—Nada —respondió Yegeb—, pero lo mantengo bajo vigilancia. Nos traicionará, estoy seguro... A menos que se haya vuelto demasiado cobarde y siga escondiéndose en sus aposentos, con su esposa. Éste, en cualquier caso, no va a molestarnos.

—¿Crees que la conspiración tebana contra Pianjy tendrá éxito?

—Si se tratara de una conspiración, no. Pero el manejo es mucho más sutil, y la mordedura de la serpiente será tan rápida como inesperada. Pianjy está condenado.

—Bueno... ¿Y si nos encargáramos de Aurora?

«Le llaman el orbe del mundo entero —cantaba un himno—, pues sus piedras angulares corresponden a los cuatro pilares del cielo: Tebas es la reina de las ciudades, la divina, el ojo del principio creador, ¡todas las ciudades exaltan su nombre! En el origen de los tiempos se formó un cerro de arena y emergió del agua: en él nació el mundo, sobre él se levantó Tebas, el ojo de luz.»

Pianjy y Abilea lloraron de júbilo al descubrir la ciudad de las cien puertas y los innumerables templos. Había sabido resistir la triste degradación del poder faraónico para preservar las tradiciones que el norte, sometido al invasor libio, había olvidado. Tebas, el santuario de Amón, el dios oculto que no tenía padre ni madre; Tebas, la gran obra alquímica que Dios había creado cociéndola al fuego de su ojo; Tebas, donde lo invisible revelaba su mensaje para iluminar las Dos Tierras en plena oscuridad; Tebas, que sujetaba los dos extremos de la eternidad.

La mirada de Pianjy se abrió, como si naciera a un mundo cuyos menores detalles había soñado con toda exactitud, pero cuya sublime realidad descubría ahora. Y Tebas le habló pronunciando las palabras que pronunciaba desde su fundación: aquí, y sólo aquí, es coronado un faraón, porque esta ciudad celeste, implantada en la tierra, da un país al rey y le ofrece la capacidad de hacer vivir, entre los hombres, la armonía de los dioses.

—Ven hacia el faraón, Amón —salmodió la reina—, tú que eres valeroso como un pastor, y permítele alcanzar la orilla de la victoria; ven a él, Amón, salvador del náufrago, y permítele alcanzar la tierra de la felicidad;

ven hacia él, Amón, el barquero, y permítele alcanzar el Occidente de la paz.

La pareja real abandonó el navío almirante para subir a una barca que avanzó, lentamente, por el canal que conectaba el Nilo con el templo de Karnak. Unos «sacerdotes puros» de cráneo afeitado, remaban cadenciosamente bajo un sol abrasador tamizado por los sauces.

El faraón y su esposa esperaban ser recibidos por la Divina Adoratriz, la hermana mayor de Pianjy, pese a su estado de salud. Pero fue un anciano sacerdote quien se inclinó ante ellos.

—Que Amón os conceda su protección, majestades. En nombre de los sacerdotes y sacerdotisas de Tebas, permitidme que os dé la bienvenida.

—¿Por qué está ausente mi hermana?

—¡Ay! Majestad, la Divina Adoratriz agoniza.

Pianjy sintió deseos de correr a la cabecera de su hermana, pero el ritual le imponía cumplir un primer deber en cuanto penetrase en los dominios sagrados de Amón: hacerle una ofrenda.

Así pues, el faraón negro ordenó a sus marinos que llevaran al templo jarras de oro macizo, de unos veinte kilos cada una, aguamaniles de plata, placas de oro que se colocarían en las bases de las columnas, altares para ofrendas, de granito y diorita, cada uno de los cuales pesaba de cuatro a seis quintales, y varias toneladas de oro que los orfebres de Karnak utilizarían para moldear objetos rituales y recubrir las estatuas divinas.

Pese a la angustia que le devoraba el corazón, Pianjy dirigió su espíritu hacia el don de esas riquezas, signo concreto de su confianza en Amón. ¿No sería irrisoria su acción, sin el brazo del dios oculto?

40

Mejorana, la ayudante de la Divina Adoratriz, puso en la frente de la soberana de Tebas un lienzo húmedo y perfumado.

—Dame la mano —suplicó.

Mejorana intentó disimular su angustia.

—Parecéis menos débil...

—No mientas, sé que voy a morir... ¿Ha llegado, por fin, Pianjy?

—Los vigías anuncian su flota.

—Que Amón me conceda la fuerza de esperarle... ¡Me gustaría tanto volver a verle!

—Viviréis, estoy segura... ¡Si pudiera daros un poco de mi juventud!

—Consérvala cuidadosamente, Mejorana... El tiempo de mi vida acaba y agradezco a Dios que me haya concedido tantos y tantos días felices en este templo, lejos de las bajezas humanas. Dame de beber, te lo ruego...

Mejorana se ocultó para llorar.

Mientras vertía agua fresca en una copa, un coloso de piel negra como el ébano vistiendo un taparrabos con ribetes de oro y acompañado por una joven nubia de delicados rasgos entró en la morada de la Divina Adoratriz.

—Sois...

—¿Vive mi hermana?

Mejorana se inclinó.

—¡Sí, majestad! Esperaba tanto vuestra llegada...

Cuando la Divina Adoratriz vio a Pianjy, consiguió incorporarse y sobreponerse, por unos instantes, a su agotamiento. El hermano y la hermana se abrazaron largo rato, sin tener necesidad de decirse una sola palabra.

Luego, la mirada de la soberana de Karnak se posó en Chepena.

—Tu hija... ¡Qué hermosa es! Y qué profunda es su mirada... La has elegido para que me suceda, ¿no es cierto? No te has equivocado... Acércate, Chepena, mis postreras palabras te están destinadas. Voy a transmitirte los secretos de tu función para que cumplas sin desfallecer tus deberes de Divina Adoratriz.

Aquella misma noche, una hora después de la muerte de la hermana de Pianjy, a la que el faraón ofrecería unos funerales dignos de una reina, Chepena fue elevada a la dignidad de Divina Adoratriz y soberana de todos los templos de Tebas. Tras haberse purificado en una alberca, recibió telas sagradas, vistió una larga túnica ceñida y calzó las sandalias doradas. En la cabeza, un tocado en forma de buitre que evocaba a la madre cósmica, la diosa Mut; en la frente, la cobra hembra, el uraeus de oro; al cuello, un ancho collar de oro que simbolizaba la fecundidad espiritual.

Como las divinas adoratrices que la habían precedido, Chepena se comprometió a no casarse y a no tener hijos. Su único esposo sería el dios Amón, en cuyos misterios fue iniciada durante un «ascenso real» hacia el templo, al igual que un faraón.

Luego, la nueva Divina Adoratriz ensartó la figura de cera de un enemigo y la metió en un brasero para alejar de Tebas las fuerzas malignas y reducirlas a la impotencia. Finalmente, como representante terrenal de la diosa Tefnut, fuego secreto de la creación, ofreció una figurita de Maat, símbolo de la armonía eterna de lo vivo.

Frente a los dignatarios religiosos y civiles de la ciudad de Amón, Pianjy reconoció a su hija como Divina Adoratriz, colocada a la cabeza de un verdadero gobierno que incluía un intendente, un jefe de los graneros, escribas y directores de talleres. Chepena podría hacer que se edificara, en el recinto de Karnak, una capilla donde, tras su muerte, le sería rendido culto.

Nacía el alba.

Al cabo de una noche de ritual, Chepena no sentía fatiga alguna. Sin embargo, había perdido en pocas horas su juventud y su tierra natal. En adelante no volvería a salir del recinto de Karnak, salvo para acudir a la orilla oeste, al templo de Medineth-Habu, donde se haría enterrar junto a las demás divinas adoratrices, cerca del túmulo donde dormían los dioses primordiales.

Mientras Chepena contemplaba el lago sagrado, la reina Abilea se acercó a ella, aureolada por los primeros fulgores del día.

—Madre...

—Éste es tu primer día de reinado sobre estos dominios sagrados, Chepena. Al celebrar, día tras día, la invisible presencia de Amón, mantendrás el vínculo de Egipto con el más allá. Me siento tan feliz por ti y tan desgraciada al saber que nunca más regresarás a Napata. Perdona que te moleste con mis sentimientos... Necesitas fuerza y te doy mi confianza.

Ambas mujeres cayeron una en brazos de la otra.

—Me mostraré digna de la tarea que mi padre me atribuye, aunque ese destino sea más grande que yo.

—Tu padre, tú y yo no nos pertenecemos ya. Desde la invasión de Tefnakt, el alma de Egipto nos dicta nuestra conducta y debemos servirla con fervor, para que las generaciones futuras conozcan la felicidad que nosotros hemos conocido.

—¿Acepta la reina de Egipto ayudar a la Divina Adoratriz en la celebración de los ritos del alba?

Acompasando el paso, la madre y la hija se dirigieron hacia el santuario del templo de Amón.

Tebas se hallaba en plena efervescencia.

La presencia del faraón negro rejuvenecía la vieja ciudad y le devolvía una esperanza que creía perdida. Volvía a soñar, de pronto, en un Egipto reunificado, colocado bajo el gobierno de un monarca que siguiera las huellas de sus antepasados y restableciera, incluso en el Norte, la ley de Maat. ¿Pero quién podía ignorar que tan improbable futuro pasaba por una implacable guerra contra Tefnakt, un conflicto duradero y sangriento en el que morirían miles de hombres?

Mientras Pianjy no lanzara la gran ofensiva, sería tiempo aún de organizar banquetes y divertirse como si mañana tuviera que ser un día feliz; así pues, cada notable de Tebas invitó al faraón a su mesa, con la esperanza de pasar una velada inolvidable. Pero el rey declinó todas las invitaciones y los nobles comprendieron que no saldría del cuartel donde pasaba revista a las tropas acantonadas en Tebas desde el comienzo de su reinado.

Y la ciudad se sumió poco a poco en la tristeza, aguardando que el faraón negro diera la señal de partida. Esta vez, para aplastar a Tefnakt no se limitaría a enviar un cuerpo expedicionario al Medio Egipto sino que utilizaría todas sus tropas.

Cuando Pianjy convocó la asamblea de las personalidades tebanas en el gran patio al aire libre del templo de Karnak, ninguna de ellas dudó de que iba a anunciar la fecha de la ofensiva general. Los nubios eran sometidos, desde hacía varios días, a un entrenamiento intensivo y no tenían ya permisos.

Quienes no conocían al faraón, se sorprendieron ante su poder y su magnetismo. Frente a un guerrero de esa estatura, el ejército enemigo no tendría más alternativa que la huida o la derrota. Y el sueño de victoria renació con vigor. ¿Y si aquel nubio llegado de las profundidades del Gran Sur tuviera el valor de llevar su propósito hasta el fin?

—Os he reunido para anunciaros una importante noticia.

Todos contuvieron el aliento. Estaba en juego el destino del país y de su ciudad santa.

—Antes de proseguir los combates contra Tefnakt y los rebeldes, deseo devolver a las fiestas de Año Nuevo y de Opet su pasado esplendor. ¿Hay acaso tarea más esencial que la celebración de esos momentos rituales que, desde el origen de nuestra civilización, nos permiten comunicarnos con nuestros antepasados?

La estupefacción fue total.

En vez de atacar inmediatamente a Tefnakt, Pianjy pensaba en resucitar una fiesta tradicional a la que los propios tebanos, dadas las circunstancias, concedían cada vez menos importancia.

¿Había perdido la razón el faraón negro?

41

La ciudad de Herakleópolis cantaba las alabanzas de Tefnakt. ¿Quién podía dudar de la victoria final si sus planes se desarrollaban sin el menor percance?

Ante la idea de enfrentarse, por fin, con el faraón negro y vencerle, Aurora se sentía cada día más entusiasmada. Solía acudir con frecuencia al cuartel para alentar a los soldados, encantados al poder contemplar a una mujer tan hermosa que, gracias a su gran decisión, pronto sería su reina.

Sin dejar de saborear su creciente popularidad, Tefnakt asistía al entrenamiento de los arqueros cuando Yegeb le entregó un mensaje procedente de Tebas.

—¿Por qué pones esa cara, Yegeb?

—Es incomprensible, señor... Y, sin embargo, el mensaje es auténtico. Incluye, en efecto, el código del jefe de nuestra red de espionaje.

—¿Renuncia a suprimir a Pianjy?

—En modo alguno, pero el comportamiento del faraón es aberrante. En vez de preparar sus tropas para el combate y dar la señal de partida hacia el Medio Egipto, no tiene más preocupación que celebrar la antigua fiesta de Opet. Muchos piensan que ha perdido la cabeza y que los dioses de Tebas le han hechizado hasta el punto de hacerle perder el sentido de la realidad.

—Pianjy no está loco —estimó Tefnakt—. Es una añagaza para que bajemos la guardia. Confiará la dirección de los ritos a la Divina Adoratriz y lanzará un ataque por sorpresa en plena fiesta. Mantengámonos atentos e intensifiquemos nuestros preparativos.

Estupefacto, el capitán Lamerskeny soltó su copa de cerveza fuerte.

—¿Cómo, la fiesta de Opet?

—El faraón ha decidido darle un esplendor excepcional —declaró el capitán Puarma en tono tranquilo.

—No hagas comedia, arquero, ¡estás tan asombrado como yo! ¿Cómo puede un faraón pensar en divertirse cuando su país es presa de la anarquía y la guerra?

—Esta fiesta no es un simple regocijo, lo sabes muy bien, sino un indispensable homenaje a los dioses.

—¡Ah, los dioses! Pues no serán ellos quienes manejen la espada y la jabalina.

—La leyenda dice que Amón le permitió a Ramsés el Grande vencer, solo, a miles de hititas en la batalla de Kadesh, y Pianjy es también el protegido de Amón.

—¡No tengo ya edad para creer en las leyendas! ¿Están listos tus arqueros?

—Sigues queriendo...

—Haré la fiesta a mi modo.

El jefe de la red de espionaje libia implantada en Tebas se preguntaba qué estrategia debía adoptar. Al principio había creído que el discurso de Pianjy era sólo una fábula destinada a ganarse la benevolencia del clero local y a engañar a Tefnakt; tuvo que admitir, luego, que el faraón negro tenía, en efecto, la intención de celebrar la fiesta de Opet con el mayor fasto, restaurando las antiguas tradiciones que, poco a poco, habían caído en el olvido. Pianjy consideraba que la comunión con los dioses y el respeto por los rituales eran indispensables para iluminar el futuro del país.

La masa de cortesanos, el regocijo de la muchedumbre, la exaltación popular... eran excelentes condiciones para dar un golpe decisivo. ¿Pero no sería una trampa? Acercarse a Pianjy no resultaría tan fácil. Su guardia personal velaba y, además, estaba la reina, aquella nubia escultural más atenta que una tigresa y capaz de desbaratar, por sí sola, una tentativa de atentado.

Sería pues preciso actuar de modo más sutil... Y una idea fue germinando en la cabeza del asesino.

El comandante libio que se había apoderado de la aldea fortificada del Acantilado-de-las-grandes-victorias había tenido la inaudita suerte de dar con un verdadero tesoro: en la bodega del alcalde había unas ánforas de vino tinto de los oasis que tenía diez años o más. De modo que cada noche se organizaba un banquete con los oficiales y algunas bellezas locales a las que no disgustaba la procacidad militar.

Según las informaciones procedentes del cuartel general de Herakleópolis, la situación militar se había inmovilizado y no evolucionaría en varias semanas, varios meses incluso. Por su parte, el comandante estaba convencido de que Pianjy se instalaría en Tebas y renunciaría a lanzarse a un combate de incierto desenlace.

El conquistador dormía, pues, con un sueño apacible que fue turbado, infelizmente, por un centinela.

—¡Deprisa, comandante, deprisa!

—¿Pero qué pasa?... Es muy pronto para levantarse.

—¡Nos atacan!

El despertar fue brutal.

—¿Pianjy?

—No lo sé... Los nubios no parecen numerosos.

—¡Entonces, es el cuerpo expedicionario!

Un espantoso crujido desgarró los tímpanos del comandante. Utilizando un ariete, los infantes de Lamerskeny acababan de derribar la puerta principal de la aldea fortificada, mientras los arqueros de Puarma, encaramados a una torre móvil, eliminaban uno a uno a los defensores apostados en las murallas.

El comandante se ponía, presuroso, la coraza cuando el hijo de Tefnakt, un joven esbelto de rostro desagradable, irrumpió en su alcoba.

—Los nubios... ¡Son los nubios! ¡Y vos decíais que no nos atacarían!

—Organizaré vuestra huida.

—¿No... no irán a apoderarse de esta plaza fuerte?

—Si Lamerskeny va a la cabeza de sus hombres, es cuestión de minutos. Ante semejante demonio no tenemos posibilidad alguna.

—¡Debemos resistir! Tefnakt no admite la cobardía.

—Date prisa, chiquillo, te estás jugando la vida. Lamerskeny no hace prisioneros.

Al asomarse a la ventana, el comandante advirtió que la situación era desesperada. El asalto dirigido por el capitán nubio había sido tan violento que la mitad de la guarnición libia había caído en menos de una hora. Desde lo alto de su torre móvil, los arqueros libios, infatigables y precisos, hacían estragos e impedían que los defensores se organizaran. Siguiendo ciegamente a su jefe, los infantes de Lamerskeny irrumpieron en el Acantilado-de-las-grandes-victorias con una furia que heló de espanto a sus adversarios. Con su hacha de doble filo, el capitán cortaba el cuello a los más valerosos y, con su brazo de acacia en el que se habían hundido dos flechas, derribaba a los cobardes que imploraban su gracia.

Los arqueros de Puarma se apoderaron de las murallas y acabaron con los últimos libios lo bastante insensatos como para resistir.

El comandante y el hijo de Tefnakt habrían tenido una posibilidad de huir si sus caballos no hubieran sido víctimas del pánico a causa de los aullidos de los soldados heridos de muerte. Relinchando y coceando, los cuadrúpedos eran incontrolables.

—Sígueme, chiquillo. Tendremos que correr mucho.

—Combatir... ¡Quiero combatir!

Con la mirada extraviada, el hijo de Tefnakt sólo oía ya el estertor de los moribundos y el silbido de las flechas. El comandante le tiró del brazo, pero el hacha de Lamerskeny se hundió en su hombro y le obligó a soltar la presa.

—No... le matéis... ¡Es el hijo de Tefnakt!

Creyendo que Lamerskeny se hallaba en dificultades, Puarma soltó una saeta precisa y potente. El joven, con la garganta atravesada, cayó sobre el cadáver del comandante.

El hijo de Tefnakt fue la última víctima del breve y violento asalto del Acantilado-de-las-grandes-victorias.

—La fiesta comienza bien —dijo Lamerskeny apenas jadeante.

42

Cuando entregó el informe redactado por el capitán Puarma, Cabeza-fría esperaba que el faraón se sintiese satisfecho con el comportamiento de su cuerpo expedicionario. Por lo tanto, la reacción del soberano le extrañó.

—Les ordené que aniquilaran a las tropas de Tefnakt el rebelde y se apoderaran de ese ser dañino... y en vez de ello, se limitan a recuperar una pequeña plaza fuerte y creen que han llevado a cabo una gran hazaña.

—Majestad..., ¡el hijo de Tefnakt ha muerto!

—Uno de los hijos de Tefnakt —rectificó Pianjy—, y esa muerte no convencerá al libio de que renuncie al combate. Aunque todos sus hijos fueran ejecutados ante sus ojos, él proseguiría con su sueño de poder absoluto. Debemos acabar con él y con nadie más. Y mis oficiales son incapaces de hacerlo.

—¿Cuáles son vuestras órdenes, majestad?

—Que Puarma y Lamerskeny mantengan su posición y esperen. Ha llegado la hora de vivir las fiestas sagradas y celebrar a los dioses.

El sacerdote-lector jefe, encargado de comprobar el buen desarrollo de los rituales, no creía lo que estaba viendo. Gracias a la dedicación de la nueva Divina Adoratriz, eficazmente ayudada por Mejorana, había sido posible exhumar un antiquísimo texto de la ceremonia del Año Nuevo, que se celebraba en pleno verano, y ponerlo en práctica. El faraón negro había ofrecido inestimables tesoros, entre ellos, jarrones de bronce decorados con caballos y ramos de papiros, y unas obras maestras más extraordinarias aún, cálices de cristal teñido de azul, de pie cónico, adornados con una figura de Osiris y un texto de invitación al banquete del más allá: «Bebe y vivirás.»

El faraón y la Divina Adoratriz habían apartado los demonios, los miasmas, las enfermedades y demás mensajeros de la muerte enviados por la leona Sekhmet durante los cinco últimos días del año que terminaba, el período más temible para el porvenir del país. La habían convencido, mágicamente, de que transformara su furor en energía positiva, depositando ofrendas ante las dos series de trescientas sesenta y cinco estatuas de Sekhmet dispuestas en el interior del recinto de la diosa Mut.

Realizada esa tarea, los dignatarios reunidos en Karnak, en un gran patio al aire libre, bajo un cálido sol, le habían ofrecido al faraón los regalos de Año Nuevo, collares, arcones para ropa, sillones, una silla de mano, jarras cuyas tapas tenían la forma de una cabeza de carnero, arcos, flechas y carcajes e incluso estatuas de divinidades que, en adelante, residirían en el templo. Los escultores habían creado un bajorrelieve que mostraba a Thot inscribiendo el nombre de Pianjy en el «tallo de los millones de años».

La reina Abilea experimentaba una intensa sensación de orgullo. En aquellas felices horas tomaba conciencia de la más alta misión del faraón: hacer vivir las Dos Tierras a imagen del cielo y transformar lo cotidiano en una fiesta para el espíritu.

Con su fertilizante flujo, la crecida del Nilo saludaba la llegada de Pianjy. En cada aldea se preparaban mesas provistas con abundancia gracias a la generosidad del rey, y se celebraba su prestigio con bien regados ágapes.

En jarras de oro, plata y cobre, el monarca y su esposa recogieron el agua del año nuevo, cuando el sol hacía brillar las aguas y transformaba el país en luz.

Frente al pueblo, Pianjy bebió el líquido contenido en una jarra de oro y plata, una mezcla de vino, cerveza y cizaña, y pronunció luego la antigua fórmula: «Para ti es, Dios oculto, la pradera misteriosa provista de todas las virtudes. En ella crecen los cabellos de la tierra, el trigo y la cebada que dan la vida aunque estén rodeados de cizaña.»

Abilea se sintió angustiada unos instantes. ¿Y si una mano asesina hubiera envenenado la mixtura? Pero se tranquilizó enseguida: su propia hija, la Divina Adoratriz, había dosificado el brebaje. En Tebas, Pianjy no corría peligro alguno porque estaba bajo la protección del dios Amón.

Y llegó la hora de los ritos secretos, en el interior del templo donde sólo eran admitidos los iniciados en los misterios de Amón y de Osiris, que formaron una procesión de unos sesenta sacerdotes y sacerdotisas, cada uno de ellos con uno de los objetos utilizados durante la celebración del culto cotidiano, un incensario el uno, un vaso de purificación el otro, un cetro de consagración un tercero. Puesto que la energía de los símbolos se había agotado, la pareja real debía regenerarlos ofreciéndoselos al potente sol del año nuevo, en el techo del templo.

En pleno mediodía, la luz divina llevó a cabo su obra.

Poco antes del amanecer, en la naos del templo, Pianjy abrió la boca y los ojos de la estatua del dios Amón, la vistió con nuevas telas, la perfumó y le ofreció el *ka* de alimentos sólidos y líquidos. Luego, el rey abrió la boca de cada estatua, de cada bajorrelieve y de cada sala del templo de Karnak para devolver fuerza y vigor a aquel inmenso ser vivo por el que circuló, así, una nueva energía de la que se alimentaría el santuario.

Mientras los arpistas y los flautistas hacían una ofrenda musical a Amón, Abilea advirtió que Pianjy estaba a punto de ser absorbido por aquel universo sagrado al que acababa de devolver su plena intensidad. Como reina que llevaba un título muy antiguo, la que ve a Horus y Seth, es decir, los dos aspectos irreconciliables de la realidad, la fuerza de construcción y la de destrucción, que luchaban sin cesar en el universo y se armonizaban, milagrosamente, en el ser del faraón, debía intervenir.

—¿Has olvidado la guerra, majestad?

—Tebas está en fiestas, Abilea.

—¿No dejarás vagar tu pensamiento por esos lugares divinos hasta el punto de olvidar el día de mañana?

—¿Por qué tú, a la que tanto amo, te muestras tan cruel?

—Es mi deber de reina. Esa tierra de Egipto cuyo esposo eres, como todos los faraones que te precedieron, esa tierra de Egipto sufre y corre el riesgo de morir mientras tú piensas en permanecer aquí, en Karnak, preocupándote sólo por lo sagrado. Porque ése es tu proyecto, ¿no?

Pianjy sintió que tenía el corazón en un puño. Abilea había leído en él.

Sí, pensaba en retirarse a los dominios de Amón, en limitarse a celebrar cada día los ritos y en vivir como un sacerdote, recluido, lejos de las exigencias y las infamias del mundo exterior. ¿No sería acaso, permaneciendo aquí, el garante de una paz, relativa, es cierto, pero verdadera sin embargo, que consolidaría con la fuerza de los himnos y las plegarias? Si elegía este camino, la situación militar se estancaría durante años y años.

Pero Abilea intentaba romper aquel sueño obligando a Pianjy a acusarse de egoísmo y a recordar el cruel destino de los egipcios del Norte, presas de la tiranía de Tefnakt.

Un país unificado de nuevo, una tierra liberada del mal que la corroía, un pueblo libre por fin de la guerra... ¿Pero tenía el faraón negro capacidad para obtener una victoria de semejante magnitud? En vez de albergar ilusiones y derramar sangre, mejor sería limitarse a embellecer Tebas y contemplar la divinidad.

Sintiendo que su marido era víctima de un conflicto desgarrador, Abilea guardó silencio.

De la decisión que tomara el faraón negro dependía el destino de un país y de un pueblo.

43

Con la espalda apoyada en un bloque calcáreo sobre el que había depositado sus armas, el capitán Lamerskeny comía cebolla mientras untaba con aceite de lino su brazo de acacia. Una vez pensó en hacerle tantas muescas como enemigos hubiera matado, pero el número de éstos había aumentado con excesiva rapidez.

Puarma se sentó junto a su colega.

—Bueno, ¿atacamos otra plaza fuerte? —preguntó Lamerskeny.

—Pianjy está furioso —confesó el capitán de los arqueros.

—¡Pues sí que estamos bien! Recuperamos el Acantilado-de-las-grandes-victorias, matamos a uno de los retoños de Tefnakt, demostramos que el adversario no puede avanzar ni una pulgada, ¡y el jefe está enfadado!

—El faraón nos ordena que mantengamos la posición.

—¿Y qué hemos hecho durante meses? Espero, al menos, que cuando Pianjy llegue nos enseñará cómo actuar.

—No lo sé.

—¿Cómo que no lo sabes? ¡Has recibido las nuevas órdenes!

—Sí, pero sobre este punto callan. Pianjy va a celebrar la fiesta de Opet y...

—¡La fiesta, siempre la fiesta! —exclamó Lamerskeny recogiendo una piedra y tirándola lejos—. ¿Pero qué estamos haciendo aquí? Te apuesto a que el rey ha decidido instalarse en Tebas y que no seguirá adelante.

—Quieres decir...

—Pianjy no tiene la intención de provocar una guerra total contra Tefnakt, ésa es la verdad. Y permaneceremos clavados aquí hasta el fin de nuestros días, para custodiar esta maldita frontera.

Aurora no se perdía ningún entrenamiento de los arqueros de elite, cuya precisión era a veces pasmosa. Un joven teniente acababa de clavar tres flechas en pleno blanco, a un centenar de metros, un pequeño escudo al que varios veteranos no habían dado. La actitud del joven guerrero era elegante, su rostro juvenil aún. Sus gestos parecían innatos, desprovistos de cualquier esfuerzo.

—Es notable —comentó Aurora, cuyos ojos verdes habían brillado de excitación.

—Interiormente os he dedicado la tercera flecha... ¿Podréis perdonar mi insolencia?

La muchacha sonrió.

—Lo considero una delicada atención... aunque se trate de un acto de guerra.

—¡Todavía no, princesa! De momento es sólo un juego. Espero que muy pronto haya un nubio en vez de este blanco, y luego otro y otro más...

La profunda mirada del arquero turbó a Aurora.

—¿Realmente tienes ganas de combatir contra Pianjy?

—Es mi más caro deseo, pero sabré mostrarme paciente. Todos sabemos que esta guerra será decisiva.

—¿Y si no se produjera?

—No es posible... El general Tefnakt espera su hora. Y será gloriosa, ¡estoy seguro!

La frescura y el entusiasmo del muchacho encantaron a Aurora. Tenía su edad, creía que el mundo podía pertenecerle y no cabía duda alguna sobre su compromiso.

—Tienes razón, la victoria del general será brillante.

Se alejó y él no dejó de mirarla.

La fiesta de la diosa Opet, que tenía el secreto de la fecundidad espiritual, era el punto culminante de la temporada de la inundación. No había durado menos de veinticuatro días y, muy pronto, el Nilo se retiraría tras haber depositado en la tierra el limo fertilizador.

Durante ese fasto período, el *ka* del faraón había sido regenerado para permitirle ejercer su función con el máximo de energía, una energía que comunicaba a su pueblo y su tierra.

Pianjy había escoltado la estatua de Amón que había salido de Karnak para dirigirse a Luxor, donde se había cumplido el misterio de la revelación divina. Lo visible había comulgado con lo invisible cuando el rey y la reina de Egipto se habían unido de nuevo, bajo la protección de Amón, cuya gran barca de cedro, cubierta de oro y adornada con piedras preciosas, había aparecido ante los ojos de una regocijada muchedumbre. Pero nunca se levantaría el velo que cubría la cabina de la barca donde residía la efigie del dios, y los hombres nunca conocerían su verdadera forma. Tanto a lo largo del río como a los costados del camino que unía los templos de Karnak y de Luxor, se habían edificado pequeñas capillas de madera que resultaban otras tantas etapas para la procesión acompañada por cantores, cantoras, músicos y bailarinas, mientras el bajo pueblo se hartaba de vituallas generosamente distribuidas por los sacerdotes. ¿No ordenaban los dioses que se prepararan lugares de refrigerio tanto para la tripulación que navegaba como para aquellos que tomaban los caminos terrestres?

Al celebrar la presencia de Amón, el padre, la de su esposa Mut, la madre, y la de su hijo Khonsu, el que atraviesa el cielo, Pianjy afirmaba la omnipotencia de la trinidad divina gracias a la cual renacería un nuevo sol.

Pianjy comprendía que el secreto del gobierno de Egipto residía en la perfecta aplicación del calendario de fiestas, tal como había sido revelado en el origen. Vio, en paz, la realidad de Amón cuando llegó su estatua al naos del templo, durante la noche iluminada por una luz que los ojos humanos no podían ver. Al hacer que la divinidad penetrase en su morada y al colocarla en su trono, el faraón daba primacía al animador de la creación y devolvía todas las cosas a su justo lugar.

Tebas salía a regañadientes de varias semanas de regocijos, a los que Pianjy había dado una insólita magnitud. ¿Qué designio perseguía el faraón negro, salvo afirmar de modo resplandeciente su dominio sobre el sur de Egipto? Los notables estaban convencidos de que el espectro de la guerra se alejaba y de que el rey abandonaría Napata para instalarse en Tebas con la intención de embellecer la ciudad de Amón y cubrir de oro sus templos. Todos sentían que Pianjy había sido conquistado por la ciudad santa donde celebraba con fervor los ritos cotidianos. Gracias a él, algunos sacerdotes habían vuelto al camino de la fe, y los salmos cantados en el templo de Amón se habían desplegado con la misma grandeza que en tiempos de Ramsés.

Por lo que a la Divina Adoratriz se refiere, agradecía al cielo que le concediera la preciosa presencia de su padre. Sin él, Chepena se habría sentido abandonada a una soledad abrumadora, pues su nueva función le parecía pesada y múltiple. Administrar con eficacia el conjunto de los templos de Karnak parecía fuera del alcance de una muchacha que, hasta entonces, se había consagrado al arte de los perfumes. Pero los consejos de la precedente Divina Adoratriz, del rey y de la reina, y la ayuda de Mejorana y de un abnegado intendente le habían permitido asumir enseguida sus responsabilidades y olvidar sus temores. Como la mayoría de los miembros del clero tebano, esperaba que Pianjy eligiera Tebas como residencia definitiva y que quedara abolida la violencia.

Cuando la reina Abilea despertó, su primera mirada fue para Pianjy, que le había hecho el amor con el ardor de un joven amante que partiera a descubrir un país maravilloso e inexplorado. Pero el rey había abandonado el lecho.

Abilea salió de la alcoba de palacio para dirigirse a la terraza desde la que se dominaba uno de los patios del templo de Karnak. Estaba convencida de que le encontraría allí, con los ojos fijos en los sagrados dominios de Amón.

Se puso a su lado y le asió con un brazo, en el gesto de protección mágica que los escultores plasmaban en la piedra cuando creaban las estatuas de una pareja eternamente feliz.

—¿Ha tomado el faraón su decisión?

—Hoy nos dirigiremos al templo de Mut para realizar los ritos de execración de los enemigos visibles e invisibles. Mañana me pondré a la cabeza de mi ejército para acabar con la desgracia y restablecer la armonía.

44

Rabiosa, Aurora desgarró un delicado chal de lino que le había regalado Tefnakt y derramó lágrimas de cólera. Durante unos minutos, su pasado la había invadido como las imperiosas aguas del Nilo en crecida. La muerte de su padre, la violación que le había hecho sufrir Nartreb, la arrogancia del general, la traición de la que algunos no dejarían de acusarla... Salir de Herakleópolis, huir, desaparecer, ¿no era ésta la mejor solución?

No, había encontrado su destino.

Aunque tuviera que pisotear los recuerdos, aceptar la sucia mirada de Nartreb y la hipocresía de Yegeb, luchar contra la cobardía de ciertos príncipes libios, no abandonaría a Tefnakt y participaría con todas sus fuerzas en la necesaria reconquista de Egipto.

Llevando una fuente con uva, granadas y dátiles, un hombre entró en su habitación.

Le reconoció enseguida; era el joven teniente del cuerpo de arqueros.

—Perdonad la intrusión, princesa. He creído que os gustaría probar esas deliciosas frutas.

—¿Quién te ha dejado entrar?

—Los guardias me conocen... ¡Y tenía tantas ganas de daros esta sorpresa!

Aurora advirtió que iba casi desnuda. Un simple

velo, que llegaba a medio muslo, no ocultaba nada de sus florecientes formas.

—Deja la fuente y márchate.

—Hasta hoy, el tiro con arco era mi única pasión... ¿Me autorizáis a dejar el ejército para convertirme en vuestro servidor?

La voz del muchacho temblaba. Conmovida, Aurora le volvió la espalda.

—¡No hagas locuras! Eres un arquero de elite.

—No me importa si ya no puedo veros, hablar con vos, respirar vuestro perfume, tocaros...

Su vacilante mano se posó en el hombro de la muchacha. Ella debió haberse apartado, ordenarle que se retirara, pero su caricia era tan dulce...

—Os amo —murmuró él besando con delicadeza su mejilla.

El corazón de Aurora palpitó con más fuerza, un extraño calor se apoderó de su cuerpo.

—No... aquí no...

Como si no la hubiera oído, el teniente acarició los cabellos de Aurora.

Si dejaba que continuase, no podría oponerle ya la menor defensa.

—Si Tefnakt nos sorprende, será la muerte tanto para ti como para mí.

Aurora se dio la vuelta e hizo frente al muchacho cuyos ojos estaban llenos de deseo.

—¿Cuándo... cuándo volveré a veros?

—Mañana, a primera hora de la tarde, en la sala de palacio donde se guardan las telas. Tefnakt estará en el cuartel principal inspeccionando el material de la infantería... ¡No, es una locura!

Él le besó las manos.

—Os amo, Aurora, ¡os amo como un loco! Y os juro que guardaré el secreto, pues es la clave de nuestra felicidad.

—Vete... ¡Vete deprisa!

Le dio un beso tan enfebrecido que Aurora tuvo ganas de retenerle y ofrecerse a él, pero el peligro era excesivo. En cuanto hubo desaparecido, la muchacha sólo pensó en una cosa: gozar de aquel cuerpo enamorado y compartir su ardor.

El teniente salió de palacio y tomó una calleja que llevaba al cuartel. Allí le aguardaba Yegeb.

—¿Satisfecho, teniente?

—No hay hembra que se me resista, os lo había dicho. Aurora no ha sido la excepción de la regla.

—¿Estáis seguro de haberla seducido?

—Conozco a las mujeres, Yegeb. Pueden simular hasta cierto punto pero, en el caso presente, Aurora es sincera. ¡Es, además, una yegua soberbia! Y si hubiera insistido un poco, esta misma noche nos habríamos acostado juntos.

—Hubiera sido prematuro... Es preciso que Tefnakt os sorprenda y no tenga duda alguna sobre la infidelidad crónica de aquella a la que desea como futura reina de Egipto.

—Ella corre un gran riesgo...

—No es cosa vuestra.

—¿Y me garantizáis la impunidad?

—Le diré a Tefnakt toda la verdad: que yo os pagué para seducir a esa cualquiera y demostrarle al general que se equivocaba concediéndole su confianza. Seréis considerado como un servidor fiel y ascendido a un grado superior.

—Mientras, pagadme lo que me debéis.

Yegeb entregó al teniente una bolsa de cuero que contenía pepitas de oro. El oficial comprobó el contenido.

—Ya sois un hombre rico.

—Es normal, Yegeb, corro muchos riesgos. Y sólo es una parte de la suma.

—Tendréis la otra en cuanto Tefnakt se haya librado de esa mujer falaz y viciosa.

—¿Por qué la odiáis tanto?

—Cumplid correctamente con vuestro trabajo, teniente, y no hagáis preguntas inútiles.

Sopesando su tesoro, el oficial se encaminó al cuartel.

Naturalmente, Yegeb recuperaría su oro en el cadáver de aquel imbécil que sería ejecutado por ofensa al general, en compañía de la mujer adúltera.

Y Tefnakt nunca sabría la verdad.

Mientras caía la noche, los astrólogos de Karnak subían lentamente por la escalera que llevaba a la azotea del templo. Cada cual ocupaba un lugar preciso para observar el curso de los planetas, «las estrellas infatigables», y la ronda de los treinta y seis decanatos, las treinta y seis candelas que brillaban en el firmamento. Los especialistas precisaban, sin cesar, su conocimiento de los fenómenos celestes e intentaban leer en ellos el mensaje de los dioses.

Antes de iniciar su trabajo, el astrónomo jefe llenó una copa de agua clara y la depositó en una losa plana y lisa. Por lo general, la superficie líquida formaba un espejo perfecto, símbolo de Hathor, señora de las estrellas, y unía el espíritu del observador al de la diosa.

El astrónomo jefe creyó que sus ojos le engañaban. Semejante fenómeno, sin que soplara el viento... Miró más de cerca y tuvo que admitir la horrenda realidad: ¡el agua se había enturbiado!

Asustado, el sabio bajó corriendo la escalera de piedra y se dirigió al palacio real, cuya puerta era custodiada por dos soldados nubios que le impidieron el paso.

—Debo hablar con el rey... ¡Avisadle!

Pianjy aceptó recibir al astrónomo que no podía contener su emoción.

—Majestad, acabo de ser testigo de un grave acontecimiento: el espejo de agua que utilizamos en la azotea del templo se ha enturbiado.

—¿Cómo interpretas esa señal?

—¡Como el anuncio de una gran desgracia, majestad! Un fenómeno tan inexplicable es la traducción de un desastre inminente que herirá el corazón del reino. Por ello tenía que avisaros sin perder un instante.

—¿Y qué precauciones recomiendas?

—Que los hechiceros reciten durante toda la noche fórmulas de conjuro para impedir que la muerte rapaz se apodere de su presa.

—¿Puedes concretar tus temores?

El astrónomo jefe vaciló.

—Vuestra vida corre peligro, majestad.

45

Sólo con ver el grave rostro de Tefnakt, los miembros de su consejo de guerra comprendieron que la situación acababa de evolucionar bruscamente y que el general, acompañado por Aurora, tenía importantes informaciones que comunicarles.

—Pianjy va a salir de Tebas —explicó.

—¿Regresa a Nubia? —preguntó el príncipe Akanosh.

—No, se dispone a atacarnos.

Tefnakt no quiso revelar que el jefe de la red de espionaje tebana no había conseguido eliminar al faraón negro y que ese fracaso no le entristecía. Habría sido más fácil vencer al ejército del Sur privado de su jefe, pero el enfrentamiento no asustaba en absoluto al general del Norte. Acabando personalmente con su adversario, demostraría de modo definitivo su supremacía.

—¿Esperaremos el asalto o nos adelantaremos? —preguntó el príncipe Peftau.

—No hay razón alguna para modificar nuestra estrategia; dejemos que Pianjy se destroce los colmillos en la fortaleza de Herakleópolis. Cuando haya perdido bastantes hombres, lanzaremos una serie de ataques que acabarán destruyendo por completo al enemigo.

—¿Concederás el perdón a los supervivientes?

—No —respondió Tefnakt—. Hay que exterminar sin piedad a la chusma nubia. Es el precio del porvenir del país.

Pianjy había tomado agua del lago sagrado del templo de Mut, que tenía forma de creciente lunar. Conservada en jarras, serviría para la protección mágica del ejército del sur, que concluía sus preparativos para la partida. Ofrecida por el río celestial, aquella energía procedente del más allá haría inagotables las fuerzas de los combatientes decididos a reconquistar el Norte.

Soberbia en su larga túnica roja que dejaba desnudos los pechos, la reina Abilea no conseguía vencer su angustia.

—El astrónomo ha comprobado que los astros no te eran favorables, ¿verdad?

—El espejo se ha enturbiado —recordó Pianjy—. De modo que anuncia una muerte. La mía tal vez... ¿Pero por qué no va a tratarse del final de una época?

Abilea miró a su esposo.

—Deseé esta guerra, luego me horrorizó, volví a sentirla como una necesidad para que la felicidad volviera a florecer y la aparté de mi pensamiento... Ahora me siento perdida. Sólo sé que tengo miedo por ti. Si renuncias para permanecer en este templo, te comprenderé, sean cuales sean las críticas. Eres la vida en la que soñaba, amor mío, y sin embargo eres real. Quiero mantenerte a mi lado.

Pianjy estrechó con fuerza a Abilea contra su pecho.

—Tal vez la muerte esté al final de la aventura... pero tenemos una posibilidad de vencer. Si no cumplo mi función, si no intento hacer que se respete la ley de Maat en todo el país, el tribunal del otro mundo me infligirá, con justicia, la segunda muerte y la aniquilación.

No tenemos alternativa, Abilea; por eso somos libres de actuar.

Convencida de que no lograría modificar la decisión de Pianjy, Abilea le acompañó hasta el templo de la temible Sekhmet, donde se llevarían a cabo los indispensables ritos de conjuro destinados a reducir la capacidad de sus enemigos para dañarle. Durante toda la noche, los hechiceros de Karnak habían salmodiado las fórmulas de protección del rey, con la esperanza de que la rapaz muerte no hubiera inventado una nueva artimaña para apoderarse del alma de Pianjy.

Como estaba convenido, la Divina Adoratriz celebraría el nacimiento del nuevo sol mientras la pareja real, ayudada por Mejorana y las sacerdotisas de Serket, la diosa-escorpión, libraría su primera gran batalla mágica contra Tefnakt y sus aliados, representados por unas toscas figuras de alabastro y de piedra calcárea.

Hace algunos decenios —pensó Pianjy—, los así execrados fueron los nubios; pero hoy, llegados de las profundidades del Gran Sur, lucharán y morirán para salvar el país portador de los valores esenciales de la civilización y de la espiritualidad. Extraño giro, en verdad; olvidando agravios y legítimos rencores, los perseguidos de ayer se convierten en los libertadores de hoy.

En las estatuillas, los escribas habían escrito con tinta roja un corto texto que describía el carácter destructor de los rebeldes y los perturbadores, los enemigos de Maat, arrodillados o tendidos boca abajo con las manos atadas a la espalda.

Mejorana se dirigió a Pianjy.

—Faraón del Alto y el Bajo Egipto, que los dioses te protejan de quienes pronuncian palabras malignas y realizan gestos perniciosos. Que tu poder sea más fuerte que el suyo, que tu poder les aterrorice, que tus sandalias les pisoteen. Que quienes intentan impedir el viaje del sol sean para siempre privados de luz, que sus labios queden sellados y cortados sus brazos.

Una sacerdotisa cerró la boca de las estatuillas con el sello de Pianjy y les rompió los miembros. Luego Mejorana las arrojó a un brasero del que parecieron brotar unos gemidos que impresionaron a los participantes en la ceremonia.

Incluso la mangosta se puso nerviosa y se refugió a los pies de su dueño. La reina Abilea sintió que esa antigua magia de Estado no era una ilusión sino que producía, realmente, ondas de fuerza que atacarían, al mismo tiempo que el faraón, a los adversarios de Maat. Y comprendió por qué, desde la primera dinastía, ningún rey de Egipto había desdeñado sus obligaciones rituales antes de partir a la guerra.

Mientras crepitaba el fuego, Mejorana ofreció a Pianjy una soberbia jarra de alabastro con su nombre inscrito.

—Majestad, antes de que esta jarra sea depositada en el tesoro del templo para conmemorar vuestro nombre, bebed la cerveza que creó el dios Ra para que vuestro valor brille en todas las provincias del reino.

Cuando el faraón tendía los brazos para recibir la jarra, la mangosta trepó por su cuerpo, quedó inmóvil unos instantes, saltó después sobre la muñeca de Mejorana y la mordió hasta hacerla sangrar.

Lanzando un grito de dolor, la ayudante de la Divina Adoratriz soltó el recipiente, que cayó en el enlosado. Brotó un líquido amarillento que provocó el furor de la mangosta. Con el pelo erizado, los bigotes de punta, giró a su alrededor como si se tratara de un reptil.

—¡Matad ese animal, se ha vuelto loco! —exigió Mejorana.

Al observar el comportamiento del animal, la reina Abilea comprendió enseguida.

—Tú, Mejorana, has intentado envenenar al rey con

la ponzoña de serpiente que te ha procurado tu cómplice, una de las sacerdotisas de Serket. Eres una criatura de Tefnakt, ¿no es cierto?

Sujetando con la mano izquierda su ensangrentada muñeca, incapaz de aguantar la mirada acusadora de la reina, Mejorana retrocedió.

Se disponía a negar cuando dos sacerdotisas de Serket, aterrorizadas, intentaron en vano huir. Los soldados de Pianjy las detuvieron sin miramientos.

—¿Por qué has actuado así si habías servido fielmente a mi hermana, la difunta Divina Adoratriz? —preguntó el rey con una voz tan severa que hizo temblar a Mejorana.

—La nueva Divina Adoratriz es nubia, como la precedente... ¿No os basta con gobernar Tebas gracias a ella? ¡La causa de Tefnakt es justa! Su victoria nos devolverá la unidad perdida.

La muchacha se arrodilló y lamió el líquido mortal.

—¡He fracasado, pero el Norte vencerá!

Los ojos de Mejorana se volvieron vidriosos, sus miembros se pusieron rígidos, vomitó bilis y cayó con las manos crispadas sobre su garganta.

Con su muerte y el arresto de sus cómplices desaparecía la red de información de Tefnakt en Tebas.

46

En las filas libias, el entusiasmo se mezclaba con el temor. Por un lado, se deseaba combatir; por el otro, se temía la ferocidad del faraón negro. Pero Tefnakt sabía devolver la confianza y mantener encendida, permanentemente, una llama a veces vacilante; obligando a sus hombres a entrenarse durante todo el día, evitaba que se perdieran en ensoñaciones más o menos angustiosas.

Era una certidumbre: Pianjy no conseguiría apoderarse de Herakleópolis. Quedaba por saber cómo reaccionaría: empecinándose y perdiendo miles de hombres o batiéndose en retirada. Tefnakt debía encontrar el momento adecuado para lanzar una potente ofensiva que doblegara a los nubios.

La inspección del arsenal tranquilizó al general. Las armas eran abundantes y se encontraban en buen estado, las reservas de alimento permitían aguantar un largo asedio, tanto más cuanto las provincias del Norte enviaban sin dificultad sus convoyes.

—Señor...

—¿Qué pasa, Yegeb?

—Tengo que comunicaros dos penosas noticias. Pero tal vez no sea el momento.

—Habla —ordenó Tefnakt.

—Mejorana ha muerto, los miembros de su red han sido encarcelados. No tenemos ya a nadie que nos informe de las decisiones de Pianjy.

—No es tan grave puesto que no necesitamos ya este tipo de información. Conocemos las fuerzas del faraón negro y ya no modificaremos nuestra estrategia. ¿Cuál es la otra?

Yegeb adoptó un aire contrito.

—Es delicado, señor, muy delicado...

—No me acabes la paciencia.

—Se trata de Aurora...

—¿Alguien ha intentado hacerle daño?

—En verdad, señor, es más bien ella la que puede haceros mucho daño.

—¡Mide tus palabras, Yegeb!

—Señor, os imploro que me escuchéis. Por casualidad, nuestros servicios de seguridad han creído descubrir una... relación de Aurora con un teniente de arqueros.

Los negros ojos de Tefnakt se ensombrecieron.

—¿Tienes pruebas de lo que estás diciendo?

—Por desgracia, sí. Si quisierais seguirme...

A Aurora le seguía pareciendo muy seductor el arquero que iba a convertirse en su amante. En la sala de las telas, donde flotaban deliciosos perfumes y un agradable olor a ropa limpia, el muchacho avanzó hacia ella, loco de deseo.

—Has venido... ¡Es un sueño, un sueño maravilloso!

Ella sonrió.

—No, no soy un sueño.

Él cerró los ojos.

—Deja que te imagine y, luego, te contemple tal como eres... ¡Serás mi conquista más hermosa!

—¿Tan numerosas han sido?

—¡Ante ti ninguna mujer existe!

Hizo resbalar lentamente el tirante izquierdo de su túnica, luego, más lentamente aún, el tirante derecho, y descubrió los espléndidos pechos de Aurora.

Estremeciéndose, ella inclinó los ojos mientras él besaba sus pezones. Embriagada, clavó su mirada en la de él.

Y lo que descubrió en ella la asustó.

El mismo desprecio, la misma altanería, la misma brutalidad que en la de su violador, Nartreb. El teniente no la amaba, sólo quería poseerla del modo más bestial.

De pronto lo comprendió.

—Vuélvete —le dijo—, voy a quitarme el vestido.

—No te creía tan púdica.

—Te lo ruego...

Divertido, obedeció.

Aurora tomó una tira de cuero que ataba algunas telas y, con aquella arma improvisada, estranguló al arquero.

El muchacho se debatió, pero los firmes puños de Aurora fueron implacables. Y su fuerza aumentó cuando vio a Tefnakt que, cruzado de brazos, observaba la escena.

Con la laringe aplastada, el arquero dejó de resistirse y murió ahogado.

—Este hombre me ha amenazado, me ha arrastrado hasta aquí y ha intentado violarme. Humillándome, quería herirte a ti, pues el muy traidor me ha confesado que estaba a sueldo de Pianjy.

Aurora escupió sobre el cadáver antes de caer, llorando, en brazos de Tefnakt.

Con la cabeza envuelta en un lienzo húmedo y el torso cubierto de un ungüento que relajaba sus tensos músculos, Yegeb sufría un ataque de hígado que le hacía producir una bilis dolorosa.

—La maldita Aurora me ha obligado a presentarle mis excusas y el general me ha ordenado que comprobara mejor mis informaciones antes de mancillar la reputación de la futura reina de Egipto. He temido, incluso, caer en desgracia...

Nartreb se encogió de hombros y siguió acariciando los doloridos dedos de sus pies.

—Tefnakt no puede prescindir de nosotros, puesto que nos confía el trabajo sucio... ¿Pero cómo ha conseguido la moza que la situación se haya puesto a su favor?

—Aurora es una asesina.

—¿Te da miedo, acaso?

—No acostumbro a fracasar... Ahora Aurora nos odia.

—¿Y qué? Si piensa que Tefnakt tendrá realmente en cuenta sus opiniones, se equivoca gravemente. La única amante del general es su ambición. Y estamos a su lado para satisfacerla. El gran enfrentamiento se acerca, Yegeb, y obtendremos de ella el máximo beneficio.

Otoku había perdido, por lo menos, dos kilos, y los manjares no tenían ya el mismo sabor. Concienzudo, el obeso administraba la capital de Nubia con una continua atención. Notables y funcionarios añoraban a Pianjy que, pese a su severidad, se mostraba menos exigente que Otoku.

Las noticias procedentes de Tebas no devolverían al obeso su apetito de antaño. Y la visita del anciano Kapa no le haría ser más optimista.

Otoku dejó el plato de alabastro en el que le aguardaba un muslo de oca asada.

—Si tienes que hacerme algún reproche, Kapa, no es el momento oportuno. Me desborda el trabajo.

—¿Por qué está tan nervioso el alcalde de Napata? Tu administración y yo mismo podemos estar orgullosos de ti. Sólo venía a felicitarte.

Otoku no creyó lo que estaba oyendo. ¿Se trataba de una provocación? Sin embargo, el anciano había perdido su habitual ironía. No, no estaba burlándose del nuevo edil y, además, estaba tan triste como él.

—También tú, Kapa, piensas que Pianjy no regresará.

—¿Por qué engañarnos? O perderá la guerra y morirá o reinará en Tebas, de donde no se moverá.

—Nunca...

—Eso es, Otoku, serás alcalde de Napata hasta el fin de tus días. Al confiarte esa tarea, Pianjy tuvo buen ojo.

—¿Y habrá aún felicidad para esta ciudad? Sin el faraón negro, sólo es una aldea perdida en un oasis.

—Haz como yo, Otoku: envejece, y aceptarás lo inaceptable.

47

En la proa del navío almirante, que tenía forma de serpiente con cabeza de carnero recubierta de oro y recordaba al pilar de la montaña Pura, el faraón y su gran esposa real miraban hacia el norte, hacia el Medio Egipto y la provincia de la Liebre, a donde llegarían al cabo de unos diez días.

El rey iba tocado con la corona blanca, símbolo del Alto Egipto, encajada en la corona roja, símbolo del Bajo Egipto; se habían fijado en ellas dos cobras hembra, los uraeus, cuyo furor dispersaba a los adversarios del monarca, que vestía un corpiño de plumas con los tirantes anudados en los hombros y un taparrabos de lino. En sus muñecas, brazaletes de oro y de pasta de cristal; en los goznes, una representación de Mut, la diosa del cielo. Bajo el collar de oro, formado por uraeus en miniatura, un amuleto de cerámica azul verdosa, de unos diez centímetros de altura, representaba una cabeza de carnero coronada por el disco solar. Se evocaban así el secreto de lo divino y su luminosa revelación.

Junto a su esposo, cuyo brazo izquierdo enlazaba con dignidad, la reina Abilea llevaba una larga túnica roja ceñida al talle por un cinturón blanco de extremos largos y colgantes. En las orejas, pendientes con la forma de la llave de la vida, que recordaban que el nombre jeroglífico de las orejas era «las vivas»; adornaba su cuello un collar de cuentas de cristal, cerámica y cornalina entre las que se habían colocado pequeños escarabeos, que encarnaban la idea de la mutación, y algunos pilares, que encarnaban la de la estabilidad. Por lo que a su colgante se refiere, representaba un loto flanqueado por dos ojos de halcón que contenían todas las medidas del universo.

—Amón viaja en el viento —dijo Pianjy— pero el ojo no lo ve. La noche está llena de su presencia, el día lo glorifica. Lo que está arriba es como lo que está abajo, y él lo lleva a cabo.

—Tú, la gran alma de Egipto —rogó la reina Abilea—, da el aliento a todos los que se disponen a combatir para que las Dos Tierras se reúnan.

Pianjy sacó una daga de un estuche de plata dorada. En la sujeción de la hoja, un león devoraba a un nubio. Pero el arma databa de la gloriosa XVIII dinastía y había sido piadosamente conservada en el templo de Amón de Napata.

El sol hizo brillar la hoja larga y gruesa y dio la señal de la partida.

Los dorados cebadales, las garzas que sobrevolaban la espesura de papiros, los halcones que planeaban en el viento, la dulzura de las orillas... La belleza del paisaje incitaba a la ensoñación, pero ninguno de los soldados nubios estaba de humor para ello. Todos tenían en la cabeza el terrible enfrentamiento que se aproximaba, todos pensaban en una esposa, una madre, un padre o un hijo al que, tal vez, no volverían a ver.

Antes de desembarcar, Pianjy habló largo rato con su caballo, cuyos ojos brillantes de inteligencia se habían teñido de inquietud. No le ocultó la verdad y le avisó de que debería afrontar temibles peligros. *Valeroso* se tranquilizó y levantó con orgullo la cabeza. También él estaba dispuesto a combatir.

En la orilla, en la frontera sur de la provincia de la Liebre, los capitanes Lamerskeny y Puarma se sentían, al mismo tiempo, conmovidos e inquietos. Conmovidos al ver aparecer al faraón negro, que había enjaezado personalmente su caballo, inquietos por tener que sufrir sus reproches.

—¿Tefnakt sigue siendo un hombre libre? —preguntó visiblemente enojado.

—Sí, majestad —respondió Puarma.

—¿No os confié una misión y os ordené que acabarais con esta revuelta? ¡Os concedí mi confianza porque estaba seguro de que dispersaríais a esos rebeldes! Pero hoy las ciudades de Hermópolis y Heracleópolis están ocupadas por el enemigo y, por vuestra insuficiencia, se ridiculiza el nombre del faraón.

Puarma agachó la cabeza, Lamerskeny protestó.

—No hemos ahorrado esfuerzos, majestad, pero Tefnakt no es un jefezuelo de clan a la cabeza de una pandilla de rebeldes desorganizados, tenemos en frente a un verdadero ejército.

—¿Acaso crees que no soy consciente de ello?

—El sitio de Heracleópolis será largo y difícil —estimó el capitán de infantería—. Perderemos muchos hombres, pero espero descubrir el medio de domeñar la ciudad rebelde. Cuando seamos dueños de ella, Tefnakt se verá obligado a rendirse.

—Graves pérdidas en perspectiva.

—Lamentablemente, majestad, las murallas de Heracleópolis son gruesas y los arqueros libios, hábiles.

—Envía inmediatamente exploradores. Sobre todo que se dejen ver, para que los centinelas adviertan su presencia.

Lamerskeny se extrañó.

—Pero, majestad, mejor sería que...

—Al día siguiente, que un grupo pequeño y ruidoso se instale a cierta distancia de la ciudad.

—Un grupito... ¡Para apoderarnos de Herakleópolis necesitaremos todas nuestras fuerzas!

—Que los infantes instalen muchas tiendas y establezcan un gran campamento, como si todo mi ejército se dispusiera a atacar.

—¿No... no atacaremos?

—Claro que sí, capitán Lamerskeny. Pero no por el lugar donde nos espera el enemigo.

Nervioso, irritable, Nartreb recorría las murallas de Herakleópolis cuando un centinela descubrió a dos exploradores nubios que se ocultaban, torpemente, en un bosquecillo espinoso. Inmediatamente advirtió al consejero de Tefnakt.

—Ya hay dos más allí. Y dos más en el lindero de los campos.

Nartreb bajó de las murallas y corrió hasta el cuartel principal donde Tefnakt y Aurora arengaban a los soldados.

—¡Ahí están! —anunció el semita—. Muchos exploradores... Dicho de otro modo, el ejército de Pianjy estará aquí mañana mismo o en los próximos días.

Aurora sonrió, Tefnakt contuvo su júbilo.

—Esta noche —dijo el general—, carne y vino para todos, tanto para los oficiales como para los soldados rasos. Pianjy ha caído en la trampa. La vanidad del faraón negro hará que se lance contra esta fortaleza inexpugnable. Acabaremos con miles de nubios y el Norte vencerá.

Tras haber sido aclamado por sus hombres, Tefnakt se retiró con Aurora a sus aposentos. Tanto el uno como la otra estaban muy excitados, la joven tembló a pesar del calor.

—Tu sueño va a realizarse, Tefnakt, y ese sueño se ha convertido en el mío...

Aurora desnudó al general, soltó los tirantes de su propia túnica y le hizo apasionadamente el amor al hombre que iba a vencer a Pianjy y a imponer su ley en el Egipto reunificado.

Yegeb daba los últimos toques al proyecto de gobierno que Tefnakt deseaba: coronación del faraón en Tebas y Menfis, eliminación de todos los nubios, incluidos los civiles, destrucción de Napata, control de las minas de oro, desarrollo del ejército y de la policía, establecimiento de un riguroso registro civil que permitiría censar bien a la población, supresión de las libertades individuales y del derecho de propiedad, abolición de los privilegios concedidos a excesivos templos, la mayoría de los cuales serían transformados en cuarteles, prohibición de salir de Egipto salvo para los militares debidamente autorizados por Tefnakt, aumento de los impuestos y tasas para facilitar la existencia de los funcionarios fieles por completo al rey, aumento de la producción de armas defensivas y ofensivas, construcción de fortalezas y cárceles, inmediata condena de cualquier contestatario.

Al releer aquel programa, Yegeb, futuro ministro de Economía, y Nartreb, futuro jefe de la Seguridad del Estado, se sintieron satisfechos de su trabajo.

Sin embargo, un postrer detalle seguía turbando a Yegeb: sería necesario meter en cintura a algunos jefes de clan libios, que apreciaban demasiado su independencia y creían, ingenuamente, que Tefnakt tenía la intención de respetarla. La mayoría de los casos se resolverían por la autoridad del nuevo dueño de Egipto o por la distribución de regalos que pudieran cerrar la boca a los recalcitrantes. Quedaba el príncipe Akanosh, ni corrupto ni corruptible, y lo bastante tozudo como para protestar abiertamente contra la nueva política. Antes de optar por su súbita muerte, que provocaría desagradables alborotos precisamente cuando Tefnakt asentara su poder, tal vez fuera posible encontrar una grieta en su entorno y desacreditarle definitivamente.

48

Nemrod, príncipe de Hermópolis, estaba de excelente humor. ¡Qué bien había hecho traicionando a Pianjy y apostando por Tefnakt! De acuerdo con las previsiones del general, el faraón acabaría rompiéndose los colmillos contra la plaza fuerte de Herakleópolis y comprendería demasiado tarde que había debilitado su ejército hasta el punto de arrebatarle cualquier posibilidad de vencer.

Más seductor que nunca, con los cabellos perfumados y cuidadosamente manicurado, Nemrod estaba tan satisfecho de sí mismo que había recordado la existencia de su esposa Nezeta, olvidada desde hacía mucho tiempo en beneficio de una retahíla de amantes más o menos hábiles en los juegos del amor.

Pasados ya los cincuenta, Nezeta no carecía de garbo y encanto, pero no podía rivalizar con las hermosas intrigantes de veinte años que esperaban, erróneamente, conquistar al señor de Hermópolis. Sobriamente vestida, tocada con una peluca a la antigua, Nezeta no manifestó signo alguno de rebeldía.

—¿Por qué me has llamado, Nemrod?

—Tefnakt será pronto coronado faraón y me ofrecerá un lugar destacado en su gobierno. Para no escandalizar a los cortesanos, tendré que llevar del brazo a una esposa sumisa y discreta. ¿Aceptas hacer este papel?

—¿Y si me niego?

—Te repudiaré con un pretexto cualquiera, aunque legal, y otra tomará tu lugar. Naturalmente, perderás todos tus privilegios y tendrás que vivir de un modo mucho más modesto.

—¿Cuáles serán mis obligaciones?

—Sencillamente estar a mi lado, fingir que eres feliz y hablar sólo de trivialidades. Hay empleos más desagradables, Nezeta. Contigo, al menos, no tendré dramas ni reproches. Para asumir nuestras futuras responsabilidades, necesito tranquilidad. ¿Estás de acuerdo?

—Lo estoy.

—¡Perfecto!

A Nemrod todo le sonreía. Gracias a la intuición que le había llevado al bando de Tefnakt, su ciudad se convertiría en una de las más ricas de Egipto y él en uno de los personajes más relevantes de la corte del nuevo faraón.

Cuando el príncipe, ya achispado, se dirigía hacia la habitación de su última amante, una tocadora de laúd siria cuyos dedos tenían una incomparable agilidad, el jefe de su guardia le cerró el paso.

—Príncipe Nemrod...

—Más tarde, tengo prisa.

—¡Príncipe Nemrod, estamos sitiados!

—Sitiados... ¿Por quién?

—Los nubios..., ¡miles de nubios!

—Deliras, ¡el ejército de Pianjy marcha sobre Herakleópolis!

—¡No, príncipe Nemrod! ¡El faraón negro está aquí, con sus soldados!

A riesgo de perder el aliento, Nemrod trepó a la torre más alta de las fortificaciones.

Y lo que vio le dejó aterrorizado.

Cabalgando en un magnífico corcel bayo de crines leonadas, el faraón negro avanzaba a la cabeza de sus tropas.

Con la piel muy oscura, escarificaciones en las mejillas, pequeños aros de oro en las orejas, afeitada la parte anterior del cráneo y los cabellos cortos y crespos, vistiendo cortos taparrabos sujetos por un cinturón rojo, los guerreros del Gran Sur parecían invulnerables. Aquellos a quienes los del Norte trataban de «portadores de trenzas» y «rostros quemados», avanzaban hacia Hermópolis sin precipitarse. Los oficiales podían identificarse por su túnica blanca, su collar de cuentas multicolores y su peluca roja.

—¡Son muchos, príncipe, muchos! —gimió el jefe de la guardia.

Petrificado, Nemrod intentó mantener la calma.

—Nuestras fortificaciones son sólidas.

—Dicen que los nubios arrancan las entrañas de sus víctimas para dárselas a los cocodrilos, dicen que acompañan sus asaltos con una lluvia de sangre, dicen que...

—¡Ya basta! Que cada cual ocupe su puesto y defienda esta ciudad como su bien más querido. Rechazaremos a los nubios.

De modo que Pianjy había hecho creer que se arrojaba sobre Herakleópolis como una rapaz para concentrar sus esfuerzos en Hermópolis, la ciudad del dios Thot. Éste era el dios cuyos favores quería obtener el faraón negro. Siguiendo la tradición, ¿cómo habría podido Pianjy avanzar sin la ayuda del señor del conocimiento? Ni Tefnakt ni Nemrod habían descubierto este aspecto de la personalidad del nubio. Al rebajarle al nivel de un simple conquistador, habían olvidado la dimensión sagrada de su función.

Pero no era hora de lamentaciones. Nemrod debía salvar su ciudad y la salvaría: ¿no eran sus fortificaciones tan disuasivas como las de Herakleópolis?

Más desaliñado que los infantes colocados a sus órdenes, el capitán Lamerskeny había olvidado afeitarse. Su
única coquetería era una venda de basto lino que ocultaba su brazo de acacia.

El oficial miraba con atención, desde hacía largo
rato, una parte precisa de las murallas.

—¿Crees que debemos concentrar nuestro ataque
en ese punto? —preguntó Pianjy.

—Muy al contrario, majestad. Es la parte de las fortificaciones que Nemrod destruyó voluntariamente
para atraer al cuerpo expedicionario a una emboscada.
Estoy convencido de que el príncipe de Hermópolis,
advirtiendo el fracaso de su artimaña, hizo consolidar
ese muro con especial cuidado.

—¿Qué estrategia utilizarías?

—Por mí, atacaría en línea recta... Pero no se trata
de una pequeña plaza fuerte como el Acantilado-de-
las-grandes-victorias. ¡Mirad la altura de las murallas y
su grosor! Embestir con la cabeza gacha contra Hermópolis resultaría un desastre. Perderíamos muchos
hombres sin tener la seguridad de poner el pie en las
murallas. Francamente, majestad, estoy dispuesto a
combatir, ¿pero por qué morir en una carga tan heroica
como estúpida?

—¿Queda otra solución?

Despechado, Lamerskeny movió negativamente la
cabeza. A Puarma le hubiera gustado enmendarle la plana y brillar ante el soberano, pero también a él le faltaban las ideas. Pese a su número, los nubios no tenían
posibilidad alguna de apoderarse de Hermópolis. Sin
duda propinarían severos golpes, ¿pero a qué precio?

—Que planten las tiendas —ordenó Pianjy.

Lamerskeny vigiló personalmente el trabajo de los
ingenieros: humedecieron el suelo para no levantar polvo, trazaron avenidas e instalaron tiendas de distintos
tamaños, desde la vasta morada reservada a la pareja

real hasta los pequeños refugios de los oficiales de rango inferior. Se dio de comer a los caballos, los asnos y los bueyes, se montaron los carros que habían sido transportados, por piezas, en los barcos de carga, los médicos se ocuparon de los enfermos y se jugó a los dados con muchas discusiones para olvidar los sangrientos combates del día de mañana.

La reina Abilea no permaneció inactiva. En la tienda real, dispuso copas de cerámica, redomas de cristal que contenían perfumes, jarras con la tapa en forma de cabeza de carnero y pequeños abanicos lotiformes, sin olvidar los cofres de tocador que contenían botes de maquillaje y ungüento. Una bandada de sirvientas colocó los indispensables arcones para ropa y la vajilla de oro y de alabastro.

Cuando Pianjy penetró en su estancia privada, quedó deslumbrado.

—¡Has recreado nuestro palacio de Napata, Abilea!

—Sólo algunas habitaciones, y de modo muy imperfecto. Esta campaña militar contra la injusticia no implica que nos sumamos en la barbarie. Pero... pareces muy preocupado.

Las suaves manos de Abilea se posaron en las mejillas de Pianjy.

—¿Cómo puedo ayudarte?

—Hermópolis parece inexpugnable. Incluso Lamerskeny parece dispuesto a renunciar.

—¡Pero no tú!

—Por más que atacáramos, sólo conseguiríamos aumentar nuestras pérdidas. Para apoderarnos de Hermópolis debemos encontrar otra solución.

—Cuando estás ante un obstáculo infranqueable, ¿no conviene rodearlo o suprimir la propia naturaleza de este obstáculo?

—Hacer que las murallas no sean ya murallas... ¡Sí, tienes razón!

49

Los carpinteros nubios habían trabajado día y noche para ensamblar gigantescas catapultas, mientras los infantes levantaban elevadas plataformas sobre ruedas y los arrieros transportaban, a lomos de sus bestias, pesados serones llenos de tierra.

Apoyado en una palmera y mordisqueando un tallo de papiro, el capitán Lamerskeny contemplaba con escepticismo aquella agitación.

—Ten confianza —le recomendó Puarma—. Son órdenes de Pianjy.

—Tomar una fortaleza con asnos... ¿Realmente lo crees posible?

—¡Olvidas las catapultas!

—Ignoro el manejo de esos artilugios.

—Entre los soldados que han llegado de Napata hay una unidad especializada en el uso de esas máquinas de guerra.

—Mucho cuento, eso es todo.

—¡Rezongas porque, por una vez, tus hombres no están en primera línea!

Lamerskeny gruñó como un oso sirio.

Desde lo alto de la torre de vigía, Nemrod observaba sin comprender nada los preparativos de los nubios. También el comandante de la guarnición estaba perplejo.

—¿Por qué no se lanzan al asalto?

—Conocemos bien las costumbres de los guerreros nubios... y esto es realmente sorprendente.

—¿De qué servirán esas extrañas máquinas?

—Nunca las había visto, príncipe Nemrod. A mi entender, no saben cómo atacarnos e intentan impresionarnos.

Lanzada por una catapulta, la enorme piedra destruyó varias almenas de ladrillo crudo, mató a dos arqueros libios e hirió a una docena. Ya en el primer disparo, los artificieros nubios habían encontrado la distancia adecuada.

Veinte catapultas entraron entonces en acción y causaron graves daños en las murallas. Pianjy hizo una señal a los arrieros para que avanzaran, seguidos por los bueyes que tiraban de carros cargados con toneladas de tierra. Para proteger el convoy y la descarga, los arqueros de Puarma, de pie en las plataformas elevadas, derribaron a los libios, muy pocos de los cuales pudieron utilizar sus arcos. Muchos defensores de Hermópolis cayeron, atrapados bajo el nutrido y preciso tiro de las catapultas y los arcos, mientras los hombres de ingeniería edificaban un talud que rodearía la muralla ascendiendo hasta las tres cuartas partes de su altura.

La muralla de Hermópolis no era ya un obstáculo.

Sin perder uno solo de los suyos, los arqueros de Puarma tomaron posiciones en las almenas. Cuando Pianjy se reunió con ellos, comprobó que las defensas de la ciudad no estaban por completo destrozadas. Los supervivientes seguían resistiendo en el palacio, el arsenal, el cuartel y los graneros. Pero un olor pútrido brotaba ya de las callejas y las plazas donde se habían acumulado los cadáveres. Muy pronto Hermópolis no podría respirar.

Lamerskeny se impacientaba.

—¡Ahora me toca a mí, majestad! ¡Mis infantes necesitarán muy poco tiempo para desalojar a esos miedosos!

—Desengáñate, capitán. Defenderán encarnizadamente su vida... ¿Por qué arriesgar la de los nuestros?

—¿Cuáles son vuestras órdenes, entonces?

—Esperar la reacción de Nemrod, nuestro antiguo aliado.

—Vamos a morir todos —vaticinó el comandante de la fortaleza—. Podremos resistir un mes, dos tal vez, pero luego...

Todos los oficiales compartían la opinión de su superior. Por lo que a los notables se refiere, gemían al imaginar la suerte que el faraón negro les reservaba.

—Hay que resistir —dijo Nemrod, cuyo rostro se había arrugado—. Más aún, ¡debemos contraatacar! Puesto que Pianjy se cree ya vencedor, demostrémosle que se equivoca.

—Hermópolis está sitiada —objetó el comandante— y hemos perdido la mitad de nuestros hombres, mientras que el ejército de Pianjy sigue intacto. Si intentamos una salida, seremos aniquilados.

—¿Qué propones?

El comandante agachó la cabeza.

—Negociemos, príncipe Nemrod.

—¿Quieres decir... rendirnos?

—Es la mejor solución.

—¿Te has vuelto loco? Pianjy nos matará a todos.

Un notable tomó la palabra.

—Eras su aliado, Nemrod, y le traicionaste. El faraón negro te considerará responsable a ti, no a la ciudad. No tiene razón alguna para tomarla con sus habitantes si se someten, humildemente, a su voluntad.

—¡Soy vuestro príncipe y debéis obedecerme!

—El comandante tiene razón, hay que negociar.

Con los cabellos trenzados, la barba fina y recortada en punta, vistiendo túnicas decoradas con motivos florales, los más ricos notables de Hermópolis cruzaron la puerta de la cerca del palacio de Nemrod.

Los arcos nubios se tensaron inmediatamente.

—No disparéis —ordenó Puarma—. No van armados.

Con los brazos llenos de cofres que contenían oro, piedras preciosas y valiosos tejidos, los embajadores atravesaron una explanada sembrada de cadáveres libios y se presentaron ante una poterna en la que estaba Lamerskeny. El de más edad se dirigió al capitán.

—Concedednos el privilegio de depositar estos regalos a los pies del faraón.

—Os registraré primero.

Los notables sufrieron la humillación sin parpadear. Luego, Lamerskeny les condujo hasta el centro del campamento.

Pianjy estaba sentado en un trono de madera dorada, los flabelíferos le proporcionaban un poco de aire fresco.

El portavoz de los notables se inclinó ante el faraón negro.

—Majestad, dignaos aceptar los presentes de la ciudad de Hermópolis. He aquí las riquezas que hemos reunido para ofrecéroslas. Nuestra ciudad se pone boca abajo para venerar vuestra grandeza e implorar vuestra clemencia.

—¿Os envía Nemrod?

—Nosotros adoptamos una decisión que el príncipe ha aprobado.

—¿Por qué no os acompaña?

—Teme vuestra cólera y...

—¡Hace bien! —interrumpió Pianjy—. ¿Cuándo me abrirá las puertas de esta ciudad que me pertenece y que él me robó?

—Majestad, debéis comprender los temores de Nemrod.

—¡Tu príncipe no es más que un rebelde, peor aún, un traidor! ¿Qué rey sería tan débil como para concederle un perdón que no merece?

El portavoz de los embajadores estaba aterrorizado, pero intentó defender la causa de su ciudad.

—Nemrod cometió una grave falta, majestad, y lo deploramos. ¿Pero debe sufrir Hermópolis las consecuencias de vuestra justa cólera? Sus murallas han sido destruidas, la mitad de su guarnición exterminada. Hoy nuestras familias tienen miedo y nadie sabe qué le reserva el futuro.

El faraón negro se levantó.

—Nemrod y Hermópolis violaron la ley de Maat y olvidaron el juramento de fidelidad que me habían prestado. ¿No exige esa traición el más severo castigo?

50

La amante de Nemrod le daba un masaje en la espalda con el raro y valioso aceite de moringa, pero no conseguía que el príncipe de Hermópolis se relajara. Sus tiernas caricias fueron también ineficaces y la joven se sintió despechada cuando Nemrod la rechazó con dureza.

En el umbral de la alcoba, su esposa legítima, Nezeta.

—¿Qué estás haciendo aquí?

—Si turbo tus amores, ya volveré.

—Vete —le ordenó Nemrod a su amante.

Vejada, ésta desapareció.

—Vamos a morir todos —le dijo el príncipe a Nezeta—. Pianjy no tendrá piedad alguna, ni conmigo ni con ninguno de los habitantes de esta ciudad. Lo siento, querida. Nunca serás una gran dama en la corte de Tefnakt.

—Puesto que no hay ya esperanza alguna de escapar al furor del faraón negro, ¿me permites intentar una última negociación?

Nemrod quedó pasmado.

—¿De qué modo?

—Puesto que soy tu esposa, me pondré a la cabeza de un cortejo de mujeres y niños e imploraré la compasión de Pianjy.

—No hay posibilidad alguna de que tengas éxito.

—Al menos lo habré intentado.

Incrédulo, Lamerskeny vio pasar el extraño cortejo conducido por una mujer orgullosa, con la frente alta y vestida sencillamente. El capitán de infantería no se atrevió a registrarla, pero le recomendó a Puarma que se mantuviera dispuesto a matarla de un flechazo si se mostraba amenazadora. Detrás de Nezeta marchaban unas cincuenta mujeres y niños, temerosos unos, casi divertidos otros al ver de tan cerca a los impresionantes guerreros nubios. Una niña tocó el escudo de un infante, que la tomó en sus brazos y se unió a la procesión contándole una leyenda de la lejana Nubia.

La reina Abilea recibió a la sorprendente embajada.

Nezeta se arrodilló.

—Soy la esposa de Nemrod y he venido a suplicaros que nos concedáis la vida.

—Levántate.

—No antes de haber obtenido la palabra del faraón.

—¿Crees que es accesible a la clemencia?

—¿Acaso un rey de Egipto no gobierna con el corazón?

—Sígueme.

La reina Abilea llevó a Nezeta a la tienda donde Pianjy, instalado en un sitial de sicomoro cuyas patas tenían la forma de pezuñas de toro, calmaba la sed bebiendo una copa de leche fresca.

La nobleza de su visitante le impresionó.

—Mi nombre es Nezeta, majestad. Para mi desgracia, me casé con Nemrod porque le amaba. Me ha hecho tan desgraciada que me había abandonado ya el deseo de vivir... Hoy vengo a defender la causa de mi ciudad y sus habitantes. Se vieron bajo el yugo de un traidor y fueron obligados a obedecerle. ¿Por qué van a sufrir un injusto castigo? Nemrod y sólo él debe responder por sus actos.

—En ese caso —decidió Pianjy—, que Nemrod comparezca ante mí.

Nemrod había escuchado a su esposa atentamente, sin atreverse a interrumpirla. ¿Qué estaba ofreciéndole, sino una condena a muerte? Comparecer ante Pianjy equivalía a un suicidio. Sin la sombra de una sonrisa, Nezeta había apelado al valor del príncipe, gracias al que salvaría miles de vidas, evitaría horribles sufrimientos a su ciudad y demostraría su abnegación a sus súbditos.

Nunca una mujer se había burlado de él como ésa, nunca nadie le había colocado en semejante posición de inferioridad sin ni siquiera levantar la voz.

Nezeta se había esfumado para dejar a Nemrod a solas consigo mismo y frente a sus responsabilidades.

Nemrod amaba su ciudad, pero no más que a sí mismo. Por eso sólo le quedaba una salida: intentar huir y reunirse con Tefnakt.

El relevo de la guardia se efectuaba justo después del alba. Durante algunos minutos, el acceso a una pequeña puerta estaría libre. Vestido de campesino, Nemrod dejaría atrás los graneros, pasaría por el campo de maniobras, cruzaría la muralla exterior y atravesaría las líneas enemigas. Una empresa arriesgada, pero no tenía ya nada que perder.

Nemrod abrió la puerta.

Su esposa y varios guardias le esperaban.

—Los notables, los oficiales y la población se muestran unánimes —dijo Nezeta—: el príncipe de Hermópolis debe comparecer ante su rey.

Miedo.

Un miedo horrible que pegaba la túnica de gala a la piel y producía agrios sudores, un miedo contra el que nada podía la voluntad de Nemrod... ¡Si al menos se hubiera desvanecido y se hubiera sumido en la nada! Pero seguía avanzando como un hombre ebrio que, por desgracia, mantenía su conciencia al penetrar en el campamento nubio, ante las coléricas miradas de miles de guerreros.

Si Lamerskeny no hubiera recibido la orden de conducir ante el faraón, sano y salvo, a Nemrod, de buena gana le hubiera roto la cabeza con su brazo de acacia. Pero el capitán debía admitir que Pianjy deseasea satisfacer personalmente su cólera... Tal vez el monarca ofrecería a sus tropas un soberbio suplicio que le recordaría a Nemrod que la palabra tiene un valor sagrado.

Puarma levantó un faldón de la tienda real para permitir el paso al príncipe de Hermópolis, petrificado en el umbral.

—¡Entra! —dijo Lamerskeny empujando al prisionero por la espalda.

Nemrod cerró los ojos con la esperanza de que la pesadilla se desvaneciera. Cuando volvió a abrirlos, el faraón negro estaba ante él y le dominaba con su estatura de atleta.

—Siempre tan elegante, Nemrod. Tu fama no es injustificada.

—Majestad..., ¿podéis admitir que el corazón es un gobernalle que, a veces, hace zozobrar a su poseedor porque está en manos de Dios? Él decide nuestro destino y nos convierte en lo que somos. Mi corazón me ha perdido, me arrastró por el mal camino... Gracias a vos, tomo conciencia de mis faltas y vengo a implorar vuestro perdón.

Pianjy desenfundó su daga y contempló la hoja.

—Tienes razón, Nemrod. El corazón concibe, piensa, da órdenes a los miembros, manda en la lengua y crea la capacidad de conocer. «Sigue tu deseo mientras existas, escribió el sabio Pta-hotep, no hagas nada excesivo pero no abrevies el tiempo de seguir tu corazón, pues el *ka*, la potencia creadora, detesta que se destruya un instante.» Aquel cuyo corazón es poderoso y estable, aquel que no es esclavo de las exigencias de su vientre, puede esperar a coger lo divino y escuchar su voz. ¿Es ése tu caso, Nemrod?

—No, majestad.

—Los Antiguos afirman que nuestros cuatro amigos son la avidez, la sordera, la negligencia y la tozudez. ¿No te vencieron, uno tras otro?

—Vos sois, hoy, el único vencedor y deseo ser de nuevo vuestro servidor.

—La vida es comparable a un tablero compuesto por casillas blancas y negras. Unas nos son favorables, las otras no. Y luego llega la muerte... Pero lo importante no es ella sino el estado de ánimo en el que nos sorprende. ¿Estás dispuesto a morir, Nemrod?

Con los ojos clavados en la hoja de la daga, el príncipe de Hermópolis se arrodilló.

—¡No, majestad, no estoy listo! La muerte me aterroriza y ni siquiera la vejez me privará del deseo de vivir.

—¿Qué puede ofrecerme un traidor?

—Todos los tesoros de Hermópolis me pertenecen, el oro, la plata, el lapislázuli, la turquesa, el bronce... Los impuestos os serán pagados con regularidad y todos os obedecerán ciegamente, ¡yo el primero!

—Ya he elegido a tu sucesor, Nemrod.

Lentamente, el príncipe se levantó, hipnotizado por la daga. Quería, al menos, morir de pie, y, a pesar de su espanto, hizo la pregunta que le abrasaba los labios.

—¿Quién... quién es, majestad?

—Tú mismo, Nemrod. ¿Quién sino tú podría gobernar Hermópolis con prudencia?

51

Mientras redactaba el informe que colocaría en los archivos reales, Cabeza-fría ponía mala cara.

—¿A qué viene ese descontento? —preguntó Pianjy.

—No me obliguéis a criticar vuestras decisiones, majestad. Siempre os he servido con fidelidad y seguiré haciéndolo.

—Deja que lo adivine, Cabeza-fría: deseabas que Nemrod fuese ejecutado ante todo el ejército, ¿no es cierto?

—La crueldad no me gusta en absoluto... Pero comprenderéis que confirmar a un traidor en su puesto pueda repugnar a muchas conciencias.

—Mi verdadera decisión no ha sido aún apreciada en su justa medida. ¿Está lista la reina?

—Os espera, majestad.

Sentados en sus tronos, Pianjy y Abilea vieron acercarse a Nemrod, el príncipe de Hermópolis, y su esposa Nezeta, que llevaba un sistro de oro en la mano derecha y otro de lapislázuli en la izquierda. Las varillas metálicas de ambos instrumentos musicales vibraban suavemente y propagaban ondas que alejaban las influencias nocivas.

Detrás de los soldados nubios se apretujaba la población de Hermópolis, que esperaba inquieta las palabras del faraón negro.

—Esta ciudad ha recibido graves heridas por la actitud de Nemrod —declaró Pianjy—. Él debe vendarlas, pues, y hacer que Hermópolis sea próspera gracias a la paz que acabo de restablecer. Cualquier hombre que reconozca sus faltas puede enmendarse, siempre que no vuelva a abandonar el camino de Maat. ¿Te comprometes a cumplir, por fin, con tus deberes, Nemrod?

—¡Por el nombre del faraón y por mi vida, me comprometo a ello!

—Dados los graves errores que has cometido, no es bueno que gobiernes solo. Por esta razón, tu esposa será mi delegada particular y me dará cuenta de tus hechos y tus gestos. En caso de litigio, su opinión prevalecerá. A la cabeza del Consejo de Ancianos, administrará las riquezas de la ciudad y velará por el bienestar de sus habitantes que, en adelante, será tu sola preocupación.

Ninguna emoción apareció en el noble rostro de Nezeta. Como si hubiera sido golpeado por el cetro del faraón, Nemrod titubeó.

—Domínate —le recomendó su esposa en voz baja—. No olvides que el príncipe de Hermópolis debe dar ejemplo.

Del pecho de los ciudadanos brotó un canto: «¡Qué perfecta es tu acción, Pianjy, Hijo de la Luz! ¡Tú que nos ofreces la paz, protege la provincia de la Liebre y nuestra ciudad, y permítenos celebrar una fiesta!»

Supervisado por Cabeza-fría, un matarife sacrificó ritualmente un buey que el veterinario había considerado puro. Cortó su pata anterior derecha, símbolo de la fuerza, mojó luego su mano en la sangre del animal y la tendió a un sacerdote de la diosa Sekhmet, que la olió y dio luego su veredicto: la energía del animal era sana y proporcionaría *ka* a quienes comieran su carne.

Tranquila, liberada y feliz, Hermópolis abrió de par en par sus puertas al faraón negro, que recorrió una avenida de tamariscos para dirigirse al templo de Amón. Ante el pilono de acceso, dos colosos de Ramsés el Grande.

Tras haber venerado al dios oculto, Pianjy caminó hasta el gran templo de Thot. Al pie de un babuino de piedra, de cinco metros de altura, fue recibido por el sumo sacerdote, un risueño anciano iniciado, a los dieciocho años, en los misterios del dios del conocimiento. Vio que la sombra de Dios protegía al faraón negro y que el *ka* celeste guiaba su acción.

Maravillado, Pianjy descubrió el parque donde estaban el estanque de los lotos, lugar de nacimiento del primer sol, la isla del arrebol y el lago de los cuchillos, parajes de su combate victorioso contra las tinieblas, y el santuario del huevo primordial, que contenía todos los elementos de la creación.

Nemrod atendía a razones.

Aunque había sido humillado ante los hermopolitanos, había salvado la vida y mantenía algunos privilegios no desdeñables. Ciertamente, tendría que obedecer a su esposa, pero conservaba el título de príncipe de Hermópolis. ¿Acaso no le quedaba la posibilidad de convencer a Pianjy de que él y sólo él, Nemrod, sería un buen administrador, como en el pasado, y que Nezeta no tenía fuerzas ni competencia para gobernar tan gran ciudad?

Claro que era preciso que el faraón negro saliera del templo de Thot donde, desde hacía varios días, estudiaba los viejos textos mitológicos y conversaba durante horas con los sacerdotes, para disfrutar de la magnitud de su ciencia.

Finalmente, el rey reapareció y aceptó visitar el palacio.

—Majestad —dijo Nemrod con entusiasmo—, voy a mostraros maravillas. Si consigo deslumbraros, ¿me permitiréis defender mejor mi causa?

El rostro de Pianjy permanecía impasible.

Vivaracho, Nemrod le precedió en cada una de las ciento cincuenta estancias del palacio, todas floridas y perfumadas. En la sala de audiencias, en los salones de recepción, en las habitaciones se habían depositado cofres abiertos que contenían oro, joyas, telas y ungüentos.

Pero Pianjy no manifestaba signo de admiración alguno. Pasaba, indiferente, como si estos esplendores no le interesaran.

Aunque decepcionado, Nemrod no se desalentó. Tal vez el monarca ocultaba sus verdaderos sentimientos... Además, quedaba un último tesoro que hechizaría al más austero de los hombres.

Ostentosamente, el príncipe de Hermópolis levantó un velo.

—Majestad, he aquí mi bien más valioso... Os pertenece.

Diez soberbias criaturas, desnudas y cuidadosamente maquilladas, retozaban entre cojines multicolores. Unas leían poemas, otras tocaban en sus laúdes y sus pequeñas arpas suaves melodías.

—Llévame a los establos, Nemrod.

—¿A los establos...? ¡Si queréis un caballo haré que os lo traigan de inmediato!

—Detesto repetir mis órdenes.

—Bueno, bueno...

Ni una sola vez Nemrod había entrado en aquel hediondo lugar reservado a los palafreneros. Sin duda Pianjy estaba poniéndole a prueba... Le condujo, pues, risueño y voluble.

El faraón se detuvo ante las reservas de grano y forraje. Tomó un puñado y lo dejó caer sobre una losa.

—Quedan pegados —advirtió.

—¿Tan... importante es?

—Si los granos hubieran estado perfectamente secos, como es debido, habrían rebotado. Este alimento es de mala calidad.

—Me encargaré de eso, majestad.

Pianjy se acercó a un caballo que tenía el ojo hinchado por un edema. En su cabeza y sus miembros, manchas oscuras. Temeroso primero, el animal se dejó acariciar.

—Tiene fiebre... ¿Por qué no lo cuidan?

—Lo harán, os lo prometo.

El rey penetró en un establo y descubrió un caballo que tenía un esguince en la cadera y cuyos músculos habían sido lastimados.

—¡Que me traigan ungüento!

El propio rey cuidó al cuadrúpedo, cuya espalda era tan frágil que nadie debería haberlo montado. Los agradecidos ojos del enfermo conmovieron a Pianjy.

—Caballos heridos, hambrientos, descuidados... Tan cierto como que vivo y el dios Ra me ama, más doloroso me es ver maltratados a estos animales que enumerar los crímenes que has cometido. Nemrod, todos tus tesoros serán llevados al templo de Karnak. Y tú, príncipe indigno, felicítate por mi clemencia.

52

La fiesta de los nubios duró hasta muy avanzada la noche, se hartaron de sus manjares preferidos, huevos, cuajada y cabrito. Bastante ebrio, Lamerskeny mantenía, sin embargo, suficiente lucidez como para arengar a sus adormecidos soldados y prometerles un fabuloso combate durante la toma de Herakleópolis. Esta vez demostrarían su valor llevando a cabo hazañas cuyo recuerdo conservarían las futuras generaciones.

Desde la terraza del palacio de Hermópolis, Pianjy contemplaba la ciudad en fiesta. Su esposa Abilea le tomó con ternura del brazo izquierdo.

—Has evitado una matanza, Pianjy.

—Y se ha cuidado a los caballos... Pero hemos tenido suerte. Nemrod se quiere tanto a sí mismo y le gustan tanto las componendas que no se ha atrevido a poner en peligro esta magnífica ciudad. Con Tefnakt no será lo mismo: él tiene un verdadero objetivo y sacrificará a todos sus hombres antes que renunciar.

—He pensado mucho en Nemrod...

—¿Acaso me reprochas no haberle infligido un castigo bastante severo?

—Sus evidentes dones para la traición podrían ponerse al servicio de la causa de la paz, ¿no crees?

—¿Qué quieres decir, Abilea?

A medida que la reina iba exponiendo su plan, Pianjy agradecía a los dioses haberle permitido casarse con una mujer tan excepcional.

Tefnakt estaba furioso.

—¡Gracias a mí —les dijo a Nartreb y Yegeb—, os habéis convertido en hombres ricos e influyentes, y no dejáis de aumentar vuestra fortuna con medios que prefiero ignorar! Pero exijo estar informado sobre los movimientos del ejército de Pianjy.

La voz de Yegeb se hizo dulzona.

—Señor, no tenemos derecho a engañaros... No tenemos seguridad alguna, pues las informaciones que llegan hasta nosotros son muy contradictorias. Según unas, el faraón negro ha regresado ya a Nubia; pero, según otras, hace varios días que sitian Hermópolis.

—¡Esta incertidumbre es insoportable! Arreglaos como queráis, pero quiero saber.

Radiante, Aurora entró en el despacho del general y lanzó una desdeñosa mirada a ambos consejeros.

—En vez de escuchar inútiles discursos, querido, ¿deseas conocer la suerte de Hermópolis?

La nariz de Nartreb se afinó.

—Con todo respeto, aquí estamos tratando asuntos muy serios y...

—¿Os parece lo bastante seria la petición de audiencia del príncipe Nemrod?

La noticia circuló por Herakleópolis a la velocidad de un chacal en plena carrera. Tefnakt consideró oportuno, pues, convocar a su corte en la gran sala con columnas de palacio, donde apareció un Nemrod elegante y relajado, cuyo aspecto tranquilizó a la concurrencia.

—¡Qué alegría volver a veros, general Tefnakt!

—Tu presencia nos colma de satisfacción, príncipe Nemrod. ¿Significa, en efecto, que Hermópolis es libre y Pianjy ha levantado el asedio?

—El faraón negro hizo una gran demostración de fuerza, sus hombres se lanzaron al asalto de mis murallas y fracasaron de modo lamentable. Ante las elevadas pérdidas, el nubio se batió en retirada. Ahora será necesario buscarlo en Tebas.

Nutridas aclamaciones saludaron el discurso marcial del príncipe de Hermópolis. Tefnakt avanzó hacia él, le felicitó y le prometió un banquete inolvidable.

En la festiva Herakleópolis, jóvenes y muchachas, coronados con guirnaldas de flores, jugaban a perseguirse, a reunirse y a escaparse ante la divertida mirada de los juerguistas que vaciaban, sin medida, las ánforas de cerveza generosamente distribuidas a la población.

Mientras Tefnakt y Aurora, triunfantes, despedían uno a uno a los innumerables solicitantes, Nemrod tomaba el fresco bajo una gran palmera, en compañía de Akanosh y de Peftau, el príncipe de Herakleópolis.

Peftau había engordado y en su rostro rojizo se leía una intensa satisfacción.

—¡Qué maravillosa velada, amigos míos! ¡Y qué razón tuvimos siguiendo a Tefnakt, que nos ha llevado hasta esa bella victoria! Le seguirán muchas más. Hoy estoy seguro de que pronto entraremos en Tebas y seremos recibidos como libertadores.

—Esta campaña militar me fatiga —reconoció Akanosh—. Tengo ganas de regresar a casa, al Delta, y olvidar este conflicto.

—No hables así —le reprendió Peftau—. Ninguno de nosotros puede abandonar a Tefnakt cuando nuestras tropas van a infligir una dolorosa derrota al faraón negro.

—No corras tanto —recomendó Nemrod.

—Mi actitud te extraña, lo advierto, pero temía tanto que las murallas de Hermópolis fueran incapaces de contener a los soldados de Pianjy. Ahora estoy tranquilo y...

—Pues haces mal.

El rostro de Peftau se congestionó.

—No comprendo.

—Escúchame bien, príncipe de Herakleópolis, y tú también, Akanosh. ¿No es la vida vuestro bien más preciado?

—Claro, Nemrod, ¿pero por qué lo preguntas?

—Porque pronto la perderéis si tomáis una mala decisión.

—Las decisiones las toma Tefnakt —le recordó Akanosh—, no nosotros.

—En las actuales circunstancias, te equivocas.

—¿Vas a darnos explicaciones por fin?

—He mentido.

Akanosh y Peftau se miraron atónitos.

—Mentido... ¿sobre qué?

—El faraón negro se ha apoderado de Hermópolis.

—¡Estás burlándote de nosotros, Nemrod!

—Intenté resistir, pero Pianjy dispone de unas armas contra las que nuestras defensas son inoperantes, especialmente las catapultas, que lanzan enormes piedras, destruyen las murallas y matan a los soldados que están en las almenas. ¿Y qué decir de la intervención de ingenieros y arqueros?

—¿Significa eso que ninguna plaza fuerte puede resistir al ataque de Pianjy? —inquirió el príncipe Peftau.

—Ninguna plaza fuerte comparable, es cierto. Las murallas de tu ciudad, Peftau, no serán más eficaces que las mías.

—¿Qué... qué ocurrirá cuando el faraón negro ataque?

—Miles de libios y de hombres de tu provincia morirán; Herakleópolis sufrirá graves daños y caerá en manos de Pianjy.

—¡Hay que evitar ese desastre!

—Por esta razón he venido a revelaros una verdad que Tefnakt no podría admitir. Esta misma noche regreso a Hermópolis para dar cuenta a Pianjy, el único dueño de Egipto, de mi misión.

El príncipe Peftau se sentía desamparado.

—Pero... ¿qué debemos hacer?

—Tú lo has dicho: evitar un desastre.

53

Tras una noche de amor durante la que Aurora había recorrido todos los registros del deseo, Tefnakt tomó su decisión: atacar Tebas con el grueso de sus tropas, a las que se añadirían las guarniciones de las ciudades de Herakleópolis y Hermópolis. En plena retirada, Pianjy no esperaría una ofensiva brutal y masiva. O seguiría huyendo y les dejaría el campo libre o el choque sería de extremada violencia y causaría numerosas víctimas. Pero la derrota de los nubios era inevitable, siempre que la ofensiva se realizara a partir de Menfis.

—Vendré contigo —dijo Aurora—. Allí me ocuparé de los preparativos para la coronación.

El general le acarició un pecho.

—¿Realmente deseas ser reina de Egipto?

—Haz de mí lo que quieras, ¡pero gana esta guerra!

—Eres mucho más joven que yo, Aurora... Supón que te enamoras de otro hombre...

Los ojos verdes brillaron de cólera.

—¿Crees que una reina de Egipto es lo bastante estúpida como para convertirse en esclava de sus deseos? Sólo piensa en reconstruir este país, y tal vez no le baste una larga vida.

Tefnakt se apartó y la contempló.

—Sé lo que quiero hacer de ti, Aurora, y sé también

que mantendrás tu rango mejor que cualquier otra mujer.

Nartreb y Yegeb tenían dos importantes enemigos especialmente difíciles de combatir: las mujeres y el calor. Éste hacía que se les hincharan los tobillos y los dedos de los pies, y hacía más lento, incluso, su pensamiento. Volver al Norte, aunque sólo fuera por unos días, les parecía un valioso regalo, aunque no hubieran conseguido aún librarse de Aurora, cuya influencia seguía siendo molesta.

Nartreb y Yegeb colocaban, personalmente, los botes de ungüentos refrescantes en una caja de madera cuando un hombrecillo de rostro de rata les entregó su informe.

—¿Has encontrado, por fin, elementos que pueden comprometer al príncipe Akanosh? —preguntó Nartreb enojado.

—Por desgracia no, pero...

—Partimos dentro de una hora y no tenemos tiempo para discutir. ¡Sigue con tu tarea y muéstrate más eficaz!

El investigador insistió.

—La existencia del príncipe Akanosh parece impoluta, pero hay un detalle que me intriga.

—¿Cuál? —preguntó Yegeb.

—Se refiere a su mujer... Nadie ha podido hablarme de sus actividades antes de la boda.

—No tiene interés alguno —consideró Nartreb.

—Tal vez no —intervino Yegeb—. Supongamos que la esposa de Akanosh tenga algo que ocultar... Sigue hurgando —le ordenó al hombre de cara de rata—. Cuando volvamos del Norte, intenta tener algún resultado serio si quieres una buena prima.

Tefnakt y su corte, a la que Akanosh pertenecía, salieron de Herakleópolis a primera hora de la mañana, con una escolta compuesta por carros y arqueros. Al cabo de poco tiempo, el poderoso ejército libio abandonaría su base de retaguardia para atravesar el Medio Egipto y conquistar el Sur.

Pianjy sólo había dejado en Hermópolis un centenar de infantes al mando de la esposa de Nemrod que, desde que había asumido sus funciones, había dado pruebas de autoridad y rigor. Entre sus manos, su marido no valía mucho más que el pincel de un escriba, aunque siguiera siendo el árbitro de la elegancia.

A su regreso de Herakleópolis, Nemrod se había mostrado dubitativo. Ciertamente había cumplido su misión al mentir a Tefnakt y revelarles la verdad a Akanosh y al príncipe Peftau; ¿pero cómo reaccionaría éste? Peftau se sentía fascinado por Tefnakt y creía en la victoria final del Norte. Según Nemrod, el general fingiría abandonar la ciudad para preparar mejor una emboscada.

A pesar del desprecio que el príncipe de Hermópolis le inspiraba, el capitán Lamerskeny compartía su opinión. Peftau, otro traidor, estaba obligado a avisar a Tefnakt, que, claro está, había dejado que Nemrod se marchara para hacerle creer en el éxito de su misión.

Cuando los nubios pusieran sitio a Herakleópolis, con sus catapultas y sus plataformas elevadas, los carros de Tefnakt penetrarían por el flanco de las tropas de Pianjy e intentarían destruir las máquinas de guerra. Lamerskeny había imaginado, pues, una defensa.

Abilea se negó a permanecer en Hermópolis y Pianjy no intentó convencerla. Una vez más, su esposa había confirmado su intención de permanecer a su lado durante todo aquel peligroso viaje hacia el norte. Y hacía mucho tiempo ya que el faraón negro sabía que la magia de la gran esposa real era un arma muy eficaz.

La estancia en Hermópolis le permitió a Cabeza-fría poner al día su diario de campaña y sus informes. Un Estado cuyos archivos no estaban correctamente llevados no tenía posibilidad alguna de perdurar. Lamentablemente, era ya necesario partir hacia Herakleópolis y verificar los mil y un detalles de intendencia a los que los guerreros no prestaban atención alguna, y hacían mal. Cabeza-fría añoraba a su familia, que se había quedado en Napata. ¿Cuántos días pasarían aún antes de que pudiera besar a su mujer y sus hijos?

Pianjy montaba en *Valeroso*, su magnífico caballo bayo, satisfecho de devorar grandes espacios. Su boca risueña y sus chispeantes ojos expresaban una comunicativa alegría de vivir. Quien veía pasar las brillantes crines leonadas se llenaba de nueva energía.

Herakleópolis estaba a la vista.

Las murallas no parecían menos sólidas que las de Hermópolis, pero no impresionaron a los soldados de Pianjy. ¿No daría los mismos resultados la técnica utilizada en el precedente asedio? Que el faraón se cuidara de la vida de sus hombres les tranquilizaba. En las filas del Sur, la confianza estaba en su nivel más alto.

—No sigamos avanzando, majestad —recomendó el capitán Lamerskeny—. Primero tenemos que asegurarnos el dominio del canal y el de la llanura, luego cerrar el paso a los carros de Tefnakt, que únicamente pueden surgir por el oeste. Sólo luego emplazaremos las catapultas y las plataformas móviles.

Pianjy admiraba Herakleópolis, la ciudad del niño real, erigida en una región próspera que comprendía vastas zonas agrícolas pero también miles de huertos de diversos tamaños que pequeños propietarios habían hecho fructificar desde hacía varias generaciones. Al monarca le gustaba la dulzura del paisaje que debería transformarse en campo de batalla.

—Mis hombres están listos —afirmó el capitán Puarma.

—También los míos —añadió Lamerskeny.

—Plantad las tiendas y organizad el campamento.

Lamerskeny deploraba aquella pérdida de tiempo. Una «limpieza» inmediata, del lado de las colinas donde debían de esconderse los carros de Tefnakt, habría sido un excelente anticipo de la toma de Herakleópolis. Pero al rey le importaba el bienestar de sus hombres.

—Majestad —exclamó Puarma estupefacto—, ¡la puerta grande de la ciudad acaba de abrirse!

La reina Abilea sonrió. Estaba convencida de que su plan tendría éxito y Herakleópolis se entregaría a Pianjy sin que se derramara ni una sola gota de sangre.

El príncipe Peftau, cuyo nombre significaba «el Ventoso», había elegido, efectivamente, un cambio de aires. Fue el primero en salir de la ciudad, a la cabeza de una procesión de notables y soldados sin armas, con los brazos cargados de oro, plata y piedras preciosas. Había también dos magníficos caballos jóvenes y saludables.

—¿Y si fuera una añagaza? —sugirió Lamerskeny desconfiado.

Con paso regular y rara nobleza, *Valeroso* avanzó por la explanada ante las puertas de la ciudad y se detuvo a dos metros de Peftau que, inmediatamente, puso la nariz en el suelo.

—¡Os saludo, poderoso soberano! —dijo tan fuerte como se lo permitió su voz apagada y temblorosa—. Las tinieblas se habían apoderado de mi corazón, la oscuridad me había invadido, ¡pero he comprendido mi error! ¡Que el fulgor de vuestro rostro me dé la luz que tanto necesito! Seré, en adelante, vuestro fiel servidor,

pues sois el dios lejano que está a la cabeza de las impe-
recederas estrellas.

Desdeñando los regalos, el faraón negro entró en la
reconquistada Herakleópolis, donde los habitantes le
habían preparado un camino de lirios.

54

La guarnición de Herakleópolis confraternizó con los nubios. Durante el banquete, al que asistían todos los dignatarios de la ciudad vistiendo túnicas de anchas mangas, y sus encantadoras esposas, con un loto en el pelo, Peftau no dejó de cantar las alabanzas de Pianjy. Saciada, la mangosta del faraón sólo se entregó, sin embargo, a una duermevela.

Cuando Abilea y Pianjy estuvieron solos en la habitación más lujosa de palacio, permanentemente reservada a la pareja real, el faraón se tendió en el lecho de madera dorada cuyas patas tenían forma de garras de león. ¿No eran acaso dos leones, Ayer y Mañana, los que protegían el sueño del durmiente para que muriera en el ayer y renaciese en el mañana?

Abilea se sentó a la altura de las caderas de su marido y le acarició dulcemente el pecho. Cuantos más años pasaban, más encarnaba un apacible poderío, en el que la desgracia acababa embarrancando.

—¿Por qué estás tan preocupado? —preguntó ella—. Acabamos de reconquistar Hermópolis y Herakleópolis. Ahora, gracias a las medidas que has tomado, las dos ciudades te serán fieles y el Medio Egipto será, de nuevo, una muralla contra la invasión del Norte.

—No todo el Medio Egipto, Abilea.

—¿Quieres decir que... piensas seguir hacia el norte?

Pianjy no respondió, Abilea se enojó.

—Hemos reconquistado nuestras posiciones, Tefnakt no es ya una amenaza para Tebas... ¿Por qué proseguir esta guerra?

—Porque fui egoísta y cobarde. Mi padre, Amón, quiso que fuera faraón del Alto y el Bajo Egipto pero, en la calma de mi felicidad, olvidé a la mitad de mi país. Por eso surgió un demonio de las tinieblas: Tefnakt nos recuerda brutalmente nuestros deberes, Abilea.

La tristeza se inscribió en el hermoso rostro de la reina.

—Yo esperaba que residiéramos en Tebas, junto a nuestra hija la Divina Adoratriz, y pensaba que podríamos pasar el resto de nuestra existencia venerando a los dioses.

—Si no reducimos a Tefnakt a la impotencia, como la serpiente Apofis, que intenta impedir la circulación de la barca del sol, recuperará las fuerzas y sembrará, de nuevo, disturbios en todo el país, en Nubia incluso. No se trata de una simple revuelta, como creí, sino de una verdadera guerra. El ejército de Tefnakt está intacto y se ha reunido más al norte.

—¿Piensas... en Menfis?

—Sí, en Menfis, la capital de la edad de oro, la ciudad del muro blanco fundada por Zóser, la ciudad luminosa del tiempo de las pirámides, aquella a la que llaman «la Balanza de las Dos Tierras», en el punto de equilibrio y de unión entre el Delta y el valle del Nilo.

A Abilea se le hizo un nudo en la garganta.

—Entre Menfis y nosotros hay, todavía, varias plazas fuertes en manos de los rebeldes... ¡Y todos saben que la fortaleza menfita es inexpugnable! Hace mucho tiempo que nuestro linaje renunció a ello.

—Demasiado tiempo, Abilea.

—Pianjy...

—¿Tienes miedo, acaso, reina de Egipto?

Se acurrucó junto a Pianjy.

—Sí, tengo miedo... Miedo de perderte en un combate, miedo de los sufrimientos infligidos a nuestro ejército y nuestro pueblo, miedo de las terribles consecuencias de un fracaso.

—También yo tengo miedo de una tarea que sobrepasa nuestras capacidades en hombres y material, pero me niego a tener en cuenta estos temores.

—¿Por qué, amor mío?

—Porque traicionaríamos a Maat si no recorriéramos hasta el fin el camino que ha trazado. Y este fin es la aniquilación de Tefnakt y el regreso del Bajo Egipto y las provincias del Norte a la armonía de un país reunificado.

Mejilla contra mejilla, con el brazo puesto en el pecho de Pianjy, la espléndida nubia dejó de luchar.

—Ni siquiera yo conseguiré hacerte cambiar de opinión...

—No, porque apruebas mi decisión. Eres depositaria de la magia de Isis y sabes que la renuncia de los tibios lleva a la decadencia y a la desgracia. Arrojaremos todas nuestras fuerzas en ese combate, Abilea. Si hay que morir, moriremos juntos agradeciendo a los dioses que nos hayan concedido tanta felicidad.

El hombre de la cara de rata no había tenido tiempo de llevar a cabo su investigación sobre la esposa de Akanosh, pues había algo mucho más urgente: salir inmediatamente de Herakleópolis y reunirse con Yegeb para decirle la verdad sobre los trágicos acontecimientos que acababan de producirse. La empresa era difícil y peligrosa, pero consiguió cruzar la línea del frente con el pretexto de visitar a su familia, que residía en una aldea situada a menos de un kilómetro al norte de la ciudad y de la que podía suponerse que estaba de nuevo sometida a la autoridad de Pianjy. Con gran cinismo, el oficial que dejó pasar al viajero consideró que se trataba del mejor modo de comprobarlo: si lo mataban, sería conveniente invadir la aldea.

Superada aquella primera etapa, el hombre del rostro de rata cruzó los cultivos, robó cebollas e higos, y llegó a orillas del Nilo en una zona que no controlaban los del Sur. Entre los barqueros circulaban alarmantes noticias: se hablaba de bandidos nubios que no tardarían en incendiar las aldeas, en violar a las mujeres y exterminar a la población. El fugitivo consiguió convencer a uno de ellos para que lo llevara a toda prisa hasta Menfis para avisar al general Tefnakt y pedirle que interviniera sin demora.

La embarcación fue detenida numerosas veces por patrullas fluviales que obligaron al hombre de la cara de rata a justificarse, algunas veces durante varias horas. Perdió así un tiempo muy valioso que el faraón negro aprovecharía, sin duda, para adentrarse en el Medio Egipto. El interminable viaje no concluyó en las puertas de Menfis, pues allí fue sometido a un interrogatorio y a una pena de quince días de cárcel.

Finalmente, el informador fue recibido por un oficial que se tomó en serio su relato y le llevó ante Yegeb, instalado en un despacho de escriba, junto al templo de Ptah.

—¿Por qué no has esperado mi regreso a Herakleópolis? ¡Buenas noticias, espero!

—¡Oh, no, señor! El príncipe Peftau ha abierto las puertas de su ciudad a Pianjy. Antes, el faraón negro se había apoderado de Hermópolis.

—¿Pero qué estás diciendo? El príncipe Nemrod...

—¡Nemrod ha mentido! Obedece de nuevo a Pianjy, y también Peftau.

Yegeb sintió que sus tobillos se hinchaban y tuvo ganas de vomitar. Pero el momento era tan grave que no tenía tiempo para cuidarse. Tras haber avisado a Nartreb, que se embriagaba en una taberna, llevó al informador hasta el cuartel general de Tefnakt.

El general escuchó atentamente al hombre de la cara de rata.

—Que le paguen. Y que le den alojamiento en la ciudad.

—Hemos corrido muchos riesgos —dijo Yegeb en cuanto su sayón se hubo marchado—, pero hemos conseguido informaros con precisión.

—¿Tan seguro estás?

—General, estoy convencido de que este hombre ha dicho la verdad.

—También yo, ¿pero cuáles son los proyectos de Pianjy?

—Ha recuperado las dos ciudades que consideraba suyas y ha restablecido su antigua frontera, con la certidumbre de que ya no podréis cruzarla.

—Si es capaz de adivinar mi voluntad, sabe que nunca aceptaré la situación y que proseguiré con mis ataques.

—¿Va a seguir Pianjy avanzando hacia el Norte? ¡Sería una locura!

—El nubio se considera rey del doble país y, por lo tanto, del Bajo y del Alto Egipto.

—Incendiará algunos poblados —predijo Nartreb— y luego irá a orar a los dioses en su querida ciudad santa de Tebas. Cuando crea que la situación se ha apaciguado, le daremos una buena sorpresa.

Tefnakt imaginó a Pianjy apoderándose del Medio Egipto y dirigiendo, luego, su mirada hacia Menfis... Así habría actuado él, en su lugar. Pero él, Tefnakt, era un verdadero jefe de guerra y Pianjy un hombre del Sur vinculado a la paz, el pasado y lo sacro.

55

La flota de Pianjy bajó por el Nilo hasta la ciudad de Illahun, a la entrada de la rica provincia del Fayyum. A bordo, el ambiente era muy alegre. Aunque sintiera la lamentable rendición de Herakleópolis, que había impedido a sus soldados demostrar su valentía, el capitán ponía al mal tiempo buena cara y jugaba contra Puarma encarnizadas partidas de damas, que acababa ganando siempre.

El prestigio de Pianjy no dejaba de aumentar. ¡No sólo obtenía increíbles victorias sino que, además, respetaba la vida de sus soldados! Lamerskeny había reavivado el entusiasmo prometiendo duros combates: aunque Nemrod de Hermópolis y Peftau de Herakleópolis, renegados arrepentidos, hubieran ofrecido muy poca resistencia, sería distinto con los reyezuelos que regían las demás ciudades del Medio Egipto. Éstos habían sido siempre fieles a los libios y debían temerlo todo del ejército del Sur. Así pues, defenderían encarnizadamente sus posiciones.

Pianjy no decía lo contrario. En vez de tranquilizar a sus tropas, les anunciaba que iba a empezar lo más difícil. ¿Acaso no se aventuraban por una región desconocida en la que ningún nubio había entrado desde hacía decenios? Pero esa severa advertencia sólo había conseguido reforzar la convicción de los nubios: lucharían por la libertad y la alegría de las Dos Tierras, aunque fuera a costa de su existencia. Servir a las órdenes del faraón era un honor que las generaciones futuras envidiarían.

A la vista de la ciudadela de Illahun, sin embargo, un pesado silencio reinó en los navíos de guerra. Todos sabían que la ciudad fortificada estaba llena de infantes rebeldes que combatirían hasta la muerte. Puesto que las murallas eran más altas que las de Hermópolis, no era seguro que la utilización de las catapultas resultara tan eficaz. Había que esperar que el faraón negro encontrara el medio de vencer.

—¿Qué te parece, capitán Lamerskeny? —le preguntó el rey.

—Podemos probar con nuestras máquinas... Pero no hay que esperar milagros.

—Comparto tu opinión. ¿Qué más?

—Las flechas de nuestros arqueros no harán muchas víctimas... ¡Ved la protección del camino de ronda!

—Bien observado, Lamerskeny.

—Habrá que pasar por un asedio que puede resultar largo... Dicho de otro modo, Tefnakt tendrá tiempo de enviar refuerzos.

—Que los ingenieros levanten los cerros de tierra junto a las murallas —propuso Puarma— y nuestras dificultades quedarán resueltas.

—Los terraplenadores serán derribados por los arqueros libios —objetó Lamerskeny—. Olvidas que esta vez no tendrán protección alguna.

—Dejadme solo —le interrumpió Pianjy—. Debo reflexionar.

Illahun... Muy cerca de allí, el faraón Amenemhet III había hecho construir el famoso laberinto, un inmenso palacio con centenares de estancias. Y, con su impulso, el Fayyum se había transformado en un inmenso jardín de legendaria fertilidad. Reserva de caza y de pesca, estaba bajo la protección del dios-cocodrilo, Sobek, que hacía brotar del lago primordial un sol regenerado para colocarlo en lo alto del cielo. ¿No merecía, por esta razón, su sobrenombre de Hermoso Rostro?

La reflexión del faraón negro fue de corta duración. Cuando salió de la tienda del consejo, Abilea se interpuso.

—¿Cuáles son tus intenciones?

—No vas a aprobarlas.

—Pianjy... Eres el rey, el jefe de este ejército y no tienes derecho a poner en peligro tu vida.

—Que tu magia me proteja, Abilea.

Cabalgando en su caballo bayo, tan rápido como un chacal de orejas rojas y parecido a la tempestad cuando estalla, Pianjy se lanzó solo hacia Illahun ante la pasmada mirada de los soldados. Exaltado por la velocidad, *Valeroso* desplegó todo el ardor de sus patas largas y musculosas.

Para detenerlo cerca de la gran puerta de acceso a la fortaleza, Pianjy se limitó a darle una breve palmada en el cuello. Por su prestancia, por su porte, por su cota de malla dorada y el brillo de su túnica de lino real, los arqueros apostados en las almenas de Illahun habían identificado al faraón negro y no se atrevían a disparar sus flechas.

La potente voz de Pianjy llenó los oídos de los defensores de Illahun.

—¡Vosotros, que sois muertos vivientes sin saberlo, infelices y hombres perdidos, escuchadme, escuchad a vuestro rey! Si pasa un minuto más sin que esta puerta se abra y me juréis fidelidad, seréis exterminados. No cerréis las puertas de vuestra existencia negándoos a obedecerme, no coloquéis vuestra cabeza en el tajo del verdugo. Si ofrecéis vuestra ciudad al faraón del Alto y el Bajo Egipto, respetando la ley de Maat, nadie morirá, nadie será expoliado y reinará la paz. Aguardo vuestra respuesta aunque mi paciencia se ha agotado ya.

En las murallas se corría en todas direcciones. Oficiales y notables se abalanzaron hacia la sala de audiencias de Osorkon, el príncipe de Illahun, un libio de vieja estirpe al que se le comunicaron las palabras de Pianjy.

—¡De modo que ha venido... y solo!

—Podemos derribarlo fácilmente —consideró el comandante de la fortaleza—. Muerto él, los nubios huirán en desorden.

—¡Imbécil! ¿Nunca has oído hablar del poder sobrenatural que habita en un faraón y que le permite ser la unidad vencedora de la multiplicidad? Gracias a él, Ramsés el Grande venció a los hititas, en Kadesh, y Pianjy nos desafía de este modo porque se ha investido con él. Ninguna flecha le alcanzará, ninguna lanza atravesará su coraza porque es parecido al fuego devorador que ningún humano puede apagar.

—¿Qué... qué decidís entonces?

El príncipe Osorkon salió de su palacio, ordenó que se abriera la gran puerta de la fortaleza y se prosternó ante el faraón negro.

—La sombra de Dios os protege —dijo—, el cielo os da vuestro poder, lo que vuestro corazón concibe se realiza de inmediato. Somos capaces de ver la realidad tal cual es gracias a lo que ordenáis. Esta ciudadela, esta ciudad, sus tesoros y sus habitantes os pertenecen. Entrad en paz, majestad.

Valeroso galopó hasta la acrópolis de Illahun, desde donde Pianjy dominó una ciudad cuyas principales arterias, trazadas con geométrico cuidado, se cruzaban en ángulo recto. Grandes mansiones de setenta habitaciones se mezclaban con modestas moradas de un centenar de metros cuadrados. Saliendo de su sopor y su miedo, los ciudadanos aclamaron a su libertador mientras los soldados de la guarnición, que habían sustituido sus armas por algunas palmas, daban un abrazo a los nubios.

En menos de una hora toda la ciudad estuvo en fiestas. De los sótanos de palacio salieron centenares de jarras de vino y cerveza, se pusieron en unas mesas bajas trozos de carne y pescado seco, se extendieron por el suelo higos, dátiles y uva, y se cantó la felicidad de vivir bajo el reinado de Pianjy.

—¿Qué te pasa? —le preguntó Puarma a Lamerskeny—. ¡Diríase que estás borracho aunque no has bebido aún!

—Realmente eres tonto, arquero. A ti nada te extraña. Yo nunca había visto a un hombre como éste.

—Tú sí que eres pobre de espíritu, Lamerskeny. ¿Cuántos años necesitarás para comprender que es el faraón?

56

—Illahun ha caído —le dijo Tefnakt a Aurora.

—La mala noticia no parece entristecerte demasiado.

—El príncipe Osorkon es un hombre lleno de achaques que tiene miedo del porvenir... A Pianjy no le habrá costado convencerle de que le abriera las puertas de su ciudad.

—¡Ese maldito nubio controla ahora el Fayyum!

—Sólo en parte... Si desea continuar, la fortaleza de Maidum se interpondrá en su camino. He puesto allí a uno de mis más aguerridos oficiales. Él dirige personalmente, cada día, la instrucción y ha matado ya con sus propias manos a algunos reclutas que consideraba demasiado débiles. Tal vez Maidum no detenga el avance de Pianjy, pero le inmovilizará durante largas semanas y le hará perder muchos hombres.

—¿Por qué no enviarle refuerzos?

—Creo que un sueño insensato obsesiona al nubio: conquistar Menfis.

—¡Pianjy no está tan loco! —objetó la joven—. Sabe que es imposible.

—Sus mediocres victorias le han embriagado... Prefiero que se desgaste en objetivos menores y siga creyendo que es invencible. Aquí, en Menfis, va a chocar contra unos muros infranqueables y un ejército descansado y mejor equipado que el suyo. Esta vieja capital será su tumba.

El Rojo mandaba, desde hacía cinco años, la guarnición de Maidum. No le importaba que la antigua ciudad fuese «la morada de Atum», el principio creador; su único centro de interés era el cuartel donde entrenaba a los soldados para el combate cuerpo a cuerpo. Un veinte por ciento de pérdidas no le molestaba, puesto que estaba formando verdaderos combatientes perfectamente resabiados. Desde su nombramiento, ni siquiera había pensado en visitar el paraje donde se levantaba una grandiosa pirámide, la primera de caras lisas, en la que se había inspirado el arquitecto de Keops. El Rojo sólo soñaba en conflictos sangrientos, y, esta vez, la ocasión era espléndida.

Desde el instante en que los vigías le habían anunciado la inminente llegada del ejército de Pianjy, el comandante de la fortaleza de Maidum no podía estarse quieto. Corría de una almena a otra, comprobaba el equipo de sus hombres y aullaba órdenes incitando a cada hombre a mostrarse más atento que su vecino.

Primero creyó que se equivocaba; luego observó el mismo fenómeno en casi todos los defensores: temblaban.

El Rojo les habría matado de buena gana para acabar con el sabor del miedo, pero necesitaba a toda su gente. Gritó que su fortaleza nada debía temer de las catapultas y las flechas nubias, pero advirtió que nadie le escuchaba.

Cuando Pianjy, cabalgando en su caballo bayo, se presentó solo ante la gran puerta, un arquero libio cayó de rodillas. Ante la horrorizada mirada de sus compañeros, el Rojo le degolló.

—Se os ofrecen dos caminos —declaró el faraón negro—: o abrís las puertas de Maidum, y viviréis; o persistís en cerrarlas, y moriréis. Como rey del Alto y el Bajo Egipto, no puedo tolerar que una ciudad me impida el libre acceso.

El Rojo tensó el arco del hombre al que había matado y apuntó a Pianjy.

Pero la flecha no partió, pues tres arqueros se abalanzaron sobre el libio, le molieron a palos y arrojaron su cadáver por encima de las murallas. Los soldados abrieron luego la gran puerta de la fortaleza para dejar paso a Pianjy, cuyo caballo lanzó un relincho de alegría.

—Maidum ha caído sin combatir —confesó lastimosamente Yegeb, seguido, como si fuera su sombra, por un Nartreb cada vez más nervioso.

—¿Qué ha ocurrido? —preguntó Tefnakt furioso.

—El Rojo ha sido traicionado por sus propios soldados. Pianjy les aterroriza... ¡Corren las más enloquecidas leyendas sobre el coloso negro! Se afirma que el dios Amón arma su brazo, que lee el pensamiento de sus adversarios, que...

—¡Basta de tonterías! Antes de que Pianjy se ponga en camino hacia Menfis, sólo queda un obstáculo: List.

—No nos hagamos ilusiones, general.

Ofendida, Aurora intervino.

—¿No estás siendo derrotista?

—Sólo realista... La ciudadela de List es menos importante que la de Maidum y...

—¡Tal vez su guarnición se muestre más valerosa!

—Esperémoslo, Aurora, esperémoslo...

—No me llames por mi nombre, Yegeb. No eres uno de mis familiares, tengo un título: alteza.

Yegeb tragó saliva.

—Bien, alteza. Pero mantengo que List no resistirá por mucho tiempo al faraón negro.

—Esa falta de optimismo podría afectar la moral de nuestras tropas, ¿no crees? A veces me pregunto si Nartreb y tú no le estáis haciendo el juego a nuestro enemigo.

—Alteza, estas palabras...

—Ya basta —cortó Tefnakt—. No nos destrocemos cuando debemos unir nuestros esfuerzos. Que mis consejeros velen por la prosperidad del país. Yo me encargaré de los problemas militares.

Yegeb y Nartreb, dándose la mano, se retiraron.

Tefnakt tomó a Aurora por los hombros.

—¡No lo hagas nunca más! Tú no debes criticar a mis colaboradores.

—¡Estos dos te traicionarán!

—Me son fieles como los perros a su dueño. Sin mí no existirían.

La muchacha se soltó.

—Algún día tendrás que elegir entre ellos y yo. Yo te amo, Tefnakt. Ellos te utilizan.

—¿Y crees que lo ignoro? El poder no se ejerce sin aliados, y éstos son eficaces.

List, la que se apodera de las Dos Tierras, había sido la capital de Amenemhet I, faraón de la XII dinastía. Junto a la ciudad había hecho edificar su pirámide, al igual que Sesostris I, que había marcado con su sello la edad clásica del Imperio Medio, durante la que se habían redactado varias obras maestras literarias, entre ellas el célebre *Cuento de Sinuhé*. Tras haber perdido su rango, List se había convertido en una simple etapa entre el Fayyum y Menfis, un burgo cada vez más abandonado a sus recuerdos.

Su ciudadela, sin embargo, no tenía mal aspecto. Inspiró incluso la codicia del capitán Lamerskeny.

—¿Me la dejaréis, majestad? ¡Unos tiros de catapulta y yo me encargo del resto!

—No, Lamerskeny. ¿Por qué modificar la estrategia que tanto éxito ha tenido?

—Con todos los respetos, no deberíais abusar de vuestra suerte... Sin vos, estaríamos desamparados.

—¿Por qué el comandante de esta fortaleza va a ser más insensato que los de Illahun y Maidum?

Antes incluso de que el faraón negro montase a caballo, la puerta de la ciudadela de List se abrió y su comandante, seguido por sus soldados y buena parte de la población, se sometió a Pianjy.

—Las Dos Tierras os pertenecen —declaró—, el Sur y el Norte son vuestros, las riquezas que contienen son vuestra propiedad, la tierra entera se prosterna ante vos.

En cuanto hubo cruzado el umbral de la ciudad, el faraón negro ofreció un sacrificio a sus dioses protectores y rindió homenaje a Amón.

Todo el Medio Egipto se le sometía, el camino hacia Menfis estaba libre.

57

El explorador entró a galope en el patio del acuartelamiento, detuvo su carro ante el edificio del cuartel general y saltó a tierra.

—Tengo un mensaje para el capitán Lamerskeny —le anunció al centinela.

—Descansa... Pero el capitán Puarma está aquí.

—Perfecto.

Puarma estaba, precisamente, maldiciendo a Lamerskeny que, en vez de realizar las tareas administrativas a las que en teoría estaba obligado, se entregaba al placer con las pensionistas de la casa de cerveza próxima al cuartel. Y él, Puarma, ni siquiera tenía tiempo de cortejar asiduamente a la hija del alcalde de una aldea vecina, que se extasiaba en su presencia.

—He aquí informaciones recientes y detalladas —dijo el explorador entregando a Puarma un grueso papiro sellado.

—Por fin... ¡Las esperábamos hace ya varias semanas!

Llevando el valioso documento, el capitán de los arqueros corrió hacia palacio.

Abilea nadaba desnuda, sin esfuerzo, con la incomparable gracia de las mujeres del Gran Sur que, desde la infancia, aprendían a jugar con las corrientes del río. En el estanque del palacio de List, cuando el calor se hacía abrumador, la reina olvidaba sus preocupaciones.

Y Pianjy intentaba olvidar las suyas admirando a aquella sublime esposa, cuya alma y cuyo cuerpo expresaban una inalterable belleza.

Había pasado casi un año desde que empezó la guerra entre el sur y el norte. Tras haber conquistado el Medio Egipto, el faraón negro eligió administradores nacidos en las viejas familias locales y decididos a impedir que príncipes como Peftau y sus semejantes abandonaran el camino de Maat. Pianjy puso fin a excesivos años de corrupción, de ilimitado poder personal y de explotación de los humildes. Su estancia en el Medio Egipto hizo comprender a los notables que el faraón gobernaría, en adelante, con autoridad y vigor sin escuchar la voz de los clanes preocupados sólo por sus propios intereses. Durante este período de reconstrucción del Estado, el ejército nubio gozaba de una cómoda existencia en la que, sin embargo, no estaba ausente la instrucción cotidiana. Los heridos y los enfermos habían tenido tiempo de recuperar la salud mientras que sus compañeros, sin dejar de estar movilizados, disfrutaban la dulzura de la región.

Pianjy no atacó inmediatamente Menfis tras la caída de las plazas fuertes del Medio Egipto, porque debía estar seguro de la estabilidad de la región. Hoy, eso se había logrado y el monarca podía pensar en la etapa más peligrosa de su designio: la batalla de Menfis.

Pero era preciso obtener informaciones fiables sobre las fortificaciones y la capacidad defensiva de la mayor ciudad del país. Los exploradores se contradecían, los informes carecían de precisión y el rey no iniciaría tan temible aventura antes de haber aprehendido la magnitud de las dificultades.

—Majestad —dijo Cabeza-fría—, el capitán Puarma desea veros urgentemente.

—Que venga.

El escriba estaba de un humor excelente, pues Pianjy le autorizó a ir a Napata, donde pasó unas jornadas, demasiado breves, en compañía de su mujer y sus hijos. Recibido como un héroe, Cabeza-fría no se hizo rogar para contar las hazañas del faraón negro. Y tampoco ocultó que lo más difícil estaba por venir y que, dados los acontecimientos, para Pianjy Napata ya era sólo una lejana capital de provincias. Luchando contra la melancolía, Otoku ganó algunos kilos en un abundantísimo banquete, y seguía administrando la ciudad con una competencia de la que el viejo Kapa se felicitaba.

Puarma estaba muy excitado.

—¡Majestad, he aquí por fin el informe que tanto esperábamos!

—Siéntate y bebe una copa de cerveza fresca.

El enano reapareció.

—También el capitán Lamerskeny desea veros, majestad.

Con el rostro arrugado, mal afeitado y un viejo taparrabos de cuero puesto de través, el hombre del brazo de acacia tenía unos andares bastante titubeantes.

—He tenido un sueño, Puarma... Ibas a casa del rey y le mostrabas, en mi ausencia, el plano de la fortaleza de Menfis, cuando son mis exploradores quienes han obtenido esos importantes informes arriesgando su vida y siguiendo mis instrucciones.

—Siéntate sin más tardanza —le recomendó Pianjy—, de lo contrario vas a caerte.

—A vuestras órdenes, majestad —asintió Lamerskeny derrumbándose en un sillón de mimbre de respaldo redondeado.

—¿No deberíais bañaros? —sugirió la reina saliendo de la alberca y cubriéndose con un velo de lino transparente.

—El agua es mala para mi reumatismo, majestad. En

vísperas de ponerse en campaña, el jefe de los infantes del rey no tiene derecho a correr el menor riesgo.

—Supongo que has bebido ya todo lo que podías.

—¡Desengañaos, majestad! Con este calor cada vez más intenso, es conveniente luchar sin cesar contra la deshidratación, ese solapado mal que nos acecha a cada instante.

—Veamos este documento —exigió Pianjy.

Puarma rompió el sello de barro seco y desenrolló el papiro.

—El plano de Menfis —comprobó Lamerskeny goloso.

—La ciudad es inmensa —dijo la reina, casi asustada por el tamaño de la primera capital de los faraones que seguía siendo el centro de la vida económica de las Dos Tierras.

Impresionado también, Puarma leyó las inscripciones en jeroglíficos cursivos transcritos en el papiro.

—Al sur, una línea de fortificaciones impide el acceso a los almacenes del puerto de Peru-Nefer, «buen viaje», por vía terrestre. Al oeste, un canal entre los arrabales y el desierto.

—Un punto débil —comentó Lamerskeny.

—Sólo en apariencia, pues está vigilado por una guarnición muy cercana. Y su unión con el pequeño canal que flanquea el barrio sur está bloqueada por barcos de carga ocupados permanentemente por arqueros. Ataque imposible.

El hombre del brazo de acacia hizo una mueca.

—Si lo entiendo bien, sólo nos queda el Nilo, al este.

—Tres canales salen de allí: el primero lleva a los almacenes; el segundo, a palacio; el tercero, a la antigua ciudadela de muros blancos, en el barrio norte. Pero los menfitas han edificado poderosas murallas que impiden cualquier invasión por el río.

—Rodearemos, pues, la ciudad por el desierto del Este, flanqueando la necrópolis de Saqqara para caer sobre el norte de Menfis, por donde nadie nos espera.

—Te equivocas, Lamerskeny. Primero, tendríamos que cruzar el canal bajo los disparos del enemigo; luego, las fortificaciones del norte, aunque más antiguas que las del sur, no son menos sólidas.

Lamerskeny apuró nervioso su copa de cerveza.

—¡No hay solución entonces!

—Estudiando este plano, es la conclusión que se impone.

A Lamerskeny le habría gustado encontrar un argumento para demostrar que Menfis era sólo una fortaleza como las demás, pero permaneció mudo.

Esta vez había que rendirse a la evidencia: el ejército nubio no cruzaría aquella frontera.

—Esperamos vuestras órdenes —dijo Puarma despechado.

Ambos capitanes se retiraron, Pianjy pasó largo rato inclinado sobre el plano de Menfis.

—Puarma y Lamerskeny no vacilarían en dar su vida si tuviéramos una sola posibilidad de lograrlo —dijo Abilea.

—Mientras Menfis siga en manos de Tefnakt, la paz y la justicia no reinarán en Egipto. Equipa y nutre a su ejército gracias a las riquezas de esta ciudad.

—Te niegas a renunciar... ¿Pero qué camino vas a tomar?

—Si no existe, Abilea, lo crearé.

58

Llegada la noche, Yegeb y Nartreb contaban sus ganancias de la jornada. Con la sonrisa en los labios, veían cómo su fortuna aumentaba de modo continuado desde que residían en Menfis. Habían inventado un nuevo impuesto, la contribución general al esfuerzo de guerra, perfectamente modulable y sin techo, que les permitía exprimir con toda legalidad a los ricos y los pobres. Puesto que los notables y los comerciantes menfitas deseaban conservar la estima y la confianza de Tefnakt, su único protector contra la invasión nubia, debían satisfacer las exigencias de aquellos dos consejeros, cuya seriedad y competencia se alababan.

—¿Cuánto tiempo vamos a soportar la presencia de esa Aurora? —se preguntó Nartreb dando un masaje a los hinchados dedos de sus pies con un costoso ungüento que le había ofrecido el perfumista del templo de Ptah.

—Esta hembra es más coriácea de lo que yo creía —confesó Yegeb—, pero el general la ha puesto en su lugar.

—¡Mañana será reina!

—Te preocupas con razón... Tratar de atraparla con otro enamorado sería inútil, desconfiaría.

—No podemos aceptar esta situación —rabió Nartreb, cuyo rostro lunar se hinchaba de cólera—. ¡La moza nos odia e intentará destruirnos!

—Ten la seguridad de que no subestimo el peligro.

El hombre de la faz de rata llamó a la puerta de la habitación de ambos consejeros, que se apresuraron a enrollar el papiro en el que figuraba el detalle de sus bienes.

Nartreb abrió.

—Ah, eres tú... ¿Qué quieres?

Una especie de rictus descubrió unos dientes pequeños y puntiagudos.

—Si me pagáis bien, podré deciros algunas cosas interesantes.

Nartreb agarró al informador por el cuello de su túnica y lo lanzó a la habitación como un vulgar paquete. El hombre se levantó con la frente ensangrentada.

—¡Vas a hablar, y enseguida! Luego nosotros fijaremos el montante de tu eventual retribución. Acuérdate bien de esto: el que intenta extorsionarnos no vive lo bastante para presumir de ello.

Aterrorizado, el herido se refugió en una esquina de la estancia.

—Ya va, señor, ya va... Sabiendo que buscaba informaciones sobre el pasado de la esposa de Akanosh, un arriero que alquila asnos se ha puesto en contacto conmigo. He tenido algunos gastos y...

—¡Habla!

—Sí, ya va... El arriero conoció a sus padres, que murieron cuando era adolescente. Una pareja muy unida...

—¿Y eso es todo lo que sabes?

Nartreb levantó el puño.

—¡Oh, no, señor! La esposa de Akanosh tiene la piel bronceada, como vos y yo, pero su padre era originario de Nubia.

—¿Su padre, un nubio? —se extrañó Yegeb—. ¿Estás seguro?

—Tengo este testimonio, y podría haber otros...

—Págale —le ordenó Yegeb a Nartreb—. Creo que tenemos la solución de todas nuestras cuitas.

La mano de Tefnakt acarició los lomos de Aurora, subió suavemente por su espalda y, luego, la agarró por los cabellos y la obligó a darse la vuelta.

—¡Eres un salvaje! —exclamó la muchacha divertida al recibir a su amante cuyo ardor la encantaba.

El general estaba loco por Aurora. Con ella, cada justa amorosa era distinta. Debía reconquistarla sin cesar y aquella guerra le rejuvenecía.

—¿Qué está haciendo Pianjy? —preguntó la muchacha mientras reposaban, uno junto a otro, en una vasta estancia del palacio de los Tutmosis cuya ventana daba al Nilo.

—Se hunde en su marasmo, pues ha comprendido que su ejército es incapaz de apoderarse de Menfis. Sin duda necesitará mucho tiempo para admitir su derrota, porque su orgullo es muy grande.

—¿Y si le bastara la conquista del Medio Egipto?

—¡Conquista momentánea, Aurora! Pianjy no se quedará en la región, se replegará hacia Tebas. Entonces contraatacaré y los desleales traicionarán de nuevo, esta vez en mi favor. Los haré ejecutar a todos y pondremos en práctica el modo de gobierno previsto por mis consejeros.

Le besó los pechos, como dos manzanas empapadas de sol.

—No conoces Sais, mi ciudad natal, a la que convertiré en capital de Egipto. ¡Mañana te llevaré!

Aurora se sorprendió.

—¿No es indispensable, aquí, tu presencia?

—El viaje estaba previsto desde hacía mucho tiempo y tiene un carácter estratégico.

—¿Y si Pianjy atacase?

—Tranquilízate. O ha renunciado o se ha vuelto loco. En ese caso, su asalto concluiría en desastre.

—Ver el Delta y Sais... Nunca lo habría imaginado...

—Una región magnífica, cien veces más hermosa que el valle del Nilo. Así presentaré mi reina a mis súbditos.

—Quieres decir que...

—Sí, Aurora, nos casaremos en Sais.

Pianjy pasaba horas y horas galopando por el desierto y dialogando con su caballo, a quien cedía la iniciativa del itinerario. *Valeroso* se burlaba de las dunas, evitaba las zonas de arena blanda, parecía saltar hacia el sol y conquistar las infinitas extensiones donde, en la absoluta claridad del aire, la voz de los dioses pronunciaba palabras de eternidad. Diez, veinte veces había desplegado Pianjy el plano de Menfis y había consultado a Lamerskeny y Puarma. Pese a su deseo de lanzarse al asalto de la ciudad, ambos capitanes no tenían estrategia alguna para proponerle.

Abilea permanecía silenciosa. También ella, a pesar de su magia, era incapaz de descubrir la grieta que habría permitido esperar una victoria. En el campamento nubio, la atmósfera se hacía cada vez más sombría. ¿Iban a acampar en aquellas posiciones durante muchos meses más, durante años tal vez? Todos esperaban un discurso del faraón negro, sabiendo que una retirada sería sinónimo de derrota. La brillante campaña del Medio Egipto ya sólo parecía un señuelo, mientras que el ejército rebelde, al mando de un inquebrantable Tefnakt, seguía intacto.

Con el tiempo, el balance era casi negativo: ciertamente, Tebas estaba libre; ciertamente, el Medio Egipto había sido reconquistado. ¿Pero no se trataba de una ilusión que sería pronto disipada por una invasión del enemigo? Dominando Menfis, Tefnakt tenía la clave de las Dos Tierras, el polo de riqueza y equilibrio cuyo control era indispensable para gobernar el país.

Sin consultar con nadie, Pianjy galopó hacia el norte, hacia Menfis. *Valeroso* adoptó, por sí solo, un galope moderado que le permitió recorrer sin fatiga unos cuarenta kilómetros.

¡Menfis! ¡Qué bella e imponente era la reina del Imperio Antiguo, precedida por un palmeral que atenuaba la austeridad de sus murallas, fuera del alcance de las catapultas y los arqueros! El «muro blanco» que había construido Zóser el Magnífico preservaba prestigiosos templos donde a Pianjy le hubiera gustado venerar a los dioses ancestrales, pero se levantaba ante él como una barrera infranqueable.

El faraón negro avanzó luego hasta el primer puesto de guardia.

Aterrados, convencidos de que los dos uraeus que brotaban de la frente del monarca les aniquilarían, los centinelas avisaron a su superior que solicitó, enseguida, la intervención del comandante de la fortaleza, un ambicioso escriba que había decidido hacer carrera en la administración militar.

Salió de su residencia y acudió a las murallas. En ausencia de Tefnakt, él debía tomar las decisiones.

La visión del faraón negro petrificó al escriba.

—¡Soy tu rey —afirmó Pianjy— y me debes obediencia! ¡Escúchame, Menfis! No te cierres, no combatas, residencia de la luz en el tiempo primordial. Que quien desee entrar entre, que quien desee salir salga, que nadie restrinja la libertad de aquel que desee ir y venir. Tengo un solo objetivo: ofrecer un sacrificio al dios Ptah, señor de Menfis, y a los dioses que residen en su ciudad. En las provincias del Sur ningún habitante ha muerto salvo los rebeldes contra Maat. ¡Que se abran las puertas!

El escriba salió de su estupor. Por orden suya, las puertas del puesto de guardia se abrieron, pero para dejar paso a una escuadra de jinetes decididos a apoderarse del faraón negro.

59

Eran unos cincuenta, decididos a realizar la hazaña: acabar con el atleta nubio que les desafiaba, impasible.

Pianjy desenvainó lentamente su corta espada y, con gesto rápido y preciso, degolló a su primer atacante. El segundo creyó alcanzar al faraón negro con la punta de su lanza, pero el rey se apartó en el último momento para mejor asestar un golpe fatal antes de atravesar al tercer libio.

Pese a su rapidez y a la de su caballo, Pianjy sabía que sucumbiría al número si su padre Amón no acudía en su ayuda. Éste se manifestó en dos extrañas formas: la del capitán Lamerskeny, a la cabeza de sus infantes de elite, cuyas hondas diezmaron al enemigo, y la del capitán Puarma, cuyos mejores arqueros exterminaron al resto de los jinetes menfitas.

Cuando una nube de flechas salió de las murallas, los nubios retrocedieron para ponerse fuera de su alcance.

—Como no habíamos recibido órdenes, majestad —explicó Lamerskeny—, hemos considerado oportuno seguiros. Sin duda no necesitabais nuestra ayuda para exterminar a esos cobardes, ¿pero por qué fatigaros inútilmente?

Pianjy sonrió. Sin embargo, su corazón estaba triste porque Menfis rechazaba la paz.

En todo el Delta, la exaltación estaba en su cenit. Tefnakt se hacía aclamar como el futuro señor de Egipto y anunciaba su boda con Aurora, cuya prestancia deslumbraba a los jefes de clan.

Con el ardor de un vencedor, el general predicaba la lucha total contra Pianjy, incapaz de apoderarse de Menfis.

Para desalentarle definitivamente bastaba con aumentar el número de soldados acuartelados en la gran ciudad. La fuerza de convicción de Tefnakt acabó con las vacilaciones y no le costó levantar un ejército de reserva mientras Aurora descubría, maravillada, la ciudad de Sais donde la diosa Neith había creado el mundo con siete palabras. Un enjambre de fieles servidores satisfacía los menores deseos de la futura reina.

Tefnakt se reunió con la muchacha en la sala de recepción del palacio, cuya decoración ella quería rehacer. Aurora quería sustituir los habituales frisos de papiros y aves migratorias por representaciones de su marido, de pie en su carro y aplastando al derrotado ejército nubio.

—¿No son esas escenas demasiado... guerreras? —preguntó él, irónico.

—La confianza animará el brazo de todos nuestros soldados. Aquí, en nuestro palacio, debe hundir sus raíces.

—Como quieras... Mañana saldré hacia Menfis.

—¿Me dejas sola aquí?

—Eres una futura reina, ¿o no? En mi ausencia gobernarás mi capital.

Aurora sostuvo la mirada de su amante.

—Dame tus instrucciones, haré que se respeten.

El escriba que mandaba la guarnición de Menfis intentó mostrar un resuelto optimismo.

—General Tefnakt, rechazamos sin dificultad alguna el primer asalto del faraón negro.

—¿Cuántos hombres envió?

El escriba se aclaró la garganta.

—A decir verdad... pocos.

—¡Sé más preciso!

—Bueno... al principio, estaba solo, pero luego...

—¿Que Pianjy se ha atrevido a presentarse en persona ante las puertas de Menfis?

—¡Un desafío insensato, general!

—¿Cómo reaccionasteis?

—Cuando me ordenó abrir las puertas, lo hice; pero para dejar paso a nuestros jinetes. Si los nubios no hubieran corrido a socorrer a Pianjy, le habríamos detenido. Huyeron ante la rapidez y firmeza de nuestra intervención. Y ya no regresarán.

—No escatimemos las precauciones, te daré un refuerzo de ocho mil hombres. Así, las fuerzas acantonadas en Menfis disuadirán a Pianjy de intentar un ataque forzosamente condenado al fracaso.

—¿Debo entender que vamos a... informarle?

—Claro. Que los heraldos revelen a la población la importancia de nuestro ejército y que dejen salir hacia el sur a dos o tres caravanas. Los nubios no dejarán de interceptarlas y de interrogar a los mercaderes. Sabrán, por su boca, una verdad que les aterrorizará.

Con sus grandes extensiones cultivadas, sus inmensos palmerales y sus innumerables canales, la campiña de Sais encantaba a Aurora. Paseaba durante largas horas con sus sirvientas por aquel risueño paisaje que ofrecía numerosos refugios contra los ardores del sol y recorría, luego, las salas de palacio para apresurar los trabajos de decoración. Yeseros y pintores restauraban las viejas moradas, arquitectos y canteros ampliaban el templo de la diosa Neith.

Llegada la noche, antes de cenar, Aurora saboreaba el placer de una ducha tibia corriendo por su cuerpo ambarino. Recibía en su mesa a algunos dignatarios hechizados y les alababa los méritos de la política de Tefnakt.

Se disponía a elegir un menú cuando sintió enojo al ver en su antecámara a un Yegeb de ambigua sonrisa.

—¡Sal inmediatamente de mi casa!

—Alteza, deberíais escucharme.

—Reúnete con tu amigo Nartreb, debe de aburrirse.

—Eso os concierne directamente, alteza.

—Ah sí... ¿De qué modo?

—Nartreb, lo reconozco, me ha aconsejado que no lo hiciera. Pero como no os deseo mal alguno, he considerado preferible advertiros de los graves peligros que os acechan. Mejor será dejar de soñar antes de que se produzca la catástrofe.

—¿De qué peligro se trata?

—No estáis hecha para reinar. Dejad a Tefnakt y desapareced.

—¡Te has vuelto loco!

—Seguid mi consejo. De lo contrario, os arrepentiréis.

Viendo que Aurora asía una pesada jarra de plata, Yegeb huyó. Sabía que la muchacha no haría caso alguno a sus amenazas y que ya no podía impedirle que pusiera en práctica su plan; por eso se permitía el inestimable placer de torturarla antes de triunfar.

Al acercarse el fin de año, el calor había aumentado más aún. El Nilo estaba en su nivel más bajo, las tierras altas estaban secas y agrietadas.

Aunque cada vez consumía más cerveza, Lamerskeny tenía siempre sed. Y el arresto e interrogatorio de un vendedor ambulante procedente de Menfis no habían mejorado su humor.

—Majestad —le dijo a Pianjy—, la guarnición de Menfis acaba de recibir un refuerzo de ocho mil hombres, libios originarios de las provincias del Delta y bien entrenados.

—¿Es seguro?

—Me temo que sí, y hay algo más: los graneros de la ciudad están bien provistos de trigo, de cebada y de espelta, los establos llenos de bueyes y los arsenales, de armas.

—Por consiguiente, un asedio, aunque durara mucho, no daría ningún resultado.

—No conseguiremos rendir por hambre Menfis, ni privarla de sus medios de defensa.

El faraón negro contemplaba el Nilo.

—Cuando un faraón no encuentra solución alguna para sus dificultades, ¿por qué no va a hacer que el cielo baje a la tierra?

60

Mientras cruzaba las murallas de Sais, Tefnakt pensaba en su unión con Aurora. El matrimonio sería grandioso, miles de invitados participarían en la fiesta cuyo recuerdo perduraría durante siglos. Pese a la atracción que sentía por la muchacha, el general no se dejaba guiar sólo por su deseo: sabía que Aurora era tan ambiciosa como él y que sabría conquistar el corazón de los egipcios al tiempo que le daba un heredero.

En cuanto terminara el período de fiestas, Tefnakt regresaría a Menfis para arengar a la guarnición y prometerle una victoria que consideraban ya casi obtenida. Pianjy no intentaría nada, porque la fortaleza de Menfis era inexpugnable. La duda y el cansancio corroían ya la moral de las tropas del faraón negro. Cuando se batieran en retirada, su capacidad de combate disminuiría rápidamente.

Pese a sus deseos de rifirrafe, Tefnakt había sabido mostrarse paciente y utilizar el tiempo en su beneficio. Pronto su lucidez se vería recompensada.

Puesto que el sitio de Menfis duraría mientras Pianjy quisiera creer en la posibilidad de apoderarse de la ciudad, el príncipe Akanosh había decidido pasar algunos días con su mujer en su provincia de Sebenitos. Para ellos, el espectro de la guerra se alejaba: cuando el faraón negro, despechado, diera media vuelta para dirigirse hacia el sur, Akanosh no se iría con el ejército de conquista rebelde y permanecería en el Delta. El anciano guerrero había perdido definitivamente la afición a las armas y sólo deseaba ya tranquilidad, lejos de cualquier conflicto.

Mientras los servidores del príncipe terminaban de preparar su equipaje, Nartreb irrumpió en los aposentos de Akanosh a la cabeza de unos veinte policías provistos de bastones.

—¿Pero has perdido el juicio? ¡Sal de aquí inmediatamente!

—Estamos en guerra, príncipe, y la fidelidad absoluta al general Tefnakt es ley para todos.

—¿Te atreves a acusarme de no respetarla?

—A vos, no... pero vuestra esposa...

El príncipe Akanosh abofeteó a Nartreb.

—¡Sal de aquí, especie de rata!

Los gruesos labios del consejero de Tefnakt se hincharon de cólera.

—Tengo la prueba de que vuestra esposa es una nubia y, por lo tanto, una aliada de Pianjy. El general exige que comparezca de inmediato ante él.

—¡Me niego!

Nartreb soltó una feroz sonrisa.

—Si persistís en esta actitud, utilizaré la fuerza.

—¿Con qué derecho?

—Son órdenes de Tefnakt.

Pese a los crueles recuerdos que turbaban aún su sueño, Aurora era feliz. Al día siguiente se convertiría en la esposa de Tefnakt y participaría en la reconquista de su país. Sin duda, aquella guerra iba a causar muchos sufrimientos, pero no había otro medio para eliminar al faraón negro. Aun condenado a la derrota, Pianjy lucharía hasta el fin, con el insensato orgullo de un jefe caído. Y, cuando llegara el momento de dar el golpe fatal, Aurora le sería útil a Tefnakt para que su brazo no se debilitara.

La peluquera ajustaba a la cabeza de Aurora una magnífica peluca trenzada, compuesta por cabellos humanos casi rubios: una pieza de valor inestimable que suavizaba el rostro de la muchacha y le daba el aspecto de una gran dama.

—Alteza, ¿estáis lista para la prueba?

Las tejedoras de Sais, las mejores de Egipto, habían creado un vestido de lino real que se ceñiría perfectamente a las formas de Aurora y la haría resplandeciente.

—La prueba tendrá que esperar —decretó la voz melosa de Yegeb.

Como si le hubiera picado un insecto, Aurora se dio la vuelta.

—¿Dejarás, por fin, de importunarme?

—El general Tefnakt desea veros inmediatamente.

—No he terminado de vestirme.

—Ha insistido en lo de «inmediatamente».

—¿Acaso se ha producido algún incidente grave?

—Lo ignoro, alteza.

Aurora se sintió turbada. ¿Habría lanzado Pianjy un ataque suicida contra Menfis? Nerviosa, apenas cubierta por una camisa y una corta falda, acudió presurosa a la sala de audiencia, por delante de un Yegeb que trotaba y tenía grandes dificultades para seguirla.

En cuanto entró en la estancia, débilmente iluminada a causa de las gruesas cortinas que cubrían las ventanas, Aurora percibió una gran tensión.

Tefnakt iba de un lado a otro. Sentado como un escriba, Nartreb miraba fijamente al príncipe Akanosh, de pie y con los brazos cruzados.

—¡Por fin has llegado!

—Estaba ocupada... ¿Qué ocurre?

Tefnakt señaló a Akanosh con el índice.

—¿Conoces a este hombre?

—Sí, claro...

—¿Estás segura, querida Aurora?

—No comprendo.

—¡También yo creía conocerle! Pensaba, incluso, que era un aliado fiel y que nunca me traicionaría.

La muchacha estaba aterrada.

—Vos no, príncipe Akanosh.

—¡Oh, no, él no! —intervino Tefnakt—. Él no, pero sí su mujer... ¡Su mujer que es una nubia! Una nubia, ¿lo oyes? ¡Una aliada de Pianjy, aquí, en mi propio palacio!

—Yo y sólo yo debo defender a mi esposa contra tan insoportables acusaciones. Tener ascendencia nubia no la convierte en una traidora. ¿Acaso su palabra y la mía no valen tanto como las de dos miserables consejeros que sólo piensan en enriquecerse?

—Desgraciadamente para vuestra esposa —deploró Yegeb—, tenemos pruebas de su culpabilidad.

El príncipe Akanosh apretó los puños.

—¡Mientes!

—Nuestros servicios de seguridad han interceptado una carta que acusa formalmente a vuestra mujer... El texto demuestra que servía de agente de contacto, evidentemente sin que vos lo supierais.

—¿De contacto... con quién? —preguntó Aurora.

Tefnakt la atravesó con la mirada.

—¿No crees que deberías dejar de hacer comedia?

—Comedia... ¿Qué quieres decir?

Tefnakt apretó las muñecas de Aurora como si quisiera quebrarlas.

—Tú eres la autora de la carta... ¡Me has traicionado porque me odias! Querías matarme y has utilizado este medio para vengarte.

—Te equivocas... ¡Te juro que te equivocas!

—He identificado tu caligrafía, Aurora.

Tefnakt se apartó de la muchacha y la amenazó con un puñal cuya punta se hendió en su garganta haciendo brotar una gota de sangre.

—Debería matarte, zorra... pero una muerte lenta en una mazmorra será un castigo mucho mejor. Hora tras hora perderás tu juventud y tu belleza.

Aurora sintió, por unos instantes, deseos de lanzarse a los pies de Tefnakt e implorar su compasión. Pero decidió plantar cara.

—Si me amaras, verías la verdad.

—Lleváosla —les ordenó Tefnakt a sus consejeros, para quienes fue un placer apoderarse de la alteza caída para ponerla en manos de los guardias.

A solas con el príncipe Akanosh, trastornado, el general adoptó un tono conciliador.

—Te han engañado, como a mí... Líbrate de tu esposa, ¡y pronto!

—Confío en ella, sé que no ha traicionado.

—Ríndete a la evidencia, Akanosh, aunque te haga sufrir. La carta interceptada demuestra que Aurora, con la ayuda de tu nubia, les recomendó a los comandantes de la fortaleza que abrieran las puertas a Pianjy. Actúa sin más tardanza: es el precio de tu vida.

61

Cabeza-fría no podía ya aguantarlo. Preguntaba, diez veces al día, a sus ayudantes si había llegado por fin el mensajero procedente del Sur. Pianjy no dejaba de contemplar el río, perdido en sus meditaciones hasta el punto de olvidar Menfis, cuya blanca fortaleza brillaba al sol.

Y llegó el mensajero portando una tablilla de madera redactada por los especialistas de Asuán.

Pianjy examinó el documento cubierto de cifras.

—¿Bueno, majestad?

—Perfecto, Cabeza-fría. Amón ha escuchado mi llamada.

—¿Cuánto tiempo habrá que esperar?

—Algunos días.

Aquel corto plazo bastaría. Pianjy reuniría a Lamerskeny, Puarma y los oficiales de ingenieros para darles sus órdenes: construir plataformas, erigir mástiles y requisar todas las embarcaciones, desde la más pequeña a la mayor, no sin haber redactado la lista de los propietarios para que fueran indemnizados.

Ante los maravillados ojos del faraón negro, el río se hinchó y se lanzó al asalto de las riberas con el vigor del nuevo año. Gracias a los controles efectuados en el nilómetro de Asuán, los especialistas habían predicho una crecida magnífica que iba a transformar Egipto en un lago inmenso al tiempo que depositaba en las tierras el limo fertilizador. Alcanzaría la excepcional altura de veintidós codos[1].

La tierra bebía ávidamente. El agua llenaba los canales, cerca de las orillas se formaban remolinos. El agua purificadora se llevaba la mugre; los escorpiones y las serpientes huían hacia el desierto. Muy pronto sólo quedarían islotes y los cerros en los que se habían levantado las aldeas. Hapy, el dinamismo de la crecida, llevaba a cabo su obra con entusiasmo porque la estrella Sothis había aparecido en lo alto del cielo indicando que Isis había resucitado a Osiris.

Pianjy le pidió a su esposa que dirigiera el ritual de ofrendas al Nilo, sin el que el río no le sería favorable.

—Por última vez —le anunció— intentaré evitar miles de muertes.

—Tus capitanes y yo misma nos oponemos a ello —dijo Abilea inquieta.

Pianjy la estrechó entre sus brazos.

—A veces los hombres renuncian a su locura. Debo intentarlo y tú lo sabes.

La estatura del faraón negro era tan impresionante como la nobleza de su caballo. Los ojos del hombre y del animal miraban fijamente las murallas donde acababa de aparecer el escriba-comandante de la fortaleza.

—Abre inmediatamente las puertas de esta ciudad que es mía, y los habitantes de Menfis serán respetados. Por lo que a los soldados se refiere, me jurarán fidelidad y olvidaré su desobediencia.

—¡Retírate, nubio! Mis hombres son más numero-

1. 11,44 metros.

sos que los tuyos y ni siquiera serás capaz de arañar nuestros muros.

Salió una flecha y rozó la cabeza de Pianjy. Rabioso de pronto, como una pantera, se expresó con una cólera que dejó petrificada a la guarnición menfita.

—¡Por orden de mi padre Amón me apoderaré de esta ciudad como una tromba de agua!

El faraón negro dio media vuelta.

Cuando los rebeldes se sobrepusieron y dispararon sus flechas, estaba ya fuera de su alcance.

Cuando la tierra se iluminó, al amanecer del nuevo día, inmensos pontones formados con barcas de todos los tamaños fueron arrastrados por la corriente hasta las murallas de Menfis. El nivel del Nilo había subido tanto que los muros ya sólo eran una irrisoria barrera, pocos metros por encima de los guerreros nubios. Los especialistas de ingeniería colocaron mástiles, empalizadas y escaleras contra lo que subsistía, emergiendo del agua, de los muros de la poderosa fortaleza, mientras comenzaba el combate de los arqueros.

Los hombres de Puarma se mostraron más rápidos y precisos que el enemigo. Apenas habían soltado una saeta y derribado a un adversario cuando volvían ya a empezar. Sus ayudantes llenaban sin cesar los carcajes.

—¡Entremos en Menfis! —ordenó Pianjy, cuyo furor se comunicaba a todo su ejército—. Crucemos estas murallas vencidas por el Nilo, ¡que ningún enemigo nos detenga!

Con ininterrumpidas oleadas de asalto, formando la tromba que Pianjy había anunciado, los infantes de Lamerskeny se apoderaron de las almenas mientras la flota nubia, al mando del mismo faraón negro, atacaba el puerto.

Desbordados, los defensores intentaron en vano rechazar a los nubios que ataban ya el cabo de proa de sus embarcaciones a las casas construidas junto al río y cuyo umbral se hallaba justo sobre el nivel del agua.

Lamerskeny había desplegado tal ardor que ni siquiera le hacía sufrir una herida que tenía en la pierna. Sin embargo, cuando estaba recuperando el aliento, un enfermero le puso una compresa de miel en la herida.

—¡El más hermoso día de mi vida, enfermero! ¿Quién podía creer que algún día conseguiríamos conquistar la ciudad de Menfis?

—No os mováis, capitán... De lo contrario, el apósito no aguantará.

—¡Apresúrate! Quiero ser el primero que cruce el muro blanco. A fin de cuentas, no voy a ceder este honor a Puarma.

Incansables, los arqueros nubios siguieron disparando hasta que cesó toda respuesta. En su fuero interno, Lamerskeny debió reconocer que Puarma había mandado a sus hombres con perfecto rigor.

Ambos capitanes intercambiaron un ademán y, desde lo alto de las murallas cubiertas de cadáveres, contemplaron Menfis. Vieron que Pianjy atracaba y penetraba en la ciudad por la doble y gran puerta que daba a la avenida que llevaba al templo de Ptah. Aterrorizados, los habitantes de la ciudad corrían en todas direcciones y dificultaban los movimientos de los soldados, que no sabían ya qué órdenes obedecer.

Considerando que estaba lo bastante descansado, Lamerskeny lanzó a sus infantes al combate para despejarle el paso al faraón negro. Desde los bastiones, desde los caminos de ronda, desde lo alto de las monumentales puertas, desde las torres bajo una cohorte de guerreros nubios, aullando su júbilo por la conquista. Se lanzaron contra el cuartel, contra los despachos de los escribas, contra los depósitos de papiro y la morada del comandante. Quienes intentaron detener su avance fueron eliminados a hachazos, mazazos o con la espada.

Lamerskeny vio demasiado tarde al arquero que le apuntaba y su esquiva no fue lo bastante rápida. La flecha se clavó en su muslo izquierdo y le obligó a detenerse. Sus hombres le rodearon de inmediato.

—Mirra —exigió el capitán.

El propio Lamerskeny desgarró sus carnes con el puñal, retiró la flecha, lavó la herida con agua tibia que le dio un soldado y puso en la herida una raíz de achicoria amarga ofrecida por el enfermero y, luego, una capa de mirra. El dolor se atenuó, la herida se secaría pronto.

El capitán siguió avanzando, no sin haber lanzado una mirada satisfecha al cadáver del arquero derribado por Puarma.

—Envejeces, Lamerskeny. La próxima vez...

—¡La próxima vez será una victoria, como hoy! ¿Qué podemos temer si servimos a las órdenes de un rey que hace del río un aliado?

Temiendo una matanza general, la población obligaba a rendirse a los últimos rebeldes.

Cuando Pianjy, acompañado por sus dos capitanes, se presentó ante el último núcleo de resistencia, la antigua ciudadela de muros blancos, el escriba-comandante encargado de la defensa de Menfis se presentó ante él.

—¿Aceptas someterte, por fin?

—Sí, majestad. Permitidme que me incline ante vos.

El escriba se acercó mucho al rey. Mientras doblaba el busto, sacó de la manga de su túnica un puñal de doble hoja para clavarlo en el pecho de Pianjy.

Pero el arma se plantó en el brazo de acacia de Lamerskeny, que lo había levantado para salvar al faraón.

Aterrorizado, el escriba no hizo el menor gesto de defensa cuando el capitán le partió el cráneo con un golpe brutal de aquel mismo brazo.

—¿Realmente me crees demasiado viejo para defender la vida del faraón? —le preguntó Lamerskeny a Puarma.

De las calles y callejas subían los clamores, unos clamores que se transformaron muy pronto en aclamaciones a la gloria de Pianjy, el nuevo dueño de Menfis.

62

El príncipe Akanosh recibió a Yegeb en sus aposentos privados del palacio de Sais. El consejero de Tefnakt, de interminables brazos y rostro muy largo, se relamía preguntándose qué solución habría adoptado el libio para librarse de su querida mujer. Él había escrito la carta decisiva, imitando perfectamente la escritura de Aurora, y se sentía muy orgulloso de haber eliminado, al mismo tiempo, varios adversarios.

—¿Deseabais verme, príncipe Akanosh?

—Quería agradecerte que me hayas abierto los ojos. Conocía los orígenes de mi mujer pero había decidido olvidarlos, e hice mal. Esta guerra es una prueba de la verdad, y tuviste razón sacándola a la luz.

Yegeb se inclinó.

—Sólo cumplo con mi deber.

—He amado sinceramente a mi esposa, Yegeb. Y hoy no sé cómo actuar. ¿Me ayudarías tú?

—¿De qué modo?

—Soy incapaz de matarla yo mismo, como Tefnakt me pidió. ¿Te encargarías tú de hacerlo, a cambio de una buena retribución?

—¿Qué ofreces, príncipe Akanosh?

—Una bolsa de oro y una mansión en mi principado.

Yegeb reflexionó.

—Digamos que... dos bolsas de oro, la mansión y un porcentaje sobre las cosechas.

—Exiges mucho.

—¿No es un salario justo?

—Ven, Yegeb.

—¿Deseáis que intervenga... inmediatamente?

—No perdamos más tiempo.

Akanosh condujo a Yegeb y abrió la puerta de la habitación donde se hallaba la nubia, sentada y resignada.

Yegeb había decidido estrangularla. Sería una muerte lenta y dolorosa.

Cuando daba un paso hacia su víctima, Yegeb fue brutalmente arrojado hacia atrás por una correa de cuero que se hundió en las blandas carnes de su garganta.

—Cómo me complace matarte —murmuró el príncipe Akanosh—. Gracias a la crecida, la mugre desaparece... Gracias a mí, Tefnakt quedará libre de una cochinilla.

Con la laringe aplastada, la lengua hinchada saliendo de su boca, Yegeb murió entre gorgoteos.

—¡Señor, es horrible, abominable!

—¿A qué viene tanta excitación? —le preguntó Tefnakt a Nartreb.

—Yegeb...

—¡Habla, vamos!

—¡Ha muerto, señor! Acaban de encontrar su cadáver en una calleja, cerca de palacio. Alguien le ha estrangulado.

—Riesgos del oficio —dijo el general—. Yegeb tenía muchos enemigos.

—¡Hay que detener enseguida al culpable!

—¿De quién sospechas?

—¡Del príncipe Akanosh! Se ha marchado esta mañana hacia su provincia de Sebenitos, en compañía de su esposa.

—Una idea excelente. Encerrada en su palacio, la nubia no podrá perjudicarnos ya. Los jefes de clan libios sienten mucha estima por Akanosh, y no tengo la intención de condenarle sino de ofrecerle un puesto de responsabilidad en mi gobierno. Los hombres honestos no abundan.

—¡Pero... es un criminal!

—Preocúpate por tu suerte, Nartreb, y deja que yo decida la de mis súbditos.

Tefnakt nunca cargaría con una gran esposa real. Pese a las exigencias de la tradición, reinaría solo y se limitaría a las concubinas para colmar las exigencias de sus deseos. La traición de Aurora le había abierto definitivamente los ojos: no debía conceder su confianza a nadie. El verdadero poder no se comparte.

La desaparición de Yegeb le favorecía, pues con Nartreb formaban una pareja temible que, antes o después, habría conspirado contra él. Manipular a Nartreb, un ser perverso y violento, no presentaría dificultad alguna: Tefnakt lo utilizaría como ejecutor de sus trabajos sucios. Llegado el momento, lo sustituiría por alguien más ávido que él.

—Señor...

—¿Qué más quieres, Nartreb? Ya te he dicho que Akanosh era un aliado muy valioso. No pierdas el tiempo intentando comprometerle.

—Señor... ¡Menfis ha caído!

Pese al abrumador calor del estío, una sensación de frío se apoderó de Tefnakt.

—¿Un asalto de Pianjy...?

—No, un asalto no. Se ha adueñado de la ciudad.

—Pero la guarnición, las murallas, el ejército de apoyo...

—El faraón negro ha utilizado la crecida para acabar

con las defensas de Menfis. Miles de los nuestros han muerto, los supervivientes se han rendido y han sido alistados en el ejército nubio.

—Menfis... ¡Menfis era inexpugnable!

—Salvo durante este período, cuando el río se ha convertido en un aliado de Pianjy.

—¡Sus pérdidas han debido de ser enormes!

—No, señor. Ha sido un asedio fácil y una victoria rápida.

—¡La población se rebelará!

—Será exterminada. Pero no hemos sido vencidos todavía: el ejército libio tiene un gran número de soldados dispuestos a combatir. El Delta nunca se rendirá.

—Tienes razón, Nartreb, hay que continuar la lucha.

La tierra se iluminó y fue realmente un nuevo día. El faraón designado por Amón reinaba, finalmente, sobre Menfis, la Balanza de las Dos Tierras, que recuperaba así su polo de equilibrio. Sin embargo, muchos menfitas temían la venganza del faraón negro. Negándose, por dos veces, a abrirle las puertas, tal vez se habían expuesto a atroces represalias.

Muchos notables habían implorado ya la clemencia de la reina Abilea, aunque ésta no les había prometido nada. Instalado en el palacio de Tutmosis I, cerca de la ciudadela de muros blancos, Pianjy tomaba la medida a la gran ciudad antes de adoptar una línea de conducta. Así pues, las tropas nubias, en estado de alerta, patrullaban la ciudad.

Casi curado de sus heridas, Lamerskeny había interrogado a uno de los libios que se habían enrolado bajo la bandera del faraón negro. Quienes le parecían dudosos habían sido desarmados y destinados al servicio de reparación de diques. Por lo que a los infantes victoriosos se refiere, disfrutaban de las comodidades del gran cuartel de Menfis y la gran cantidad de alimentos que los habitantes les ofrecían para ablandarles.

El alba señalaba el triunfo de la luz sobre las tinieblas, y Pianjy anunció su decisión.

—Es preciso limpiar Menfis.

La reina Abilea, Lamerskeny, Puarma y Cabeza-fría se estremecieron. ¿Por qué tanta crueldad cuando la población no había esbozado ni el menor gesto de revuelta?

—¿Realmente es necesario, majestad?... —intervino Puarma.

—Indispensable —decidió Pianjy—. El conflicto ha mancillado la ciudad de Ptah. Iré pues a purificarme en la «morada de la mañana», en el interior de su templo, le ofreceré bueyes, ganado sin cuernos, aves de corral, haré una libación a la asamblea de las divinidades y, finalmente, purificaré el santuario y la ciudad entera con natrón e incienso. Luego, y sólo luego, nos preocuparemos de los problemas materiales.

En el templo de Ptah se llevaron a cabo, para Pianjy, los ritos de la coronación que le convertían ante todos los habitantes de las Dos Tierras en rey del Alto y el Bajo Egipto. El faraón y su esposa se asomaron a la «ventana de aparición» del palacio contiguo al templo, ante las aclamaciones de los principales dignatarios. Convencida de que se estaba iniciando una nueva era de prosperidad, la ciudad se regocijaba.

Luciendo varios collares de oro, como los capitanes Lamerskeny y Puarma, Cabeza-fría recibió un mensaje cuyo contenido comunicó enseguida al soberano.

—Majestad, todas las guarniciones de la provincia de Menfis han abandonado sus ciudadelas y han emprendido la huida.

La noticia no pareció alegrar a Pianjy.

—Piensas en conquistar el Delta, ¿no es cierto? —preguntó Abilea.

—La fortaleza de Babilonia[1] cierra el camino del Delta occidental. Nos espera un duro combate.

1. Babilonia es el nombre tardío de la antigua fortaleza de Kher-Aha.

63

En las filas libias iban recuperándose, poco a poco, de la caída de Menfis. La derrota era importante, es cierto, pero Tefnakt había conseguido preservar la esperanza reuniendo a los jefes de provincia del Delta que seguían siéndole fieles. De Pianjy sólo podían esperar el castigo reservado a los rebeldes; de Tefnakt, una voluntad intacta de vencer y reconquistar el terreno perdido. Puesto que Menfis no era inexpugnable, ¿por qué no seguir el ejemplo dado por el faraón negro? Llegado el momento, la gran ciudad volvería a caer en manos de los libios.

—Pese a los reveses —declaró el general con un entusiasmo que tranquilizó a sus aliados—, nuestras fuerzas son considerables aún y absolutamente capaces de impedir que Pianjy invada el Delta. He aquí la estrategia que os ofrezco: bloquear el avance de los nubios en dos etapas, detenerles en un lugar preciso y sorprenderles con un contraataque. Primera etapa, la fortaleza de Babilonia. Es una de las más antiguas y más robustas del territorio. Puesto que se edificó en un cerro, la crecida no será de utilidad alguna para el asaltante.

Acabados de cumplir los sesenta, rico y algo gordo, el príncipe Petisis, señor de la ciudad de Atribis, tomó la palabra.

—Ese Pianjy se ha convertido en el faraón, y nadie duda ya de que sea el protegido del dios Amón... ¿No se apoderará de esta fortaleza como de todas las demás?

—Siendo sincero, pienso que lo logrará —respondió Tefnakt—. Pero la nueva victoria va a debilitarle, porque el asedio será largo y difícil.

—Sin duda... ¿Y la segunda etapa?

—¡Un asedio más difícil aún!

—¿Cuál, general?

—Conquistada Babilonia, Pianjy querrá adueñarse de la gran ciudad vecina: Atribis. Por eso tu papel será decisivo, Petisis.

—Resistiré tanto como pueda, pero...

—Y yo intervendré con la totalidad de mis tropas, infantes y marinos, que estoy ya agrupando en Mostai, a sesenta kilómetros al sudeste de mi capital, Sais. Atacaremos el campamento de Pianjy con la velocidad del halcón y haremos pedazos a su ejército, que estará inmovilizado ante tu fortaleza.

—El plan es hábil y debería tener éxito —concedió el príncipe Petisis, aprobado por los demás jefes de provincia.

Pianjy dio sal al *Valeroso*. Durante los períodos de fuerte calor que provocaban una transpiración abundante, el caballo necesitaba aquel complemento alimenticio. Para evitar trastornos digestivos, *Valeroso* bebía unos cincuenta litros de agua diarios, comía grano de cebada muy seco, frutas y legumbres variadas. Llegada la noche, Pianjy le cepillaba con un puñado de hierba fresca que absorbía la humedad y el sudor, y discutía con él para hacer balance. Hasta entonces, los ojos del animal no habían dejado de mostrarse risueños. Aquella noche, su mirada pareció casi grave.

—¿Está ansioso? —preguntó Abilea.

—No, pero teme el Delta, como nosotros. Es una región que ninguno de nuestros soldados conoce y que está, forzosamente, sembrada de celadas.

—¿Vacilas, acaso, en conquistarla?

—La vacilación no me está ya permitida, Abilea. El Bajo Egipto forma parte del reino que Amón me confió, no debe permanecer en manos de los rebeldes. Pero la prueba puede ser dura... Combatiremos a Tefnakt en su propio territorio, tras haber perdido muchos hombres durante el sitio de la fortaleza de Babilonia.

—Te seguirán a todas partes donde les lleves. Saben que eres el hijo de la luz, el hermano del río y el servidor de Maat.

Pianjy acarició dulcemente el rostro de Abilea.

—¿Podría verse coronado por el éxito uno solo de mis actos sin ti?

Nartreb se recuperó enseguida de la muerte de Yegeb y había abandonado la investigación. A fin de cuentas, se las arreglaba muy bien sin su cómplice que, a menudo, le miraba con indudable desprecio porque era más instruido que él. Los conocimientos en matemáticas de Yegeb le habían permitido establecer un balance exacto de su fortuna, pero hoy era Nartreb quien disponía de ella. Y como tenía alma de tesorero, no perdería ni una sola migaja de sus haberes.

En Sais, la mayor ciudad del Delta y la más rica, Nartreb no corría ningún riesgo. El faraón negro nunca podría aventurarse hasta allí, sobre todo tras los fuertes golpes que Tefnakt iba a infligir al ejército nubio reunido ante Atribis. El plan del general era realmente excelente y las tropas libias acantonadas en Mostai tenían sed de venganza.

Pensándolo bien, Yegeb había envejecido y carecía de ambición. Se habría limitado a contemplar sus bienes mientras que él, Nartreb, sentía que su destino estaba en la política. La guerra duraría largo tiempo, pues Tefnakt, tras la victoria de Atribis, intentaría reconquistar las posiciones perdidas.

Necesitaría entonces un primer ministro que se quedara en la retaguardia y se ocupara exclusivamente de la Administración. Puesto que el programa de gobierno de Nartreb estaba ya establecido, el puesto le correspondería de pleno derecho.

—La prisionera desea veros —le dijo el carcelero jefe.

—¿Aurora? Pero esta prisión es sucia y hedionda...

—Por eso, si aceptáis la entrevista, haré que lleven a la prisionera a un local digno de vos.

—Hum... Que la laven y perfumen.

—A vuestras órdenes.

Una distracción inesperada... Cuando había intentado violarla, la muy zorra se había defendido. Esta vez, estaría a su merced. ¿Pero qué querría decirle?

Arrobadora a pesar de un rostro que mostraba las huellas del cansancio, vestida con una corta túnica de un amarillo pálido que dejaba los hombros al descubierto, descalza, Aurora parecía una muchacha apenas salida de la infancia.

Nartreb sintió nacer en su interior un violento deseo. Sus gruesos labios se hincharon, su cuello se ensanchó y sus gordezuelos dedos se agitaron como serpientes.

—¿Qué querías decirme, pequeña?

Aurora evitó la ávida mirada de Nartreb.

—Yegeb y tú teníais razón... Quise vengar a mi padre, como había prometido.

—Bueno, bueno... Pero el arrepentimiento es tardío, ¿no crees?

—¡Mi castigo es horrible! No soporto esa mazmorra, esa suciedad, esa humedad... ¡Acepta perdonarme, Nartreb!

—Es imposible, pequeña. Se trata de una condena dictada por Tefnakt, y no tengo posibilidad alguna de modificarla.

—Te lo ruego... ¡Enciérrame en otra celda, sana y sin mugre!

—¿Qué puedes ofrecerme a cambio de ese privilegio?

Aurora hizo que el vestido se deslizara por su cuerpo juvenil.

A Nartreb se le hizo la boca agua.

—Tendrás que dejarme hacer todo lo que quiera...

—Acepto.

—Y tendrás que participar también... Detesto las hembras inertes.

—Haré lo que pueda.

Nartreb no tenía en absoluto la intención de trasladar a Aurora a otra prisión. Si Tefnakt lo sabía, se pondría furioso con su consejero. Pero mentir era uno de sus talentos y Nartreb tenía ante sí unas hermosas horas de placer.

—Ven, pequeña, y bésame —ordenó.

Aurora actuó con la rapidez de un reptil. Clavó profundamente sus dientes en la garganta de Nartreb e hizo brotar la sangre.

Loco de dolor, él la rechazó a puñetazos y golpeándola con las rodillas. La muchacha perdió el sentido y no vio llegar la muerte que el hombre le infligía pisoteándola con una rabia cercana a la locura.

—¿Y cómo se encuentra Nartreb? —preguntó Tefnakt.

—Se ha declarado la infección, será difícil combatirla —estimó el cirujano—. Necesitaré gran cantidad de productos raros y caros.

—No los malgastes, mi ejército los necesitará.

—¿Debo entender que...?

—Déjale morir y no atenúes sus sufrimientos. Cuando un hombre llega a ese punto de ignominia y de barbarie, es que carecía de alma desde hacía mucho tiempo.

Tefnakt había visto el cadáver de Aurora. En nombre del amor que habían compartido, le debía esta postrera venganza.

64

Mientras acariciaba el cuello de su caballo, al aproximarse a la fortaleza de Babilonia, Pianjy pensó en la ciudad santa, Heliópolis, cuyo acceso custodiaba.

Heliópolis, la ciudad de Ra, la luz divina, donde había nacido la espiritualidad egipcia. Heliópolis, donde se habían concebido y redactado los *Textos de las pirámides* consagrados a las incesantes transmutaciones del alma real en el más allá. Aquí era donde, por primera vez, se había dejado oír en la tierra de Egipto la voz de lo divino.

El faraón negro tenía el corazón en un puño, como si se acercara al punto culminante de su existencia. ¿Cómo él, hijo de la lejana Nubia, habría podido imaginar que un día estaría tan cerca de la cuna de esa civilización, su modelo y su razón de vivir?

No consiguió disipar la tristeza que le invadía. ¿Cuántos cadáveres de soldados serían necesarios para alcanzar Heliópolis?

Abilea tomó dulcemente la mano de Pianjy entre las suyas.

—Ten confianza —murmuró.

—¡Aquí están! —le anunció un vigía al oficial encargado de distribuir los centinelas en las almenas de Babilonia.

El oficial acudió enseguida a casa del comandante de la fortaleza, un cuarentón libio de piel muy fina y aspecto aristocrático. Hijo de una rica familia del Delta, padre de tres hijos, su carrera había sido fácil y desprovista de obstáculos.

—¿Cuántos son?

—A mi entender, todo el ejército nubio.

—¿Y el faraón negro?

—Cabalga a la cabeza.

—¿Están listos nuestros hombres?

—Combatirá hasta el último, comandante. Y matarán a muchos nubios hasta que los refuerzos de Sais terminen de desbaratar el asalto.

—No habrá refuerzos.

—Que no habrá refuerzos, pero...

—Hemos recibido la orden de aguantar el mayor tiempo posible y causar grandes pérdidas al adversario. Pero sólo podremos contar con nosotros mismos.

—De acuerdo, comandante. Tenemos víveres y agua para varios meses.

—¿Qué piensas de la eficacia de las catapultas nubias?

—Temible.

—¿Y su armamento?

—De primera calidad.

—¿La moral de la guarnición?

El oficial vaciló.

—Exijo la verdad.

—No es muy alta... Nuestros hombres conocen el valor de los guerreros nubios y la obstinación del faraón negro. ¿No se afirma acaso que el cielo le protege y que la magia de su esposa le permite encontrar siempre el camino hacia la victoria?

—Que cada cual ocupe su puesto sin ceder y que los dioses nos sean favorables.

—¡Qué hermoso animal! —exclamó Lamerskeny al descubrir la fortaleza de Babilonia—. Menfis fue demasiado fácil... Esta vez combatiremos de verdad.

Puarma hizo una mueca.

—Tendremos que sacrificar cincuenta hombres para levantar una sola escalera... Los arqueros de Babilonia ocupan una posición ideal y los míos pueden ser ineficaces.

—¿Cuándo dejarás de ser pesimista? ¡Olvidas que Pianjy dirige la maniobra!

Con los ojos dirigidos a las almenas de Babilonia, Puarma no consiguió tranquilizarse.

—Para levantar colinas de tierra contra los muros, los ingenieros pueden encontrarse con insuperables dificultades... Nuestras pérdidas pueden ser muy grandes. Y suponiendo que rompamos este cerrojo, ¿con qué ejército atacaremos el Delta?

—Pianjy encontrará la solución.

El capitán de arqueros se enojó.

—¿Qué has hecho con tu escepticismo, Lamerskeny?

—Si fueras mi superior, me hundiría en la desesperación. Pero reina un faraón y, mañana, el sol se levantará.

La mañana era espléndida, una ligera brisa aliviaba los ardores del sol. Miles de nubios se disponían a dar la vida para abrir el acceso al Delta y a las ricas provincias del Bajo Egipto ocupado por los libios.

Los arqueros de Puarma intentarían cubrir a los técnicos de ingenieros y a los infantes de Lamerskeny, pero Pianjy sabía que muchos de sus compañeros de armas caerían al pie de la fortaleza de Babilonia.

Antes de que el faraón diera la señal de ataque, un profundo silencio se hizo en las filas nubias.

Valeroso relinchó, se encabritó y, luego, se calmó por sí mismo mirando la gran puerta de la fortaleza, que se abría lentamente, como en un sueño. El comandante libio salió al atrio enlosado, arrojó ante sí una espada y un arco, se dirigió hacia Pianjy y se prosternó.

—El faraón ha sido coronado en Menfis —declaró el libio—. Dios le ha ordenado que gobierne Egipto y lo haga feliz. ¿Por qué voy a sembrar la muerte y la desgracia cuando me basta con obedecer para evitar un desastre? Recibid la sumisión de la fortaleza de Babilonia, majestad.

El silencio duró unos instantes, como si la totalidad del ejército nubio hubiera perdido el aliento. Luego el miedo se disipó, una potente alegría alentó en todos los pechos y, en un indescriptible júbilo, los soldados de Babilonia y los de Pianjy se lanzaron unos hacia otros, congratulándose.

El faraón negro cruzó la colina fortificada de Babilonia y se purificó en el lago de Kebeh, donde la luz divina lavó su rostro con el agua brotada de la energía primordial. Regenerado así, Pianjy se dirigió hacia el arenoso cerro de Heliópolis, donde la vida había aparecido por primera vez. Frente al sol naciente, ofreció al principio creador unos bueyes blancos, leche, mirra, incienso y perfumes antes de entrar en el templo de Atum, entre las aclamaciones de los sacerdotes. Le reconocieron como el faraón, hermano de la corporación de las nueve divinidades que creaban el mundo a cada instante.

El rey pronunció las palabras rituales destinadas a rechazar a los enemigos, visibles e invisibles, se vistió con unas ropas purificadas en la morada de la mañana, se ciñó la diadema que le ofrecía la visión del mundo de los dioses y subió por la escalera que llevaba al piso del templo, donde descubrió el obelisco de granito, la piedra primordial en la que se había corporizado la luz del origen.

Ya no le quedaba sino entrar, solo, en el santuario secreto de Atum, cuyo nombre significaba, a la vez, el «Ser» y el «No-Ser». Pianjy rompió el sello que cerraba el naos, abrió las puertas de oro y vio el misterio de la creación, eterno movimiento que se encarnaba en el incesante viaje de la barca de la mañana y la barca del anochecer.

Entonces, el faraón supo por qué había emprendido su largo y peligroso viaje, por qué había arriesgado su vida y la de los suyos, por qué era preciso que las Dos Tierras estuvieran unidas y regidas por el amor.

65

Bajo el encanto de Heliópolis la secreta, sombreada por acacias y tamariscos, la pareja real había celebrado los ritos en los templos de Ramsés II y Ramsés III, había depositado flores en las moradas de eternidad del Imperio Antiguo y había rendido homenaje al toro Mnevis, encarnación terrestre del poderío de la luz.

A Pianjy le gustaba especialmente el quiosco de «Atum del sicomoro» y la capilla del árbol sagrado en cuyas hojas un sacerdote, llevando la máscara de Thot, había inscrito los nombres de coronación del faraón negro. Bosquecillos, vergeles, olivares y estanques convertían Heliópolis en una agradable residencia donde se percibía, a cada paso, la presencia de los dioses.

Sólo el capitán Lamerskeny estaba de mal humor.

—Estamos perdiendo el tiempo —se quejó a Puarma—. Mira a nuestros soldados, llevan camisas de anchas mangas, taparrabos plisados y con adornos en forma de campanillas y bordados que representan gacelas retozando por la sabana, e incluso se hacen perfumar, durante todo el día, por doncellas enamoradas. ¡Y todos esos dignatarios, desde el jefe de los escribas hasta el portador de la corona, que no dejan de cantar las alabanzas de Pianjy! Nos estamos adormeciendo en nuestros collares de oro y perdemos la afición a combatir. Así no vamos a apoderarnos de Atribis.

Puarma sonrió.

—Ten confianza, capitán. ¿No es capaz el faraón de encontrar la solución?

Atribis, simbolizada por un toro negro, era una ciudad rica y poderosa en la que el príncipe Petisis, cuyo nombre significaba «el don de Isis», reinaba con orgullo. Pese a la anarquía económica que acompañaba a la ocupación libia, podía alardear de haber alimentado a todos los habitantes de su capital provincial, cuya guarnición le era fiel.

Tras haber disfrutado el placer de una ducha tibia, el príncipe Petisis solía sentarse ante la bien provista mesa del desayuno, que los egipcios denominaban el «lavado de la boca», pues antes de comer convenía purificarla con natrón. Sentía una inmoderada afición al queso de cabra y al pescado seco.

Pero la noticia que acababa de comunicarle su secretario particular le había cortado el apetito.

—La fortaleza de Babilonia se ha rendido sin combatir... ¡Es imposible!

—El comandante ha reconocido la soberanía del faraón negro. No había, pues, razón alguna para sacrificar su guarnición.

—Tefnakt le ordenó que resistiera y conocía el precio de esa valentía. ¿Dónde está Pianjy?

—Reside en Heliópolis.

—No tardará en atacarnos... Convoca a todos los oficiales de la guarnición.

—El príncipe Akanosh acaba de llegar de Sebenitos y desea hablar con vos.

—Que pase.

Ambos hombres se cumplimentaron. Se apreciaban desde hacía mucho tiempo.

—¿Has viajado de noche, Akanosh?

—Me he puesto en camino en cuanto he sabido de la caída de Babilonia. ¿Te han confirmado la noticia?

—El comandante de la fortaleza ha abierto sus puertas al faraón negro. Pianjy ni siquiera se ha visto obligado a combatir y no ha perdido soldado alguno.

—La primera parte del plan de Tefnakt es, pues, un lamentable fracaso.

—Y el ejército de Pianjy va a presentarse intacto ante los muros de mi ciudad...

—Hay que poner fin a esta guerra —decretó Akanosh.

—¿Estás sugiriéndome que...?

—Que abras, también tú, las puertas de tu ciudad y te sometas al faraón legítimo.

—¿Tienes plena conciencia de lo que implica ese consejo?

—No es una traición, Petisis. Bajo el mando de Tefnakt, hemos intentado vencer a Pianjy y hemos fracasado. Hoy debemos obediencia al faraón. ¿Por qué hacer que nuestras provincias sufran en vano?

Akanosh había apostado el resto. Petisis podía ordenar su arresto y mandarle a Sais, donde sería ejecutado.

—Tengo que confiarte un secreto, Akanosh. No soy libio sino egipcio. Que Atribis vuelva al regazo de un faraón auténtico es la alegría de mi vejez.

—Estás magnífico —le dijo el capitán Puarma a su colega Lamerskeny—. Esta camiseta de mangas cortas y anchas te sienta de maravilla.

—¡Ya basta, arquero! Me horrorizan estas mundanidades.

—¡En este caso no es una banalidad! Ver cómo el príncipe de Atribis entrega la ciudad a Pianjy no es un espectáculo ordinario.

—Somos soldados, no cortesanos. Habría preferido conquistar la fortaleza con la punta de mi espada.

—Reserva tus fuerzas para Sais... Tefnakt no se rendirá, puedes estar seguro.

Pianjy y Abilea llegaron al puerto de Atribis a bordo del navío almirante. El príncipe Petisis había hecho levantar un pabellón de madera dorada para recibir a la pareja real al abrigo de los rayos del sol.

—Entrad en vuestra morada, majestad. Sus tesoros os pertenecen; he aquí, para vos, mis lingotes de oro, montones de turquesas, collares, amuletos, vajilla de oro, vestiduras de lino real, lechos tendidos con lino fino, aceite de olíbano, botes de ungüentos y los numerosos caballos de mis establos.

—¿Me ofreces los mejores?

—¡Que quien os oculte la elite de sus caballos, majestad, muera en el acto!

—Levántate, Petisis.

—Soy hijo de egipcio, majestad, y os agradezco que devolváis la libertad a Atribis. Por lo que a los libios hijos de libio se refiere, hoy se someten a vuestra autoridad.

El primero que se adelantó fue el príncipe Akanosh, acompañado por su esposa. A Pianjy le gustó su nobleza desprovista de cualquier doblez.

—Hemos sido vencidos. En adelante, la provincia de Sebenitos pertenece al faraón de Egipto. Muéstrese indulgente con mis súbditos y mi esposa, de origen nubio, pero fiel a su clan.

—Loada sea tu sabiduría —respondió Pianjy—. Sirve fielmente a este país y a su rey, y sigue gobernando Sebenitos.

—¿Confiáis en mí, en un libio?

—Confío en un hombre preocupado por salvaguardar su provincia y a sus habitantes. Puesto que colocas su existencia por encima de la tuya, sabrás hacerles felices.

Alcaldes, administradores, consejeros, jueces, oficiales, unos de origen egipcio, otros de origen libio, se acercaron sucesivamente para prestar juramento de fidelidad al faraón negro. El príncipe de la rica ciudad de Letópolis les imitó.

Pianjy comunicó a cada uno de ellos el papel que debería desempeñar respetando la ley de Maat y para preservar la unidad de las Dos Tierras, cuyo inflexible garante sería. La fiesta no se inició hasta que la tarde estuvo muy avanzada, después de que se hubiera emplazado el gobierno de la mayor parte del Delta.

Mientras masticaba un muslo de pato asado, regado con vino blanco dulce, Lamerskeny no pudo impedirse pensar en voz alta.

—Queda Sais, la capital de Tefnakt... ¡La última batalla y la más hermosa!

La mangosta de Pianjy saltó sobre el brazo de acacia.

—¡Ah, aquí estás! Vas a protegernos hasta el fin, ¿no es cierto?

El pequeño carnívoro subió hasta el hombro y lamió la mejilla del héroe.

—El faraón tiene razón: hay que proseguir la obra hasta el final. Sería una lástima morir en la última etapa.

66

Los últimos fieles a Tefnakt se habían reunido en torno al general en su palacio de Sais. Los irreductibles defendían una lucha total contra los nubios.

—Atribis nos ha traicionado —dijo Tefnakt— y la mayoría de los jefes de clan libios se han sometido a Pianjy.

—¡No importa! —clamó un viejo oficial—. No debemos lamentarnos de semejantes cobardes. Al menos sabemos con quién podemos contar. Venid a Mostai, donde están acantonadas nuestras tropas, general, y comprobaréis que estamos dispuestos a combatir.

—Sabed que no me rendiré nunca. Nuestro ejército es aún lo bastante fuerte para impedir que Pianjy se apodere de Sais, aunque sueñe en pasarla a sangre y fuego.

Un joven oficial se indignó.

—¡Os equivocáis, general! Pianjy no ha hecho matar a civil alguno, y ninguno de los que han reconocido su soberanía tiene motivos para quejarse.

—Tú eres el que se equivoca. El nubio sólo tiene un objetivo, destruirme y hacer desaparecer, conmigo, a todos los libios. Hasta hoy se ha mostrado astuto, simulando clemencia. Mañana desvelará su verdadera naturaleza: una crueldad implacable.

—Vuestro discurso no es convincente, general. Los hechos son los hechos.

—¿Quieres abandonar mi ejército?

—Aceptemos la derrota, general. Pianjy nos concederá su perdón.

El viejo oficial clavó su puñal en el pecho del joven, que se derrumbó con los ojos llenos de estupor.

—Combatiremos y venceremos —afirmó el asesino.

En el mapa del Delta sólo quedaba ya una provincia insumisa: Sais, donde reinaba Tefnakt.

—La última etapa —dijo Lamerskeny.

—Tefnakt ha mantenido a su lado a sus mejores hombres —estimó Puarma—. Hasta hoy, majestad, habéis preservado muchas vidas. Pero este enfrentamiento será mortífero.

Con la mangosta encaramada en su hombro, Pianjy se mostraba pensativo.

—Si estuvierais en el lugar de Tefnakt, ¿qué estrategia adoptaríais?

Lamerskeny se rascó el brazo de madera.

—Ni una sola fortaleza se nos ha resistido... Sais no será una excepción. Permanecer encerrado allí no le daría posibilidad alguna de supervivencia.

—Por consiguiente —prosiguió Puarma—, ha reunido a sus tropas en otra parte. Sin duda en uno de los caminos que llevan a Sais.

—Puedo incluso deciros el lugar preciso donde nos aguardan: Mostai.

—Majestad, ¿cómo...?

—Los príncipes libios me han comunicado esa información. Sin embargo, quería comprobar vuestra capacidad de razonamiento.

Lamerskeny se rebeló.

—Puesto que sabe que sus aliados le han abandonado, sabe también que han mencionado el nombre de Mostai. Tefnakt habrá modificado, pues, el lugar de la emboscada.

—No es tan seguro... Necesita un terreno de maniobra favorable a la evolución de sus carros, y no es tan fácil desplazar infantes y embarcaciones a la vez.

—Dejad que me asegure —solicitó Lamerskeny.

Cabeza-fría estaba dividido entre la alegría y la pena. Alegría al ver que el faraón negro triunfaba, pena por haberse alejado, para siempre, de Napata y de Nubia. Como Pianjy le había dicho que iba a encargarse de un ministerio importante, el escriba pensaba en hacer que su familia fuera a Egipto.

¿Pero dónde residiría la pareja real, en Tebas o en Menfis? Sin duda en el Norte durante el verano y en el Sur durante el invierno, con el deseo de mostrar que el faraón no desdeñaba el Bajo y el Alto Egipto. Pero era preciso vaciar el absceso de Sais, el único que afectaba al gran cuerpo de la tierra amada por los dioses.

Pese al ambiente alegre y distendido que reinaba en Atribis, Cabeza-fría sentía que Pianjy no estaba sereno. Aunque Tefnakt hubiese quedado muy debilitado, el rey temía una reacción violenta imprevista por parte del general libio, un gesto de locura que ensangrentara el Norte. Y el monarca se preocupaba también por Lamerskeny, cuya misión duraba más de lo previsto.

Por lo que a Puarma se refiere, piafaba de impaciencia. Si no hubiera sido un soldado disciplinado, de buena gana habría desobedecido las órdenes de Pianjy para reunirse con su colega, en dificultades sin duda alguna.

A fuerza de tentar la suerte, tal vez Lamerskeny hubiera perdido la partida.

Iba polvoriento, estaba cansado, sediento y malhumorado, pero vivo.

Lamerskeny se negó a hablar antes de haber bebido una jarra de cerveza fresca y haber limpiado su brazo de acacia, en el que se habían clavado gran cantidad de espinas.

—Tuve que avanzar entre matorrales —explicó—, evitar serpientes y escorpiones, luego me hundí en unas marismas, cerca de Mostai. Y los vi: barcos en un canal y un campamento de infantes.

—¿Muchos? —preguntó Pianjy.

—No darán el peso. Propongo que ataquemos al mismo tiempo el canal y el campamento. A nuestros barcos les será fácil forzar el paso, nuestros arqueros eliminarán los dos puestos de guardia y nuestros carros utilizarán la pista del norte para diezmar a los infantes.

Puarma no puso objeciones.

—De buena gana me habría tomado un día de descanso, o dos —añadió Lamerskeny—, pero es preferible actuar con rapidez.

Pianjy podría haber exigido la ayuda de los príncipes libios, pero decidió lanzar sólo, a este último combate, a su propio ejército, que le había servido con total fidelidad desde que salió de Napata.

El capitán Puarma se atrevió a formular la hipótesis que le angustiaba.

—Majestad..., si la batalla terminara en fracaso, toda vuestra obra quedaría reducida a nada, y de nuevo reinaría la anarquía.

Lamerskeny se inflamó.

—Yo observé las posiciones y los efectivos del enemigo, no uno de tus arqueros. No nos acecha trampa alguna.

—Y si un ejército libio de reserva, con carros y...

—¡No existe, Puarma! Son las últimas fuerzas de Tefnakt, y las aplastaremos.

Pianjy y Abilea paseaban en barca por el lago de recreo del palacio de Atribis, el propio rey manejaba los remos. Vistiendo una rejilla que revelaba tanto como cubría, la reina se protegía del sol con un parasol portátil.

—¿Se trata de la última etapa, verdad?

—Creo que Lamerskeny tiene razón, en efecto.

—Sin embargo, tus oficiales están ansiosos.

—Es cierto, Abilea. Diríase que el espectro de la derrota corroe sus almas.

—El mal de ojo... Eso es lo que intenta meterse en nuestras filas. Es preciso conjurarlo antes de lanzar el ataque.

—¿Qué propones?

—Celebremos el más antiguo de nuestros ritos: quebremos las jarras rojas.

La noche que precedió a la partida del ejército nubio hacia Mostai, la reina Abilea, actuando en nombre de la diosa Sekhmet, rompió en el enlosado del templo varias jarras rojas cubiertas con el nombre de Tefnakt. Privaba así al libio del dinamismo y la violencia del dios Seth, expresados por el color rojo.

Poco después de finalizado el rito, el capitán Puarma se sintió liberado de la opresión que, desde hacía unos días, le impedía respirar con tranquilidad, y varios soldados sintieron el mismo alivio.

La magia de la reina Abilea era más eficaz que la de Tefnakt: el ejército nubio, por lo tanto, salió cantando a la conquista del último bastión rebelde.

67

Puesto que no soportaba ya la inmovilidad, Tefnakt había decidido atacar las tropas de Pianjy acantonadas en Atribis. Aprovechando el efecto de la sorpresa, les infligiría pesadas pérdidas antes de retirarse y preparar otras operaciones de guerrilla.

Con un tahalí cruzándole el pecho, los cabellos trenzados, la fina barba recortada en punta, tatuajes guerreros en los brazos, el pecho y el abdomen, los soldados libios ya sólo tendrían que fijar dos plumas en sus cabellos. Ni los enfermos ni los ancianos habían querido quedarse atrás, e incluso el viejo teniente de carros Pisap, de setenta años, había abandonado su retiro para participar en el combate que devolvería la confianza a las tropas de Tefnakt.

El general no había conseguido conciliar el sueño. Su noche había sido agitada, poblada por dolorosas visiones que mostraban a los nubios cayendo sobre él como olas de un Nilo enfurecido. Tefnakt paseó por el campamento adormecido, bañado por la luz de la luna llena y, por primera vez, dudó.

Dudó de sí mismo, de los motivos de su acción y de la utilidad de su combate. ¿No le habían concedido, el cielo y los dioses, numerosas señales para abrirle los ojos? Enviado por Amón, reconocido como el faraón,

Pianjy había recorrido el camino de los justos y sembrado la alegría y la paz, mientras que él, el rebelde y el perturbador, se encontraba solo al borde del abismo.

El alba se levantaba pero los pájaros no cantaban. Les había asustado un lejano rugido. Un rugido que iba aumentando a cada segundo... ¡Los carros de Pianjy!

El general ordenó a los trompetas que hicieran sonar el toque de alarma. Los infantes despertaron sobresaltados y se equiparon precipitadamente mientras las tripulaciones de los carros uncían los tiros.

Los arqueros de Puarma habían eliminado ya a los centinelas mientras la flotilla de Pianjy atacaba los barcos de Tefnakt cuyas tripulaciones, aterrorizadas, esbozaban una mediocre respuesta.

Tefnakt comprendió muy pronto que la única posibilidad de detener el ataque nubio era vencer a los carros adversarios. A la cabeza de su cuerpo de elite, al general no le quedaba más opción que el choque frontal.

—¡Adelante! —aulló.

A su lado, el viejo Pisap, que se había atado sólidamente a la caja del carro con una tira de cuero y sujetaba con manos firmes las riendas.

—¿Dónde está mi auriga?

—Vomita... El miedo a morir. No temáis, general, sabré manejar vuestros caballos. ¡Matad vos tantos nubios como podáis!

Los libios no carecían de valor ni de habilidad, pero el terreno accidentado les fue muy pronto desfavorable. Varias ruedas de carro se quebraron mientras que las del ejército de Pianjy, como había prometido el carpintero de Napata, resistían la velocidad y las desigualdades de la pista.

Desequilibrados, los arqueros y lanzadores de jabalina libios erraban la mayor parte de sus objetivos, mientras que los nubios hacían blanco a cada disparo. Y luego, el milagro: a menos de cincuenta metros de Tefnakt, Pianjy en su caballo bayo. Pianjy a tiro, inconsciente del peligro que corría.

El general tensó su arco, apuntó y disparó.

Valeroso dio un magnífico salto para evitar un carro libio que acababa de volcar y la flecha rozó la nuca del faraón negro.

—General —advirtió Pisap desesperado—, hay que huir.

Tefnakt se dio la vuelta. Sus carros estaban fuera de combate.

—¡Corre hacia el canal!

Creyendo que el general había concebido un proyecto de contraataque, Pisap se abrió paso con desenfreno.

Tefnakt saltó al suelo, corrió hacia el primer barco amarrado, tomó una antorcha y prendió fuego a la vela. El viento matutino lo atizó, prendió la popa y las llamas se propagaron al barco vecino.

Pisap estaba aterrado.

—¿Por qué, general...?

—Pianjy no se apoderará de mi flota. Ahora, vamos a morir. Regresemos al combate.

—¡No, escapemos de ellos!

—Imposible.

—Tomemos el sendero que sigue por el canal, atravesemos el trigal dirigiéndonos al norte. En las marismas del Delta estaremos a salvo. Conozco escondrijos que los soldados de Pianjy no podrán descubrir.

—El carro es demasiado ancho.

—¡Vamos, pequeños! —aulló Pisap—. ¡Vamos!

Los caballos galoparon.

Del ejército libio sólo quedaban escasos supervivientes, en su mayoría mortalmente heridos. Las fuerzas de elite del general Tefnakt habían sido aniquiladas. Pianjy ordenó a los médicos militares que se ocuparan de aquellos desgraciados, luego se presentó a caballo ante sus soldados, que le aclamaban.

—No habéis combatido por la gloria de un hombre —afirmó— sino por Egipto y su faraón, el representante en la tierra de la ley celestial de Maat. Esta guerra ha terminado y hoy os convertís en los constructores de la paz. No cometáis ninguna fechoría, sed los protectores de los débiles, garantizad la seguridad de la población; así obtendréis vuestra más hermosa victoria.

En compañía de Lamerskeny y de Puarma, Pianjy recorrió el campo de batalla buscando el cadáver de Tefnakt. Los nubios cortaban la mano derecha de los muertos para establecer una contabilidad fúnebre que los escribas anotaban en sus tablillas.

Puarma creyó identificar, por dos veces, al general por la descripción que le había dado un auriga libio, herido en el hombro. Pero, puesto ante los despojos, el auriga desengañó al jefe de los arqueros.

Cotejando varios testimonios, Lamerskeny llegó a la conclusión de que Tefnakt había huido en su carro hacia el norte. Con la ayuda de varios exploradores, descubrió la pista en la que se habían grabado las roderas del carro.

Pianjy no ocultó su contrariedad.

—De modo que Tefnakt sigue vivo...

—Lanzaré varias escuadras en su busca —dijo con decisión Puarma.

Hecha un ovillo, la mangosta dormía en las rodillas de Pianjy, sentado en un trono de madera de sicomoro dorada, en la oscuridad de la sala de audiencia de Sais donde, antaño, Tefnakt imponía su ley.

Sometida al faraón negro, la ciudad de la diosa Neith se había adormecido en una perfecta calma, segura de que Pianjy respetaría a sus habitantes. El faraón negro, en cambio, no había conseguido dormir y había ido a recogerse al lugar donde su adversario concibió sus insensatos proyectos.

En el silencio del palacio abandonado, Pianjy pensó en el enemigo vencido, privado de cualquier apoyo. Tefnakt había proseguido con su quimera hasta el límite extremo de sus fuerzas, con una convicción que las sucesivas derrotas no habían embotado, pero se había equivocado sobre su propio destino y el de Egipto.

Descalza, la reina Abilea avanzó en la oscuridad, se sentó a los pies del trono y apoyó la cabeza en la pierna de su marido.

—¿Qué resultado ha dado la búsqueda?

—Ninguno —respondió Pianjy—. Tefnakt conoce bien las marismas y las islas del Delta, irá de escondrijo en escondrijo.

—¿Por qué no le abandonamos a su soledad?

—Porque tampoco él se resignará a ello. Reunirá a una banda de barqueros y pescadores, saqueará aldeas y sembrará la inseguridad en las riberas del país. No puedo aceptar algo así.

68

Tefnakt no estaba tan solo como Pianjy creía. Avanzando por el mundo extraño y peligroso de las marismas del Delta, pensaba en las pequeñas comunidades de pescadores que él sabría federar para luchar contra los nubios. El viejo Pisap tenía familia entre los barqueros que recorrían los canales, al norte de Sais, y no dejarían de acudir en su ayuda.

Ambos libios habían abandonado su carro, inútil ya, para moverse en una barca de papiro entre los cañaverales. Ningún nubio conseguiría seguirles en aquel dédalo que había que conocer a la perfección para llegar a los islotes en los que se levantaban las chozas de los pescadores.

Hacia uno de ellos se dirigían Tefnakt y Pisap. De buen tamaño, oculto por espesuras de papiro donde anidaban decenas de pájaros, había sido enrasado para recibir un santuario de piedra dedicado a la diosa-serpiente Uadjet, la que vivificaba y devolvía la energía.

El tesorero del ejército libio había ocultado allí oro y piedras preciosas cuando iba a cazar por la región. Gracias a aquella pequeña fortuna, Tefnakt podría pagar a algunos mercenarios y librar una incesante lucha de guerrillas contra Pianjy.

Tras haber comido pescado asado, ambos hombres se durmieron.

En plena noche, Tefnakt oyó un ruido sospechoso, parecido a un aleteo. Empuñó la espada y salió de la choza.

A pesar de que no había luna, velada por las nubes, se veía como a plena luz. Encaramada en lo alto de un tallo de papiro de seis metros de altura, una golondrina con cabeza humana le miraba con ojos acusadores.

Así pues, el mito decía la verdad... Cuando los antepasados volvían del más allá, adoptaban la forma de pájaros con rostro humano, bajo los efectos de la luz.

Los rasgos de la golondrina se transformaron, Tefnakt creyó ver a los Tutmosis, a los Amenhotep, a Ramsés el Grande... Y todos aquellos faraones le hacían reproches.

Se levantó un fuerte viento, la oscuridad devoró la claridad y la golondrina emprendió el vuelo; dejó tras de sí una estela de turquesa.

—Te encargo una misión importante, Pisap, lleva este mensaje a Pianjy.

El anciano se rascó la oreja.

—Oigo mal, general.

—Has entendido perfectamente.

—¿Vos, Tefnakt, queréis... rendiros?

—No, negociar. Como embajador de la provincia de Sais, nada tienes que temer.

—¿Renunciáis, pues, a combatir?

—Sí, Pisap. Esta noche se me han aparecido mis antepasados y me han convencido de que había tomado el mal camino. Hay hoy un rey legítimo, coronado en Heliópolis, en Menfis y en Tebas, y a él le debemos obediencia todos. La unidad en la que yo soñaba la ha establecido el faraón negro. Mis ojos estaban cerrados y acaban de abrirse. Puesto que Egipto conoce la paz, por fin, ¿por qué debo seguir comportándome como un destructor?

—Con negociación o sin ella, sabéis muy bien lo que os espera.

—Como rebelde, seré condenado a muerte. El faraón está obligado a tomar esta decisión. Si yo fuera Pianjy, actuaría del mismo modo. Pero quiero morir de pie, ante mis jueces, no como un fugitivo al que se derriba con una flecha en la espalda. Quiero también que mi sumisión apacigüe a los últimos rebeldes y que la guerra abandone su corazón. Quiero finalmente que el faraón me conceda su perdón, para ser capaz de defender mi causa ante el tribunal del otro mundo.

—Apresúrate, Lamerskeny, ¡llegaremos tarde! ¡Tendrías que estar ya lavado, afeitado y vestido!

—Tengo sueño, Puarma... Ve solo.

Con delicadeza, Puarma hizo que abandonara la cama la jovencita de delicioso pecho y finas caderas que provocaba la fatiga de Lamerskeny. Dirigió al capitán de arqueros una maravillosa sonrisa, pero el nubio, por desgracia, no tenía tiempo para rendir homenaje a sus encantos.

Cuando Lamerskeny se volvió de lado para sumirse de nuevo en un beatífico recuerdo, Puarma derribó la cama.

Al caer sobre el enlosado, Lamerskeny despertó a medias.

—Me horrorizan esas ceremonias militares —gruñó sujetándose los riñones.

—¿Te vendría bien un poco de agua helada?

—¡Ah no, eso no!

—¡Date prisa pues!

—¿Puedes imaginar, siquiera, los reproches que nos abrumarán porque no hemos conseguido interceptar aún al maldito Tefnakt?

—De todos modos hay que obedecer las órdenes

del faraón y asistir a esta ceremonia. Te pondré una túnica más o menos correcta y me sigues sin discutir.

Con la cabeza enneblinada, Lamerskeny salió de su alcoba.

Mezclado con la muchedumbre de cortesanos, dormía de pie cuando Pianjy comenzó la distribución de moscas de oro que recompensaban a los soldados distinguidos por sus actos de valor y sus incesantes ataques al enemigo.

—Ha llegado el momento de honrar a nuestros oficiales superiores —declaró el faraón—. Pienso primero en quien no vaciló en arriesgar varias veces la vida para contener al enemigo antes de arrollarlo. Gracias a su eficacia y a la de sus arqueros, el capitán Puarma merece ser elevado al grado de general.

Lamerskeny abrió unos ojos como platos. Vio a Puarma salir de entre la concurrencia y presentarse ante el rey. ¡Puarma general! Un arquero que no tenía sentido alguno de la estrategia y que no sabría tomar nunca la menor iniciativa.

¿Por qué no a fin de cuentas? El arquero era joven, no carecía de valor. Ciertamente, sería un mal general, pero no había nadie mejor que él.

—Los mismos elogios y el mismo grado deben concederse a Lamerskeny —prosiguió Pianjy.

El hombre del brazo de acacia creyó haber oído mal. Petrificado, era incapaz de avanzar. Puarma fue a buscarlo y lo llevó ante el monarca, que le condecoró con la mosca de oro.

—Me siento orgulloso de vosotros, de mis generales. Ambos mandaréis el ejército de Egipto donde, ahora, cohabitan nubios, libios y egipcios. Vosotros aseguraréis la cohesión de vuestras tropas.

—General Lamerskeny —dijo Cabeza-fría visiblemente inquieto—, un embajador de Tefnakt solicita ver a su majestad.

—Estoy en plena recepción oficial —masculló Lamerskeny con voz pastosa.

—¡Es serio, general!

Para festejar el ascenso, Lamerskeny había invitado a sus infantes a beber el fuerte vino de los oasis, sin aguarlo. El general había dado ejemplo como es debido sin arrugarse.

—El hombre se llama Pisap —prosiguió Cabeza-fría— y tiene un documento con el sello de Tefnakt.

Un segundo milagro en la misma jornada... Lamerskeny se derramó en la cabeza el contenido de una vasija de agua, pero el espejismo no se disipó: el escriba era real.

Intentando comportarse con la dignidad de un general, Lamerskeny escuchó las explicaciones del viejo Pisap y aceptó acompañarle ante el rey, que cepillaba a su caballo.

La estatura del faraón negro asustó al viejo nubio, súbitamente incapaz de decir una sola palabra.

—¿Tiene realmente, este embajador, una petición para presentar?

Lamerskeny tomó el papiro de manos de Pisap, rompió el sello de barro, desenrolló el documento y leyó el texto en voz alta.

—«Del general Tefnakt al faraón del Alto y el Bajo Egipto, que viva, que sea próspero y tenga buena salud. La paz sea contigo, Pianjy, puesto que nadie puede mirarte a la cara, puesto que nadie puede soportar el fuego que te anima y brilla en tus ojos. Eres el toro de brazo potente y victorioso. ¿No debe tu corazón apaciguarse tras la derrota que me has infligido? Yo, Tefnakt, soy un hombre extraviado y arruinado. Júzgame con clemencia. Corta las ramas muertas del árbol pero no arranques sus raíces. Sí, me das miedo, y ese temor desgarra mi vientre y hace que me duelan los huesos. Desde el día en que me venciste sólo he comido el pan del hambre, sólo he bebido el agua de la sed, mis ropas están desgarradas, mi cuerpo es sólo ya sufrimiento. ¿Perdonará mi extravío la propia diosa Neith, la patrona de mi ciudad? Tú sigues acosándome, me impones una interminable huida y yo estoy ya al cabo de mis fuerzas. Por eso te suplico que me laves de mis errores. Toma mis bienes, toma mis caballos, que enriquezcan tu tesoro, pero responde favorablemente a mi solicitud para que la angustia abandone mi corazón.»

Pianjy había observado que la mangosta, tras haber olisqueado mucho al viejo Pisap, se había dormido. Éste no suponía, pues, peligro alguno.

—¿Tienes que transmitirme otro mensaje? —le preguntó el rey al embajador, que no dejaba de temblar.

—Sí, sí, majestad... Tefnakt quisiera encontrarse con vos, a solas, en el templo de la diosa Neith.

69

Sentados uno junto a otro en el tronco caído de una palmera, el obeso Otoku y el acerbo Kapa, con sus nudosas manos apoyadas en la empuñadura de su bastón, contemplaban el desierto de Nubia.

—Las noticias son excelentes —explicó Otoku—. Ahora el Norte, el Sur, el Oeste y el Este obedecen a Pianjy. No queda ni una sola provincia insumisa y todas las ciudades rinden homenaje al señor de las Dos Tierras.

—Bueno, bueno... De todos modos —estimó Kapa— yo les hubiera cortado, de buena gana, el cuello a Peftau y Nemrod, esos príncipes siempre dispuestos a traicionar.

—Peftau está enfermo y no tardará en retirarse. Por lo que a Nemrod se refiere, se ha convertido en el partidario más ardiente de Pianjy y... ¡no tiene la menor libertad de movimientos!

—¿Dónde se establecerá el faraón?

—En Menfis, para vigilar permanentemente el Delta.

—Sabia decisión.

—Está tan lejos, Menfis...

—Resígnate, Otoku, seguirás siendo un buen alcalde y envejeceremos juntos, tranquilamente, en nuestra buena y antigua ciudad de Napata. Pianjy nos ha dejado tantos buenos recuerdos que pasaremos el tiempo saboreándolos. Ahora su tarea es vasta como Egipto.

—Es un triunfo, ciertamente, pero nos priva para siempre de la presencia del rey y de la reina.

—Su destino no puede ser comparable al nuestro, porque no se pertenecen. Frente a la felicidad y prosperidad del país y de su pueblo, sus deseos no cuentan.

Con el corazón entristecido, Otoku devoró varias tortas tibias, apiladas unas sobre otras. ¿Por qué ese anciano decía siempre la última palabra?

Apoyado por su colega Puarma, el general Lamerskeny manifestó su desacuerdo.

—¡Es demasiado peligroso, majestad! No creo, ni por un momento, en el arrepentimiento de Tefnakt. Ha mentido para entristeceros y os tiende la última trampa. Quiere hablaros a solas sólo para mataros.

—¿Me consideras incapaz de defenderme?

—¿Por qué correr riesgos inútiles cuando el país os necesita tanto?

—Permitidme, al menos, que le registre —pidió Puarma.

—¡Aquí está! —anunció un vigía.

Conducido por el viejo Pisap, el carro del general vencido se hallaba en un estado lamentable. La lanza se estaba hendiendo, la caja se dislocaba, las ruedas no tardarían en romperse. Pero Pianjy sólo advirtió el deplorable estado de los agotados caballos.

Conociendo las exigencias de Pianjy, unos palafreneros llevaron inmediatamente a los animales a los establos de palacio para cuidarlos. Lamerskeny tomó al viejo Pisap por los hombros.

—El faraón negro matará a Tefnakt, ¿no es cierto?

—Ya conoces la ley de la guerra, veterano. Ven a beber para olvidar lo que va a ocurrir.

Tefnakt tenía un aspecto hirsuto, barbudo y harapiento. Su estancia en las marismas le había transformado en un indigente, pero conservaba el orgullo de su mirada.

El caído pasó entre dos hileras de atónitos soldados y caminó hasta el umbral del templo donde le aguardaba Puarma.

El nubio le registró. Tefnakt no ocultaba arma alguna.

Encaramada en la cabeza de una estatua de león, encargada de alejar a los profanos, la mangosta no manifestó animosidad alguna.

—El faraón te aguarda en el interior del templo —dijo Puarma.

Tefnakt cruzó la monumental puerta, atravesó el gran patio al aire libre y penetró en la primera sala de columnas, cuya puerta se había dejado entreabierta.

Tocado con la doble corona que representaba el Alto y el Bajo Egipto, llevando un ancho collar de oro, un taparrabos blanco y unas sandalias del mismo color, el faraón negro permanecía inmóvil en un rayo de luz. Contemplándole de tan cerca, Tefnakt comprendió por qué nunca habría conseguido vencerle. En aquel cuerpo de atleta había un alma indomable, capaz de aventurarse por caminos desconocidos y afrontar lo imposible sin flaquear. Pianjy ni siquiera pensaba en el triunfo, avanzaba, fueran cuales fueran los obstáculos, y la victoria se le ofrecía por añadidura.

—Estoy en tus manos —declaró Tefnakt.

De una vaina de plata dorada, decorada con una representación del dios Amón con cabeza de carnero, Pianjy sacó una daga.

Tefnakt tembló, pero no retrocedió. Contemplaba, como había deseado, la muerte cara a cara.

—Exijo un juramento de fidelidad —dijo el monarca.

Impulsado por la fuerza que le dominaba, Tefnakt se prosternó por primera vez en su vida.

—No transgrediré la ley de Maat —prometió—, obedeceré las órdenes del faraón, aplicaré sus decretos, no atacaré a sus aliados, actuaré de acuerdo con su voluntad.

Cuando Tefnakt se levantó, la daga había vuelto a la vaina.

—Príncipe Tefnakt, te confío el gobierno de la ciudad de Sais, que tú conoces mejor que nadie. Sabe hacer felices a los habitantes de tu provincia, aplicando con rigor las directrices que te comunicaré. Te dirigirás, cada día, al templo para ser purificado allí. Residirás en él tres días cada mes, lejos de las preocupaciones y los asuntos de este mundo, para escuchar la palabra de los dioses y acallar, en ti, cualquier veleidad de revuelta contra Maat. ¿Te comprometes, por tu vida y la del faraón, a respetar esos deberes?

—Me comprometo a ello, majestad.

Cuando la flota nubia se aproximó a Napata, Otoku pensó en el agotador trabajo administrativo que le aguardaba. Como había prometido, Pianjy enviaba oro, plata, cobre, telas valiosas y esencias raras destinadas al templo de Amón. Habría que inventariar aquellas riquezas ante la atenta mirada de Kapa, y el obeso sabía que el decano del Gran Consejo no toleraba la menor imprecisión. Si Cabeza-fría hubiera podido encargarse de esas formalidades... Otoku no confiaba en ningún otro escriba, y prefería asumir personalmente la tarea.

Toda la población de Napata se había reunido en el muelle para recibir a los soldados que tenían la suerte de regresar a Nubia, mientras sus camaradas permanecían en Egipto, unos en Menfis, otros en Tebas, a las órdenes de los generales Puarma y Lamerskeny.

Cantaban, se besaban, se aclamaba el nombre de Pianjy, cubrían de palmas a los marinos que, antes de desembarcar, habían ofrecido un sacrificio al suave viento del norte.

—Kapa...

—¿Qué pasa, Otoku? —chirrió el anciano, a quien esas ruidosas manifestaciones importunaban.

—¡Es... es Cabeza fría!

—Mi vista no es ya muy buena... ¿Estás seguro?

—¡Baja corriendo por la pasarela!

La muchedumbre se abría para dejar paso al enano, cuya reputación de gran dignatario era muy conocida.

Otoku debería haberse alegrado, pero la estupefacción le dejó sin aliento.

—¡Mira, Kapa, mira bien!

—Acabo de decirte que tengo mala vista.

—En la proa del navío almirante, es Pianjy... ¡Pianjy y la reina Abilea!

—Deliras, Otoku.

—¡El faraón ha regresado!

Los ciento sesenta kilos del obeso se pusieron en movimiento y, con la agilidad de un elefante, se lanzó hacia la pasarela para ser el primero en inclinarse ante la pareja real, no sin haber aplastado algunos pies.

—Majestad... ¿Sois vos, realmente sois vos?

—¿Tanto he cambiado, pues?

—¿No... no os habéis quedado en Menfis?

—He cumplido mi misión, Otoku. Egipto es de nuevo uno, las Dos Tierras están en paz, cada provincia tiene su jefe y todas obedecen al faraón. Mi lugar está aquí, en Napata, junto a mi padre Amón. Él me guió, él me protege y a él debía regresar. Ahora, la ley de Maat reina tanto en el Delta como en el valle del Nilo, y los días transcurren felices al ritmo de las fiestas y los ritos. Si, mañana, el pueblo de Egipto necesita mi brazo para impedir la dictadura de la desgracia y la injusticia, partiré de nuevo.

Durante la fiesta que se organizó, Pianjy y su esposa se dirigieron hacia la montaña santa. El sol doraba la arena del desierto e iluminaba las puertas del gran templo.

—Sólo tú conoces mi secreto —le dijo el rey a Abilea—. Sólo tú sabes que el poder no es el objetivo de mi vida y que el único viaje que deseo realizar es el trazado, en este santuario, por los dioses y los antepasados. Ni el estruendo de las armas ni el concierto de alabanzas de los cortesanos pueden ser la armonía de mi vida.

—Has llevado a cabo una obra alquímica al abrir los corazones para hacer que descubrieran sus auténticos deberes y poniendo a cada cual en su justo lugar. No has cambiado nuestro mundo, pero le has dado un sentido. Haremos, cada día, ofrenda a los dioses y les rogaremos que nos permitan afrontar a los enemigos que nos aguardan en el camino de la vejez.

—También ganaremos ese combate —prometió el monarca.

—Sí, Pianjy, porque la diosa del amor hace danzar de júbilo las estrellas del cielo, nuestro verdadero país.

Juntos, el faraón y la gran esposa real cruzaron la monumental puerta del templo, «el cielo en la tierra», donde las tinieblas se transformaban en luz.

Pianjy fue uno de los faraones de la XXV dinastía, y reinó algo más de treinta años (747-715). Es difícil fechar con seguridad su reconquista de Egipto: ¿hacia 730 o a finales de su reinado?

Su prodigiosa aventura se narra en una estela de gran tamaño (1,80 metros de alto; 1,84 metro de ancho) que se conserva en el museo de El Cairo (Diario de entrada 48862, completado por los fragmentos JE47086-47089). Fue descubierta, en 1862, en el paraje del Gebel Barkal, la montaña Pura, y expuesta por Mariette en su museo de Bulaq, antes de ser transferida al actual museo de Antigüedades.

Esta estela ha sido objeto de varias traducciones y numerosos estudios de conjunto o de detalle, entre los que se pueden citar algunos:

E. DE ROUGÉ, «Inscription historique du roi Pianchi-Mediamoun», en *Revue archéologique*, tomo VIII, 1863, pp. 94 y ss.; *Chrestomathie égyptienne*, fasc. IV, 1876.

F.J. LAUTH, «Die Pianchi-Stele», en *Abhandlungen der königlichen Akademie der Wissenschaften*, XII (1871), pp. 241-314.

H. SCHÄFER, *Urkunden der älteren Aethiopenkönige*, I (*Urkunden*, III), 1905, pp. 1-56.

J.H. BREASTED, *Ancient Records of Egypt*, vol. IV, 1906, pp. 406-444.

N.-C. GRIMAL, *La Stèle triomphale de Pi(ankh)y au musée du Caire*, El Cairo, 1981.

M. LICHTHEIM, *Ancient Egyptian Literature*, vol. III, 1980, pp. 66-84.

C. LALOUETTE, *Textes sacrés et textes profanes de l'ancienne Égypte*, vol. I, 1984, pp. 124 y ss.

Cierto número de egiptólogos consideran que el nombre de este faraón debe leerse *Peye* (y no Pianjy), de acuerdo con el dialecto nubio, pero el sentido sigue siendo el mismo: «el Vivo».

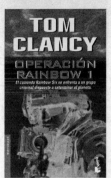

Operación Rainbow 1
Tom Clancy

Una trepidante novela de acción, al más puro estilo Clancy, en la que el Rainbow Six, un cuerpo de intervención rápida contra el terrorismo, debe enfrentarse a un grupo criminal dispuesto a exterminar el planeta.

Operación Rainbow II
Tom Clancy

El desenlace de la trepidante novela de acción en la que el Rainbow Six, un cuerpo de intervención rápida contra el terrorismo, debe enfrentarse a un grupo criminal dispuesto a exterminar el planeta.

La mujer del piloto
Anita Shreve

La noticia del dramático accidente que ha sufrido el avión que pilotaba el marido de Kathryn desencadena toda una trama de espionaje y terrorismo internacional que ella jamás hubiese sospechado.

Nefer el Silencioso
(La Piedra de Luz 1)
Christian Jacq

Una extraordinaria novela de aventuras, presentada en cuatro volúmenes, en la que se entrecruzan los destinos de los faraones, los cortesanos, los sepultureros, los soldados y las sacerdotisas del antiguo Egipto.

La mujer sabia
(La Piedra de Luz 2)
Christian Jacq

Tras la muerte de Ramsés el Grande, el grado de agitación en el Lugar de Verdad es enorme. ¿Conseguirá Nefer salir indemne a pesar de la fiel protección de su esposa Clara, convertida ahora en la mujer sabia?

El Inca
Alberto Vázquez-Figueroa

Una apasionante novela llena de ternura, tensión y aventuras que nos adentra en el singular y misterioso Imperio incaico, sin lugar a dudas el más poderoso de la historia de América y uno de los más sólidos y longevos del mundo.

Cámara de gas
John Grisham

Un antiguo miembro del Ku-Klux-Klan, Sam Cayhall, condenado a muerte desde hace años, ha agotado casi todos sus recursos para conseguir la conmutación de la pena. Años después Adam Hall, un joven abogado de un importante bufete, solicita trabajar en el caso para intentar liberar al anciano del patíbulo. Pero ¿por qué?

El informe Pelícano
John Grisham

El asesinato simultáneo de dos jueces del Tribunal Supremo de Estados Unidos inicia esta emocionante novela de intriga jurídica. El FBI no tiene pistas, pero Darby Shaw, una brillante estudiante de Derecho de Tulane, cree tener la respuesta que pondría al descubierto un sombrío vínculo entre los dos jueces.

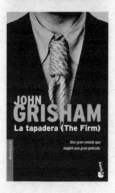

La tapadera
John Grisham

El joven y prometedor abogado, Mitchell Y. Mc Deere, licenciado por la Universidad de Harvard y aspirante a los mejores puestos de su profesión, ingresa en una empresa de Memphis que maneja grandes fortunas, la Bendini, Lambert & Locke. Pronto descubrirá que la firma para la cual trabaja oculta; tras su fachada honorable, una terrible realidad.

El décimo juez
Brad Meltzer

Ben Addison, un joven abogado que acaba
de convertirse en el nuevo pasante de uno
de los jueces más respetados del Tribunal
Supremo de Estados Unidos, acaba
convirtiéndose en cómplice involuntario
de un tráfico de información privilegiada
que amenaza con arruinarle la vida.

Impreso en Litografía Rosés, S. A.
Progrés, 54-60. Polígono La Post
Gavá (Barcelona)